두 바퀴로
가는
자동차

이 도서의 국립중앙도서관 출판시도서목록(CIP)은 e-CIP홈페이지(http://www.nl.go.kr/ecip)와 국가자료공
동목록시스템(http://www.nl.go.kr/kolisnet)에서 이용하실 수 있습니다.(CIP제어번호: CIP2012005024)

두 바퀴로 가는 자동차

포크가수 양병집의 자전 에세이 · AUTOBIOGRAPHY

글 · 그림 양병집

2부 · 굿모닝 시드니

3부·식스티 이어즈 온

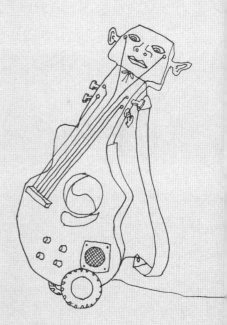

두 바퀴로 가는 자동차

얼마 전 누군가가 나를 찾아왔다. 번안곡 「두 바퀴로 가는 자동차」를 자신에게 팔라는 것이었다. 어느 인디언이 했다는 말처럼, 나는 대체 뭘 어떻게 팔라는 것이냐고 되물었다. 도토리나무를 심고 있던 인디언을 찾아와 그 땅을 자신에게 팔라고 한 미국인에게 인디언이 했다는 이 말은 자연에 대해서마저 소유권을 얘기하는 미국인의 속물주의를 겨냥한 것으로 흔히 해석된다. 물론 인디언의 경우와 조금 다른 의미로, 나는 도대체 뭐를 팔라는 것이냐고 물었다. '어문저작권'을 팔라고 했다.

「두 바퀴로 가는 자동차」는 내가 1973년에 밥 딜런(Bob Dylan)의 「Don't Think Twice, It's All Right」을 번안해 「역(逆)」이라는 제목으로 처음 불렀던 노래다. '두 번씩 생각 않는 게 좋아요/ 걸터앉아 이유를 생각해 보았자 소용없어요/ 어떻게 해도 안 되는 일/ 지금까지도 알 수 없었으니까요'와 같은 가사를 '두 바퀴로 가는 자동차/ 네 바퀴로 가는 자전거/

물속으로 나는 비행기' 이런 식으로 엉뚱하게 바꿔 불렀다. 번역에 충실하기보다는 곡의 느낌대로 살려 부른 것이다. 가수 이연실에게 주어 그녀가 불렀다가, 훗날 김광석이 불러 세간에 보다 널리 알려졌다.

작사가나 작곡가에게 저작권이 있어 사람들이 노래방에서 노래를 부를 때마다 혹은 인터넷 사이트에서 음원을 내려받을 때마다 저작료가 발생해 저작자에게 돌아간다는 것은 알고 있다. 그래도 어문저작권이라는 개념은 생소한 것이었다. 주인을 가려 이익에 대한 권리를 주장하는 세태에 따라 새로 생기거나 변용된 것인 모양이다. 어떻든 간에 내가 곡을 쓴 것도 아니고 작사·작곡자인 밥 딜런으로부터 아무런 허락도 받지 않고 내 멋대로 번안해 부른 곡에 대해 무슨 저작권이 있는지 이해되지 않았다.

'에라, 모르겠다. 이 가사를 도대체 어디다 쓰겠다는 건지 몰라도 이런 쓰레기들을 치워주겠다는데.'

우습게도 나는 100만 원에 그 곡의 어문저작권이라는 것을 그에게 넘겼다. 그때 내 통장 잔고는 100만 원도 안 되었다. 나중에 이 사실을 알게 된 지인들은 나보고 "순진하거나 가난한 양반"이라고 했다. 놔두면 놔뒀지 어떻게 100만 원에 팔 수 있느냐고.

이 책의 제목을 '두 바퀴로 가는 자동차'로 한 것은 사실 이 사건과는 무관하다. 나는 책을 쓰면서도 이 사건을 별개의 문제로 생각해왔다. 그렇다고 새삼스레 그 노래가 원래 내 노래라고 세상에 다시 주장하고 싶어서도 아니다. 「두 바퀴로 가는 자동차」가 내 노래 중 가장 유명한 노래이기는 하지만 유명세로 따지면 김광석이 불러서 그렇게 된 것일 테고, 이제 어문저작권마저 넘긴 나로서는 이 노래가 나와 어떤 관련이 남아 있는

지 알 수 없다. 그럼에도 이 책 제목을 그 노래에서 가져다 쓰는 것은, 책이나 좀 더 팔렸으면 하는 지인들의 바람 때문이라고 해두자. 어떠랴. 책이나 좀 팔렸으면.

박정희 정권 당시 발매된 내 첫 앨범은 불온 앨범으로 분류돼 3개월 만에 판매 금지, 전량 회수되었다. 음반을 만들어준 레코드사 사장은 "망했다"고 울상을 지었다. 나 역시 망했다. 덕분에 '발매된 지 가장 짧은 시간 만에 전량 회수된 앨범'이라는 기록 정도를 가지게 됐고, 시대 조류가 변하면서 내가 '한국의 3대 저항 가수 중 하나'라고 언급되는 소리를 들었다. 과분한 이름이다.

첫 앨범 〈넋두리〉(1974)가 실패하고 가수로서의 사업이 연속적으로 좌절되자 나는 가족들을 데리고 호주로 훌쩍 떠났다. 15년이라는 긴 호주 이민생활 동안 나는 가수 양병집도 양준집(실명)도 아니었다. 그곳에서 나는 누군가의 이웃이었고, '조지 양'이었으며, 아내와 짝을 이뤄 빈집을 청소해 주는 청소부, 한국식 식당 사장, 소주나라 사장, 교포 신문사의 직원, 화장품 공장의 노동자였다. 때로는 중고 자동차 가게의 꽤 잘나가는 딜러였다.

좋다. 모두 다 좋다. 그런데 나이 오십이 되어 불현듯 장성한 아이들과 아내를 호주에 남겨두고 혈혈단신으로 한국으로 돌아오면서 내가 가장 찾고 싶었던 것은 무엇일까. 나는 가수 '양병집'이라는 이름을 찾고 싶었던 것 같다. 내가 나일 수 있는 곳. 음악을 꿈꾸고, 가수로서의 나를 기억해주는 사람들이 있는 그곳으로 가고 싶었다. 그것이 이 책을 쓰게 된 이유다.

누나에게 간을 떼어 준 일이 있다. 혈액형이 같은 누나에게 간 이식 수

술을 해준 다음 누나로부터 사례로 4,000만 원을 받았다. 수술 뒤 회복실에서 호스를 매달고 있는 내 배를 내려다보면서 '사람 간이 비싸긴 비싸구나. 소의 간이라면 돈 만 원도 안 될 텐데. 반 근? 반근이나 되려나?' 하면서 혼자 웃었던 일이 있다. 가정환경이 좋아 부족함을 거의 모르고 자란 나지만 가수라는 삶을 좇으면서 경제생활에 굴곡이 컸다. 누나가 한사코 준다기에 받기는 했지만 누나나 나나 한 부모에게서 나온 몸, 누나에게 간을 조금 떼어 주면서 돈을 받는 건 터무니없는 일이라고 생각했다.

100만 원 혹은 4,000만 원이 중요한 것이 아닐 테다. 그저 어쩔 수 없이 나는 '가수 양병집일 때만 나'라는 생각이 든다. 책을 쓰면서 아쉬운 것이 많이 기억났다. 내 앨범은 히트를 하기는커녕 세상에서 빛을 쪼일 시간도 거의 갖지 못했다. 훌륭한 후배 가수들을 만나 그들을 뒷바라지하고 뒤에서 누리고 싶었던 뿌듯함도 다 내 몫은 아니었던 듯하다. 혹자는 "신성일이나 한대수처럼 이름만 대면 누구나 알 정도도 아닌 네가 자서전을 쓰냐"고 할지도 모르겠지만, 이것은 그냥 꿈을 가지고 산 한 사람의 이야기로 읽어주면 좋겠다. 누구나 꿈을 가지고 있고, 그것으로 세상에 자신의 이름을 알리건 못 알리건 그것을 하고 있는 순간만이 자신이라고 믿는 바로 그런 것이 있을 테니까. 이를 테면 내게는 음악이 그랬고 그것만이 나라는 것을 확인하게 해준다는 사실은 지금도 어쩔 수 없다.

내게 「두 바퀴로 가는 자동차」를 사 간 그 사람이 2년쯤 뒤 다시 연락해 왔다. 이번에는 내 노래 「타복네」를 팔라는 것이었다. 「타복네」는 이북이 고향인 우리 어머니가 나 어릴 적부터 효자가 되라고 불러주던 구전 민요다.

"옛날에 타복이라는 애가 살았단다. 그런데 하도 애가 속을 썩여가지고 엄마가 죽었구나" 하면서. 구전민요를 채보했다는 점에서 음악사적 가치를 논할 수 있을지는 모르겠지만, 내게는 어머니의 노래일 뿐이다. 어머니의 소리로 듣고 자란 내가 통기타에 맞춰 불러 형체를 입히고 앨범에 실었다. 그런 「타복네」를 팔라고 했다. 이번에는 팔지 않았다.

1부

잃어버린 전설

© 양병집

☆ 황색 나무 수레

내 인생에 대한 기억은 그 무렵부터 시작된다. 어느 더운 여름날 경규 형(황순원 선생의 막내아들)은 그 형제들이 만든 황색 나무 수레에 나를 태우고 회현동 2층집 뒷마당을 돌았다. 미군 부대에서 나온 군용 박스로 만든 나무 수레였다. 내가 즐거워하자 신이 난 경규 형은 더욱더 빨리 수레를 끌었다. 나는 '으-아' 하고 소리를 지르며 좋아했다. 그런데 철봉 아래를 지날 때 문제가 터졌다. 철봉대와 수레바퀴 사이에 내 왼손 검지가 끼어버린 것이다. '퍽!' 소리와 함께 살갗이 찢어지더니 순식간에 피가 쏟아져 나왔다. 뼈가 보일 정도였다. 경규 형은 몹시 당황했다. 때마침 집에 있던 어머니가 황급히 뛰어나왔다. 서둘러 광목으로 내 상처 부위를 싸매고는 병원을 찾았다. 그러나 아직도 내 왼손에는 상처가 남아 있다. 지금도 가끔 그 부위를 바라본다. 물론 이 상처는 나를 즐겁게 해주기 위한 경규 형과 나의 놀이의 결과였으므로 조금도 경규 형을 원망하지는 않는다.

그러나 묵정동에서 당한 테러는 아직도 잊을 수 없는, 내 인생 최초의 공포다. 판잣집 골목 앞 공터에서 동네 아이들과 함께 세발자전거를 타며 놀고 있을 때였다. 나보다 한 살쯤 많아 보이는 남자아이가 다가와 "한 번만 타보자"고 했다. 나는 "싫다"고 했다. 그랬더니 그 아이가 얼굴을 일그러뜨리며 주머니에서 무언가 꺼내 쥐었다. 면도칼이었다. 그러고는 순식간에 내 왼쪽 뺨을 그어버렸다. '싹' 하는 소리와 함께 갈라진 뺨에서 피가 흘러나왔다. 이웃 한 분이 우리 집으로 황급히 뛰어갔고 이번에도 놀라서 뛰어나온 어머니가 나를 보고 아연실색했던 것 같다. 다행히 그때 다친 곳은 흉으로 남아 있지 않다. 가는 병원마다 모두 실로 꿰매는 봉합 수술을 권했지만 딸 넷을 낳은 뒤 어렵게 얻은 아들의 얼굴에 바늘 자국을 남길 수 없었던 어머니가 여러 병원을 전전한 끝에 수술 없이 봉합할 수 있는 곳을 찾아낸 것이다.

저녁 무렵 집에 돌아와서야 사고 소식을 들은 아버지는 내 얼굴에 칼질을 한 아이의 집을 찾아가 부모에게 따졌으나 '미안하다'는 말을 듣고 돌아온 게 전부라고 한다. 내 얼굴에 칼질을 한 그 아이는 지금쯤 어디에서 무엇을 하며 살고 있을까.

♪

나는 1951년 2월 2일 경상남도 구포에서 태어났다. 6·25 전쟁이 발발하고 서울이 북한군의 수중에 넘어가자 부모님과 누나 넷은 군속이면서 내 손위 조카인 훈본의 도움으로 서울을 떠나는 마지막 열차에 극적으로 몸을 실었다고 한다. 그리고 내가 알 수 없는 연유로 구포에서 자리를 잡았고, 내가 태어났다. 그 후 대구를 거쳐 수복된 서울로 돌아온 부모님은 피난 가기 전에 살았던 회현동 2층집으로 돌아왔다. 원래 그 집은 우리 부모님의 소유였지만 피난살이를 하는 동안 돈을 다 소진해버리는 바람에 서울로 돌아와서 단편소설 「소나기」로 유명한 소설가 황순원 선생에게 그 집을 넘겼다. 그러고도 우리 가족은 그 집에서 1년 정도 더 살다가 방 두 칸짜리 묵정동 판잣집으로 이사를 했다.

묵정동 사건 이후 상심이 컸던 어머니는 "이 동네는 사람이 살 곳이 못 된다"고 하시고 곧장 회현동 문한(집주인 아들)네 집에 전세를 얻었다. 묵정동에서 남산초등학교 1학년이었던 나는 회현동 집에서 2학년을 맞이했다. 그해 초여름, 아버지가 카메라를 사 온 날이 기억난다. 우리 가족은 모두 모여 가족사진을 찍기로 했다. 천성이 밝아 까불대기를 좋아했던 나는 두 손을 들고 '대한민국 만세'를 부르면서 사진을 찍고 싶다고 했다. 얌전하게 서서 사진을 찍으려던 형제들은 모두 심하게 반대했다. 나는 결국 울음을 터뜨렸고, 울음이 그치지 않자 형제들이 할 수 없이 내 말을 들어주었다. 나는 두 손을 든 채 '대한민국 만세'를 부르며 사진을 찍었다.

회현동에서 보낸 성탄절 날에 얽힌 추억도 있다. 그해 12월 24일 어머니는 우리들을 위해 선물을 준비해 두었다가 형제들이 모두 잠든 사이 머리맡에 놓았다. 성탄절 아침이 되어 부스스 잠깨 베개 쪽으로 돌아앉은 내 눈에 흰색 종이봉투가 보였다. 봉투 안에는 미제 초콜릿과 젤리 등 과자들이 조금씩 담겨 있었다. 그러나 내 손이 먼저 간 것은 그 봉투 옆에 놓여 있던 미제 장난감이었다. 아직 자고 있는 동생 경집의 머리맡에도 내 것과 비슷한 장난감이 있었다. 내 것은 얼굴이 뾰족한 내 이미지와 잘 맞아

떨어지는 견인 트럭이었고, 동생 경집의 것은 나보다 얼굴이 넓적하고 과묵해 보이는 동생과 잘 어울리는 트레일러 장난감이었다. 누나들의 머리맡에는 과자 봉투 외에 별도의 선물은 없었다. 누나들은 그것으로도 매우 만족해하는 것 같았다.

다음 해 봄, 우리 가족은 아버지가 새로 장만한 청운동 집으로 이사를 갔다. 아버지는 나의 전학을 결정하고 이사하기 일주일 전 나를 새 학교인 청운초등학교로 데리고 갔다. 다음 날 이사 준비에 마음이 바빴는지 어머니는 "오늘은 너 혼자 학교에 다녀오라"고 하면서 내 손에 교통비를 쥐어주었다.

전학 후 처음 학교로 가기 위해 집을 나온 나는 아버지와 가보았던 길을 떠올리며 남대문 시장 앞의 정류소로 걸어갔다. 2번으로 기억되는 아류교통 버스에 올라 아무 생각 없이 광화문까지 갔다. 그때 '내려야 한다'는 생각이 들었다. 그러나 웬일인지 발은 움직이지 않았다. 새 학교에 대한 낯섦 때문이었는지 무엇 때문이었는지 나는 버스를 갈아타야 하는 광화문 정류소를 그냥 지나쳐버렸다. 삼선교 종점까지 가 정류소 근처를 서성이다가 할 수 없이 다시 버스에 올라타 돌아왔으나 곧바로 집으로 갈 수 없었다. 학교에 가지 않은 것이 탄로 날 것이기 때문이었다.

나는 동화 백화점(지금의 신세계 백화점)으로 갔다. 백화점 안의 물건들을 이것저것 구경하면서 돌아다니다가 오후 세 시가 되어 집으로 들어갔다. 어머니에게는 학교에 다녀왔다고 거짓말을 해야 했다.

그날 이후 새 학교로 등교하는 게 점점 더 두려워진 나는 학교에 다녀오겠다며 집을 나서서는 무거운 발걸음으로 명동 쪽으로 갔다. 어머니가 준

교통비로 과자나 빵을 사 먹으면서 서울 거리를 방황하기 시작한 것이다. 그런 날이 거듭될수록 마음은 무거워져 갔으나 어쩔 수 없었다. 초등학교 3학년 때의 이 '자유 아닌 자유'는 물론 얼마 뒤 어머니에게 발각되고 만다. 일주일쯤 뒤 새 학교생활이 어떤지 보려고 학교에 온 어머니에게 그동안의 일이 모두 탄로 난 것이다. 나는 어머니 손에 이끌려 다시 청운초등학교 3학년 2반 교실로 들어갔고, 한동안 전학생이라는 딱지를 붙인 채 학교생활을 무난하게 해나갔다.

♪

남산초등학교에 다닐 때만 해도 반에서 5등 안에 들었는데, 청운초등학교로 전학을 와서는 10등 안에 들기가 힘들었다. 그래서였을까. 4학년이 되자 어머니는 서울대학교 문리대생이었던 정무수라는 분을 가정교사로 붙여주었다. 처음 얼마 동안은 그저 당연하게 받아들였다. 그런데 시간이 지날수록 지겨워지기 시작했다. 왜냐하면 학교 수업이 끝나고 집으로 돌아오면 거의 매일같이 과외 선생님이 나를 기다리고 있었는데, 두 시간 이상 공부를 하고 나면 집 앞 공터에서 소리 내서 놀던 아이들 모두 저녁을 먹으러 집으로 돌아간 뒤였기 때문이다.

전날의 숙제를 빠뜨린 어느 날 아침, 나는 다시 학교로 가던 걸음을 돌려 청운동 골목을 빠져나왔다. 그때 나의 4학년 담임인 권 선생님은 무척 엄한 분이었는데, 숙제를 안 해 가면 무섭게 혼내기로 유명했다. 이른 아침 찬 공기를 뚫고 부지런히 교문으로 들어서는 아이들을 바라보면서 반대 방향으로 걷고 있는 스스로에게 약간의 수치심을 느꼈다. 혹시 같은 반

혼자 방황하는 아이 ⓒ양병집

아이들이 나를 볼까봐 고개를 푹 숙인 채 궁정동 골목을 지나 효자동 쪽 큰 길로 걸음을 옮겼다. 전차에 올라타 적선동, 광화문, 시청 앞, 남대문을 지나 서울역에서 내렸다. 청운초등학교로 전학 올 때 버스에서 스쳐 지나가며 보았던 서울역의 우람한 모습에 매료돼 있었던 것 같다.

멀리서 들려오는 기차의 기적 소리에 이끌리듯 계단을 내려갔다. 기차 꽁무니 근처에 내 또래로 보이는 아이들 둘이 놀고 있었다. 나보다 키도 크고 나이도 많아 보이는 남자아이도 하나 있었다. 그들은 새로 나타난 나를 반겨주었다. 기분이 날아갈 것 같았다. 책가방을 멘 채 아이들과 기차 칸을 오르내리며 놀았다. 얼마 뒤 누군가 다급히 외치는 소리가 들렸다.

"야! 떠난다. 빨리 내려!"

놀던 아이들이 모두 잽싸게 기차에서 뛰어내렸으나 책가방을 챙겨야 했던 나는 미처 뛰어내리지 못했다. 움직이기 시작한 기차 안에 우두커니 서 있었다. 기차 안을 둘러보았지만 누구도 내게 관심을 두지 않았다. 점점 멀어지는 서울역을 보면서 "아! 엄마……" 하며 걱정의 소리를 냈다. 얼마 뒤 '에라, 모르겠다' 체념한 채 한참을 기차에 실려 있었다. 얼마 지난 후 제정신이 들었을 때 '내려야 한다'는 생각이 들었고, 기차가 멈춘 곳에서 사람들을 따라 내렸다. 그곳은 평택역이었다.

기차가 가는 반대 방향으로 가면 서울일 것이라는 막연한 생각으로 철길 옆에 나란히 놓여 있는 아스팔트길을 따라 무작정 걸었다. 하늘엔 석양이 물들고 날이 어둑어둑해져 있었다. 사람들은 보이지 않았다. 한참 뒤에야 논밭의 정경이 끝나고 눈앞에 집들이 보이기 시작했다. 집들 사이로 파출소 건물 하나가 눈에 들어왔다.

누군가 깨우는 소리에 눈을 떴을 때 아버지와 둘째 누나가 눈앞에 있었다. 그날 아버지가 전세 내어 몰고 온 지프차 뒤에 실려 평택파출소에서 집으로 무사히 돌아왔다.

틴에이저 스토리

    우리나라에 내한 공연한 팝 아티스트 가운데 최초로 '오빠 부대'가 만들어지면서 세간에 떠들썩하게 파장을 몰고 온 이가 바로 클리프 리처드(Cliff Richard)다. 1969년 10월 이화여자대학교 강당의 마지막 공연에서 클리프가 최대 히트곡인 「더 영 원스(The Young ones)」를 부를 때에는 팬들의 흥분이 절정에 달해 따라 부르고 울고 고함치는 소리 때문에 그의 목소리가 아예 들리지도 않았다고 한다. 일부 흥분한 광적 소녀 팬은 혼절할 정도였고, 클리프를 향해 던진 꽃송이와 선물 그리고 손수건 중에는 여성의 팬티가 섞여 있다고 해서 큰 이슈가 된 일도 있었다. 나중에 확인한 결과 레이스가 달린 손수건이 잘못 와전된 것으로 밝혀졌지만.

    중학교 1, 2학년까지 성적도 상위권을 유지하며 착실한 학생으로 지내고 있었는데 3학년이 되면서 성적이 떨어지기 시작했다. 그것은 그해 봄 우연히 보게 된 한 편의 영화 〈틴에이저 스토리〉 때문이었다. 클리프 리처드가 주연으로 나오는 그 영화는 영화 주제곡「더 영 원스」와 함께 대학생, 고등학생은 물론이고 나 같은 중학생의 가슴까지 뜨겁게 했다. 내용은, 영국 고등학생들이 모여 자기들끼리의 큰 콘서트를 준비하는 과정에서 벌어지는 해프닝과 그 와중에 싹트는 남녀 간의 사랑 이야기다. 감미로운 음악과 함께 영화를 보고 나면 왠지 모를 설렘과 뿌듯함에 밤잠을 설칠 정도였다. 그 영화를 다시 보기 위해 학교 수업을 빼먹는, 일명 땡땡이를 치기 시작했다.

어머니가 아침에 가정부와 함께 만들어준 도시락을 책가방에 넣고 학생들의 통행이 적은 골목길을 돌아 학교와 전혀 상관없는 방향으로 발걸음을 옮겼다. 무단결석이었다. 그 영화가 상영되는 극장을 찾아다니면서, 영화가 재개봉관을 거쳐 두 편을 동시에 상영하는 변두리 영화관으로 옮겨 갈 때까지 따라다녔다.

그랬기 때문일까. 간신히 턱걸이로 중앙고등학교에 진학한 나는 어쩌다가 1학년 때 부반장이 되었지만 성적은 중하위권에 머물렀다. 부반장에 걸맞는 성적을 받고 싶었던 나는 2학기가 되어 열심히 공부하겠다고 다짐했다. 그런데 대형 사고가 터졌다. 내 뒤에 앉아 있던 친구 의국이가 수업 시간만 되면 내 등을 쿡쿡 찌르는 것이었다. 그는 얼굴 전체가 살짝 얽었고 키가 나보다 컸다. 처음 얼마간은 그냥 참았다. 그러나 어느 날, 별명이 '썩소'인 대수 선생님 시간에 의국이 내 등을 쿡쿡 찌르며 괴롭혀왔을 때 급기야 짜증이 치밀었다.

"선생님, 의국이가 자꾸 찔러요."

선생님께 큰소리로 일렀으나 대수 선생님은 "시끄러워" 하면서 내 탄

원을 묵살해버렸다. 그 순간 머릿속의 피가 거꾸로 도는 것 같았다. 자리에서 벌떡 일어난 나는 손에 쥐고 있던 필기구로 의국의 등을 여러 차례 찔렀다. 반에서 대소동이 일어났다. 선생님에게 귀를 잡힌 채 교무실로 끌려간 나는 다시 담임선생님에게 여러 대 맞은 후 15일간의 정학 처분을 받았다.

의국 사건 이후 갑자기 중앙고등학교가 싫어졌다. 매일의 조례에서 "우리 중앙고등학교는 오랜 전통의 사학 명문으로 특히 민주주의 교육을 앞장서 실천하는……" 어쩌고저쩌고하던 교장 또는 교감 선생님의 훈화는 허구처럼 느껴졌다. 정학 기간이 끝난 뒤에도 나는 등교하지 않았다. 얼마 뒤 학교에서 자퇴하라는 연락이 왔고, 내 고집을 꺾지 못한 어머니가 나 대신 중앙고등학교에 가서 자퇴서를 제출한 뒤 울면서 돌아왔다고 한다.

집에서 빈둥거리는 나를 본 아버지가 여기저기 손을 써 경기도에 있는 일산고등학교에 들어가도록 했다. 그러나 거리가 너무 멀다는 이유로 제대로 다니지 않았다. 그래도 연말에 2학년 성적표는 나왔고, 그것으로 서울에 있는 S고등학교의 졸업장을 얻어 서라벌예술대학교에 들어가게 되었다.

일산고등학교에 적을 두고 있었던 그해 여름, 아버지가 사업에 실패했다. 아버지의 네 형제 중 둘째인 마포 큰아버지가 홍천에 매장량이 풍부한 중석 광산 자리가 하나 있다며 아버지에게 투자하라고 권했다. 아버지는 전 재산을 털어 투자했다. 광산 개발을 위한 기계도 사고 도로도 만들며 시쳇말로 '올인'을 했는데, 결과는 너무나 비참했던 것이다. 집 안에 있는 모든 가구에 빨간 딱지가 붙기 시작했다. 어머니는 부엌의 은수저들을 내다 팔았다. 아버지는 창성동 집을 팔아 사업 빚을 갚았다. 그나마 첫째 문자 누나와 둘째 문경 누나가 아버지가 아직 사업가의 타이틀을 가지고 있을 때 각각 코리아헤럴드 신문 기자와 상공부 직원과 결혼한 것은 다행이었다. 그래서 방 두 칸에 작은 부엌과 마루가 딸린 옥인동 셋집으로 이사할 때 우리 식구의 숫자는 아홉일 뻔했던 것이 일곱이었다. 안타깝게도 셋째, 넷째 누나는 연대 음대와 홍대 미대를 휴학해야 했다. 낙심해서 집에 머물고 있는 아버지를 대신해 어머니가 구제품 보따리를 머리에 이고 집집마다 다니며 옷가지를 파는 행상에 나섰다.

나는 그 시절 인기 대폭발이었던 삼강하드아이스크림 장사를 하게 되었다. 오후 3~4시쯤 적선동에 있는 삼강하드 대리점에 가서 어깨에 메는 통에 한가득 하드를 받았다. 그러고는 어릴 적 살던 청운동을 비롯해 효자동, 신교동, 통인동, 체부동 등지를 차례로 돌았다. "하드아이스크림~ 삼~강"하며 30초에서 1분 간격으로 외쳤다. 변성기 이후 목소리가 남들 두 배 정도는 커서인지 아니면 내 음성이 듣기 좋았던지 아무튼 내 아이스크림 장사는 실적이 좋았다. 같은 양의 아이스크림을 할당받은 친구들이 다 못 팔고 돌아올 때도 나는 일찍 다 팔고 돌아왔고, 늦어도 오후 7시경에는 대리점 주인과 대금 계산을 마친 뒤였으니 대리점주가 좋아하는 것은 당연했다.

꽤나 짭짤했던 내 몫을 챙겨 옥인동 집으로 돌아오는 기분은 그런대로 좋았다. 그 돈 거의 대부분을 어머니에게 드렸다. 가끔은 주머니에 남겨두었던 잔돈으로 해태초콜릿을 사 먹기도 했다. 해태초콜릿은 그 시절 삼강하드처럼 시중에 막 소개되어 크게 히트를 치고 있던 상품이다. 셋째, 넷째 누나나 동생들에게 가져다주면 정말 좋아했다.

이듬해 아버지는 광산업을 하기 전 원래 하던 채권 장사를 통해 재기를 시작했고, 아버지의 돈벌이가 궤도에 오르자 어머니는 숙명여자대학교 앞에 차렸던 구제품 옷가게를 접고 다시 집안 살림에 전념했다. 그리고 비록 같은 전셋집이지만 우리 가족이 옥인동 집에 비해 평수도 넓고 외관상 보기 좋은 누하동 민균네로 이사하기 전에 셋째 문숙 누나와 넷째 혜숙 누나도 대학을 졸업하고 각각 음악 선생님과 육군 중위를 만나 출가했다.

♪

영화 〈틴에이저 스토리〉에 빠져 있던 중학생 때의 일이다. 광화문의 한 레코드점에서 〈틴에이저 스토리〉의 주제곡들이 여러 개 담긴 LP판을 구입한 날이었다. 광화문의 리버티다방(지금은 세종문화회관 건너편 KT 앞 정류소) 앞에서 버스를 타고, 옛날 국민대 앞에서 내려 길을 건널 때 버스 뒤쪽에서 빠른 속도로 달려오던 군대 지프차에 받혔다. 나는 차 모서리에 부딪쳐 아스팔트 바닥을 두 번 정도 굴러 나가떨어졌다. 급정거한 지프차에서 운전병과 영관급 장교가 내려 내게로 왔다. 그들은 내가 어디 다친 데가 없는지 살펴보았다. 나는 욱신거리는 등허리에는 조금도 신경 쓰지 않은 채 들고 있던 LP판이 깨지지 않았는지부터 확인했다. 판은 무사했다. 나는 엉거주춤 일어나 "괜찮다"고 하며 웃었다. 두 사람은 안도의 숨을 내쉬며 차에 다시 올라타 청와대 쪽으로 달려갔다. 지금에 와서 궁금한 것은 '그 영관 장교가 과연 누구였을까' 하는 것이다.

아무튼 집에 돌아와서 누나들에게 그 이야기를 들려주자 누나들은 차의 번호나 그 사람들의 연락처를 아느냐고 물었다. 모른다고 했더니 누나들은 '어쨌든 네가 다치지 않아 다행'이라고 말했다. 그런데 그때 그 지프 차와 부딪힌 왼쪽 등에 가끔 통증이 인다. 젊었을 때는 아무 문제가 없었는데 나이 사십이 넘어서부터 몸에 조금 무리가 올라치면 그쪽에서부터 담이 드는 증상이 생기기 시작한 것이다.

어떤 통증은 피부에 남아 있고 어떤 통증은 머릿속에 남아 있다. 그리고 어떤 통증은 한참 동안 드러나지 않다가 불현듯 다시 나타나기도 한다.

지프차에 받힌 아이 ⓒ양병집

자립사

결원 보충으로 서라벌예술대학교에 들어간 나는 고등학교 때부터 음악 공부를 나름대로 열심히 했던 과 친구들과 달리 기초가 부족했다. 또 보결생이었던 탓인지 그들과 쉽게 친해지지 못했다. 내가 서라벌예대 (초급)음악과를 1년도 못 채우고 그만두자, 아버지는 나를 명동으로 데리고 나갔다.

당시 증권거래소 근처 한 골목에서 친구와 함께 '안전사'라는 간판을 달고 채권 장사를 하고 있던 아버지는 그리고 얼마 뒤에 나를 위해 '자립사'라는 이름의 사무실을 내주었다. 그러나 사무실 사장은 아버지요, 나는 그의 아들이자 돈 심부름꾼이었다. 나와 아버지, 경리를 보는 김 양이 자립사 임직원의 전부였다. 내 월급은 따로 없었고 그때그때 아버지의 수입이 많았던 날에 일당 또는 보너스로 얼마씩 받았던 것 같다.

아버지와 함께 아침 8시경 집에서 나와 누상동과 옥인동이 만나는 골목에서 5분, 길게는 20분을 기다려 택시를 잡아타고 명동에 도착했다. 그러면 대략 8시 40분이 되었다. 가람다방이나 그 옆의 가로수다방에서 계란 노른자를 띄운 모닝커피를 한 잔씩 마신 뒤 사무실로 왔다. 그러면 9시 정각이었다. 그로부터 5분도 되지 않아 책상 위에 있는 두 대의 전화기에서 교대로 벨소리가 울려대기 시작했다. 1만 원 이상짜리 자립저축과 5,000원짜리 전화공채의 대납을 부탁하는 전화였는데 점심시간까지는 쉴 틈이 없었다. 당시 박정희 정권에서는 국가 경제 발전을 도모하기 위한 기금 마련의 일환으로 각종 허가 관련 사항의 관공서 제출 서류와 전화 구입을 위한 신청 서류에 자립저축 또는 전화공채의 납부필증을 요구했다. 후에 자동차 매매와 관련된 도로국채도 나왔고 그보다 액수가 큰 산업금융채권도 나왔지만, 아무튼 1969년 가을부터 1971년 봄까지 나는 별생각 없이 아버지를 따라 다니며 즐겁게 그 일을 했다.

그러던 1971년 봄 어느 날, 그날도 자립사 근무를 마치고 명동 골목으로 나섰을 때였다. 중앙중·고등학교 동창이자 YMCA 합창단 생활을 같이 했던 정기정을 우연히 만났다. 그는 서울대 상대로 진학해 3학년이 되어 있었다. 반가운 마음에 그와 함께 근처 다방에 가서 커피를 한 잔씩 마셨다. 그때 그가 한 가지 제안을 해왔다.

"다다음 주에 내가 다니는 클럽에서 페스티벌이 있는데 와서 노래 한 곡 하지 않을래?"

당시 취미로 만돌린을 하나 사서 연습하고 있던 나는 기꺼이 "그러마"하고 약속을 했다.

정기정과 약속한 날, 광화문의 옛 체신부 옆 골목으로 20m 정도 들어가니 입구 복도에서부터 우리나라 사무실 빌딩과 조금 다른 모습의 건물이 있었다. 미국문화원 건물이었다. 기정은 클럽 회장이라는 이에게 나를 소개해주었다.

강당 안에서는 이미 프로그램이 시작되고 있었다. 70~80명가량의 젊은 남녀가 모여 앉아 속삭이고 있었다. 무대 위에서는 한 여대생이 하얀 원피스를 입고 플루트를 불고 있었다. 늘씬한 키에, 서울대학교 음대 여대생이라고 했다. 플루트 연주를 감상할 겨를도 없었다. 곧바로 내 순서가 되었기 때문이다. 영화 〈닥터 지바고〉의 테마송 「라라의 테마(Lara's theme)」와 다른 곡 하나를 더 부르고 무대에서 내려왔다. 얼떨결이라 그랬는지 전혀 떨지 않았다. 노래를 마치자 꽤 좋은 반응과 박수가 나왔다.

페스티벌이 끝난 뒤 회장단과 출연자들만 남아 애프터 모임을 위해 비봉다방으로 옮겨 갔다. 기정은 다른 여학생들과 어울려 앉았고, 나는 아까 소개를 받은 민 회장이라는 친구 옆에 꿔다놓은 보릿자루처럼 앉아 있었다. 커피를 홀짝이고 있을 때 민 회장이 자신을 소개했다. 이름은 병일이라고 했고, 내게 "어느 학교에 다니느냐?"고 물어와 당황한 나는 엉겁결에 '서라벌예대'라고 말했다. 서라벌예술대학교는 자퇴했고 아버지를 따라 자립사에 다니던 중이었는데 말이다. 민 회장은 고개를 약간 갸우뚱하며 더 이상 말을 계속하지 않았다. 당시 클럽 멤버 대부분이 서울대학교, 연세대학교, 이화여자대학교, 덕성여자대학교, 외국어대학교 학생들이었다. 서울대학교 상대에 다니는 기정의 친구로 간 내가 서라벌예술대학교에 다닌다고 하니 그 이름이 생소했을 것이다.

나는 그제야 그날 밤 거기 모인 젊은이들이 모두 대학생이란 것을 깨달

있고, 왠지 그들 모습 모두가 좋아 보였다. 갑자기 나도 그들 중 하나가 되고 싶다는 생각이 들었다.

"나도 이 클럽에 가입할 수 있어요?"

약간은 통통한 민 회장은 잠시 생각하는 듯하더니 "그러세요" 하고 간단히 승낙했다. 정규 모임은 매주 목요일 406호에서 저녁 7시부터라고 안내해주었다. 그날 밤 누상동 집으로 돌아와 2층 내 방 침대에 누워 있을 때 아까 플루트를 불던 여대생의 모습이 눈앞에 계속 아른댔다.

클럽 정규 모임이 있는 목요일 저녁, 민 회장이 알려준 방으로 찾아가니 20명 정도가 앉아 있었다. 7시 5분 전쯤 되자 40명쯤으로 늘었다. 7시 정각이 되자 민 회장이 교탁 앞에 서서 나무 방망이를 세 번 두드렸다. 그리고 영어로 미팅의 시작을 알렸다. 모두 진지한 얼굴로 프로그램을 진행하고 참여했다. 특히 전부가 영어로 말을 했는데, 태어나서 그런 광경을 처음 본 나는 속으로 몹시 당황했다.

민 회장이 영어로 뭐라고 뭐라고 진행하자 40여 명의 학생이 갑자기 10명씩 넷으로 나뉘어 둥그렇게 둘러앉았다. 나도 당황한 기색을 감추며 어느 한 그룹에 끼어 앉았다. 학생들이 돌아가면서 영어로 이야기를 했다. 내가 속한 그룹 리더인 장진수가 이윽고 내 순서를 알리며 나를 지목했을 때 몹시 당황했다. 간신히 이렇게 말했다. "I didn't prepare about this topic." 얼굴이 벌개졌던 기억이 아직도 생생하다.

잠시 화장실에 다녀오겠다며 그 자리를 빠져나온 나는 그날 밤 집으로 돌아와 마치 콜럼버스가 신대륙을 발견한 것 같은 기분을 느꼈다. 물론 이것은 나 혼자만의 상상이지만. 또 장진수의 물음에 제대로 대답도 못하고 도망쳐 나온 내 자신이 한심하게 느껴지기도 해 처량한 마음을 가지고 잠들었던 것 같다.

날이 밝고 또다시 아버지를 따라 명동으로 향했다. 택시 안에서 아버지에게 "이제 이 일을 그만하고 싶다"고 말했다. 갑작스럽고도 일방적인 내 선언에 깜짝 놀란 아버지는 "뭐이? 뭐이가 어드래? 야가 지금 무슨 소리 하는 거야?"하며 평안도 억양으로 되묻고는 낙담한 표정을 지었다. 나는 지난 한 달간 내게 있었던 일들을 말했다. 그리고 "나도 다시 대학생들과 어울려 영어 공부를 하고 싶다"고 말했다.

"넌 이제 대학생두 아니잖네? 기록하고 학교 졸업장 그딴 거 다 필요 없어요. 이병철이두 정주영이두 다 학교 문턱두 못 넘어본 사람들이야. 거저 요즘 세상엔 돈 많은 게 최고야요. 서울대구 연대구 돈 많으면 다 그 앞에 와서 허리를 구부리게 돼 있어요. 거 허튼소리 하지 말구 넌 내 말만 잘 들으라우."

그날 재차 나의 결심을 말했으나 아버지는 한동안 내 요구를 들어주지 않았다.

☆ 운명의 T.S.S.

'생각하는 돌들의 모임', 영어로 Thinking Stones Society(약칭 T.S.S.).
그때 내가 만약 명동에서 기정을 만나지 않았다면 지금쯤 내 운명은 어떻
게 바뀌어 있을까? 아버지를 따라 계속 채권이나 증권업에 종사하며 많은
부를 축적해 어마어마한 부자가 되어 있지 않았을까? 그렇다면 결혼은 언
제 누구와 해 어떤 아이들을 낳고 지금쯤 어떤 생활을 하고 있을까?

당시 내가 어떻게 자립사를 그만두었는지, 아버지를 어떻게 설득하고
영어 회화 클럽인 T.S.S.를 몇 년간 다녔는지 정확히 기억나진 않는다.
T.S.S.는 미국문화원의 16개 등록 클럽 중 하나였고, 영어회화 동호회가 많
지 않던 무렵이었으니 그 구성원들은 당시의 엘리트 집단이라고 할 수 있
다. 이제 와 어렴풋이 기억나는 건 내가 T.S.S.의 정규 모임에는 거의 참석
하지 않았으나 정규 외 모임에는 꽤 자주 나갔다는 것이다. 특히 하기 수
양회나 안성보육원 같은 클럽 봉사 활동에는 꼭 참여했다.

다른 친구들에 비해 상대적으로 영어를 잘하지 못했던 나는 클럽 안에서 오락 시간을 담당하게 되었다. 영어가 약한 대신 노래를 통해 지적인 이미지를 유지하려고 했다. 내 위의 선배로는 박종섭, 안병태, 남학우, 조정훈, 이명숙 등이 있었지만 내가 클럽에 늦게 들어갔던 관계로 그분들과 친해질 수 있는 계기가 없었다. 동기들은 나를 그곳으로 인도한 기정을 비롯해 송영소, 국중엽, 조병제, 장진수, 성만경 등의 남학생과 김정숙, 기명숙 등 여학생 몇 명이 있었다. 그러나 민병일 등이 마련해준 나의 첫 리사이틀 이후에는 내 다음 기수인 이중회, 윤희태, 문성자, 오경자 그리고 그다음 기수인 김창주, 김명수, 최희태, 윤석관, 김재신, 박희열, 최옥례, 김화자 등과 더 많이 어울리게 되었다.

생뚱맞을 수도 있으나 나는 T.S.S.와의 인연으로 첫 리사이틀을 할 수 있었다.

"개인 리사이틀을 해보는 게 어때?"

어느 날 클럽 회장 민병일이 제안했다. 회원들 앞에서 노래 부를 기회가 많았던 나는 당시 닐 다이아몬드(Neil Diamond)의 「Solitary man」과 「Holly Holy」, 「Saved by the bell」, 그리고 가요로는 펄 시스터즈의 「커피 한 잔」 등을 즐겨 불렀다. 그것들을 레퍼토리 삼아 공연하기로 했다.

명동 오비스 캐빈(OB's Cabin)에서 찬조 출연할 사람을 섭외했다. 넷째 누나와 홍익대학교 미대 동창이기도 한 이창림 선배는 파라다이스룸에, 또 이미 세상에 조금씩 자신의 이름을 알리기 시작한 양희은은 코스모스 홀에 각각 스테이지를 가지고 있었다. 공연을 마치고 내려온 그들에게 방문 목적을 설명해 찬조 출연해줄 것을 승낙 받았다.

공연 당일, 설레는 마음으로 아침 일찍 일어나 기타를 잡았다. 그런데 전날부터 쉬기 시작한 목소리가 하룻밤을 자고 났는데도 나아지질 않았다. 공연장에서 부를 레퍼토리 순서대로 한 곡 두 곡 연습하면서 걱정이 밀려왔다.

부엌에 가서 날계란 두 개를 깨서 먹고 30분쯤 기다렸다. 그러나 아무런 효과도 없었다. 마당으로 내려가 신선한 공기를 들이마시며 되도록 리사이틀 생각은 하지 않으려고 애썼다. 점심을 먹고 오후 1시경 방에 올라와 다시 기타를 집어 들었다. 그런데 순간 '쩍' 하는 소리가 났다. 기타의 앞판에 금이 간 것이다. '이것은 또 무슨 불길한 징조란 말인가. 그동안 아무 일 없었던 기타가 왜 하필 오늘 갈라지나.' 기분전환이 필요했던 나는 어머니한테 "오늘 무슨 옷을 입으면 좋겠느냐?"며 상담했다. 어머니는 검정색 바탕에 가느다란 흰색 줄무늬가 있는 양복과 흰 와이셔츠 그리고 빨간색 넥타이를 골라주었다.

전날 김창주와 최희태 등이 광화문에서 전단지를 뿌린 효과가 있었는지 공연장은 사람들로 꽤 북적거렸다. 숙명여고와 이화여고 교복을 입은 여학생들이 50명가량 찾아왔고 30명가량의 T.S.S. 회원들도 공연장 뒤쪽에 자리 잡고 앉기 시작했다. 그리고 맨 앞자리 중앙에 양복 차림의 내 아버지와 당신의 사업 파트너 윤성섭 사장도 떡하니 앉아 있었다.

지금 생각해보면 참 엉성하고 우스꽝스러운 리사이틀이었다. 모습도 그렇고 레퍼토리도 그렇고. 나는 회사원들이 입는 일반 양복 차림에 야마하(Yamaha) 클래식 기타를 끌어안고 앉아 있었다. 어떤 옷을 입고 나가야 할지 몰라 어머니가 골라준 정장 차림으로 나간 것이었는데, 그 복장은 내

양준(병)집 리사이틀ⓒ양병집

가 부르는 노래들과 전혀 어울리지 않았다. 특히 여고생들이 앉아 있는 앞줄 한가운데 점잖게 앉아 계신 두 어르신 관객은 묘하게 삐걱거리는 풍경을 만들어냈다. 그나마 가수 양희은과 이창림 그리고 T.S.S.의 고문이자 미군 출신인 그린(Green)의 찬조 출연이 있어서 관객들의 기대감과 호기심은 어느 정도 충족되었던 것 같다. 어찌 되었든 백 퍼센트의 컨디션은 아니었지만 많은 사람들 앞에서 노래를 부른 내 첫 리사이틀은 한 시간 반 정도에 걸쳐 무사히 마쳤던 것으로 기억된다.

리사이틀 이후 클럽 회원 중 내 동기인 서울대학교 공대 3학년 휴학생 조병제와 듀엣을 하게 되었다. 그는 내가 T.S.S.에 들어가기 전 오락과 음악을 담당했다. 키는 나와 비슷했고 나처럼 밝고 명랑했으며 내 말에 귀를 잘 기울여주던 친구다. 김민기와 경기고등학교 동기동창이고, 그의 말에 의하면 고교 밴드부 시절 아침 조회 때 트럼펫을 불었다고 한다.

나는 기타를 손가락으로 뜯는 핑거링(fingering), 병제는 코드 전체를 내리훑는 스트러밍(struming) 주법이 전부일 정도로 우리 둘의 연주는 엉성한 편이었다. 그러나 둘의 화음만은 환상적이었다.

병제와 나는 약 두 달간 주로 사이먼 앤 가펑클(Simon and Garfunkel)의 노래들로 연습하다가 피터 폴 앤 메리(Peter, Paul and Mary: PPM)를 알게 되었다. PPM은 1960년대부터 지금까지 활동하고 있는 미국의 혼성 그룹이다. 당시 PPM은 라디오나 거리의 레코드점 어디서나 흘러나왔다. 시내를 나가면 하루에 두 번 이상 그들의 노래 「Leaving on a Jet Plane」이나 「Lemon Tree」, 「Puff」 등을 들을 수 있을 정도로 한국 젊은이들에게 큰 인기를 끌고 있었다. 피터와 폴은 각각 병제와 내가 하면 되었지만 메리 파트를 소화해 낼 여자 멤버가 필요했다.

1971년 초가을 병제와 나는 광화문 버스 정류장에서 버스를 기다리던 여대생 두 명에게 다가갔다. 상당히 세련돼 보이는 그녀들에게 "혹시, 음악 좋아하세요?" 하고 조심스레 말을 걸었다. 그녀들이 반응을 보이자 내친 김에 우리는 "노래 잘 부르는 여학생을 찾고 있다"고 말했다. 그랬더니 그녀들이 "자기 친구 중에 노래를 아주 잘하는 친구가 있다"고 알려주었다.

그녀들의 소개로 우리는 유명숙을 알게 되었다. 명숙은 성심여자대학교 1학년이었으며, 크고 동그란 눈에 오똑한 콧날 그리고 그야말로 앵두 같은 입술을 가진, 골디 혼(Goldie Hawn)처럼 귀여우면서도 귀티 나는 외모를 가진 여학생이었다.

명숙을 영입한 병제와 나는 누상동 우리 집 1층 작은방을 연습실 삼아 본격적인 음악 연습을 시작했다. 명숙은 음감도 무척 좋아 PPM의 레퍼토리 중 메리 파트를 완벽하게 소화했다. 병제는 기타를 잘 치는 편이 아니었지만 목소리에 힘이 있고 음역대도 테너 파트라서 내가 멜로디를 부를 때 명숙과 더불어 위아래로 오르내리며 화음을 잘 넣어주었다. 어떤 때는 일주일에 한 번, 그리고 무대에 나갈 때나 특히 한국일보사에서 열린 리사이틀을 앞두고는 일주일에 두 번 내지 세 번 이상 연습했다.

누상동 방에서 여러 곡을 연습하는 동안 기정 등 나의 T.S.S. 동기들은 대학을 졸업하고 사회인이 되어 모임에 별로 나타나지 않았다. 대신 최희태 아래 학번의 신영균, 김성중, 김성일, 정인숙, 이희주 등과 그다음 학번의 박주원, 이치형, 이두성, 최승훈(가수 호란의 아버지), 이선화 등 많은 신입 대학생들이 들어왔다. 그리고 나는 한대수의 1집 앨범 〈물 좀 주소〉에 기타 세션맨으로 참여한 친구 임용환을 T.S.S.에 데리고 갔다.

내가 T.S.S.라는 동호회를 내 인생에서 특별히 소중하게 생각하는 것은 그들이 나를 각별히 아껴주고 사랑해주었기 때문일 것이다. 아직도 그 클럽에 관해 떠오르는 추억이 많다.

내가 T.S.S.에 들어간 첫해 여름, 40명 정도에 달하는 회원 거의 모두가 참가한 수양회 겸 하계 봉사 캠프에 나도 따라가게 되었다. 장소는 경기도 안성에 있는 N보육원이었다. 회장단이 미리 짜놓은 일정표에 따라 낮에는 주로 보육원 소유의 밭에 나가 뽕잎 따는 일을 돕거나 잡초 뽑는 일을 했다. 저녁 식사가 끝나면 약간의 자유 시간을 가진 후 그날그날의 주제를 놓고 세미나 형식의 환담을 나누었다. 그런 뒤 시설 아이들을 돌봐주기도 하고 어떤 날은 근처에 있는 공동묘지 쪽 빈터에 가서 캠프파이어를 하기도 했다. 떠나기 하루 전날쯤에는 원생 대표들과 클럽 대표 간의 축구 시합도 벌였다. 그런 행사는 그다음 해에도 비슷한 모양새로 이루어졌다. 그러나 내가 다른 동기들과 달리 이후 몇 년 동안 클럽에 계속 발을 담그며 드나들게 된 연유는 따로 있다.

1960년대 후반쯤 미국이 자국의 문화를 우방국에 알리기 위해 세운 미국문화센터라는 곳이 있는데, 그 안에는 T.S.S.를 비롯해 쿠알라, 타이거 등등 총 16개의 대학생 영어회화 클럽이 있었다. 다른 클럽의 분위기는 알 수 없으나 내가 들어간 클럽의 회원들은 한결같이 노는 방법을 너무나 몰랐다. 소위 순진무구한 공부벌레들 같았다. 안성 여름 캠프에서 오락시간이 되어 전 회원이 보육원 땅바닥에 둘러앉았다. 그런데 기껏 한다는 놀이가 무릎과 손바닥을 번갈아 치면서 "일, 오, 삼, 십사" 하고 외치는 것이었다. 나 역시 당시 바깥세상에 흔해빠진 '후라빠'(왈가닥, 말괄량이의 뜻으로 flapper의 일본식 발음) 족과 거리가 멀었지만, 적어도 펄 시스터즈가 유행시킨 소울과 고고 춤의 기본 동작 정도는 알고 있었다. 하도 어이가 없어서 "고고 춤을 가르쳐줄 테니 모두 자리에서 일어나"라고 했다. 그러나 아무도 일어나지 않았고 모두 그냥 앉은 자세로 배우겠다고 했다. '춤을 가르쳐주겠다는데 일어나지 않겠다니…….' 나는 할 수 없이 손과 어깨 동작을 보여주며 그들에게 따라 해보라고 했다. 그런데 그날부터 서울로 돌아오는 마지막 날까지 그들은 서너 명만 마주앉으면 내가 가르쳐준 춤을 추었다. 그 모습이 참 순수하고 좋아 보였다.

같은 해 여름 같은 장소에서 있었던 에피소드다. 장마철이 지났는데도 우리가 보육원에 도착한 다음 날부터 비가 내리기 시작했다. 이튿날도 마찬가지였다. 회원들은 보육원 실내에서 무료해하고 있었다. 그때 자교교회 고등부 적 일이 떠올랐다. 청년부에 홍기화 선배가 있었는데, 그가 용유도 캠프에서 기우제를 했었다. '아 은니 은니까와 은니'로 시작하는 주문은 인디언들이 건기에 비 오기를 빌던 것이라고 선배가 말했다.

나는 회원 모두를 큰방에 모이게 한 뒤 둥글게 앉자고 했다.

"자, 이제부터 청명제를 지낼 텐데, 내가 선창하는 주문과 동작을 배운 후 여러분이 그대로 따라 하면 내일 낮에 비가 갤 것이다."

"이건 절대 장난이 아니니 심각하게 해주기 바란다."

주문과 동작을 가르쳐주면서 엄포성 발언도 추가했다. 그렇게 청명제를 지냈다. 내가 고개를 숙이라고 말하면 모두 고개를 숙이고, 두 손을 하늘로 쳐들라고 하면 나를 따라 손을 하늘로 쳐들었다. 그것은 물론 나도 심심하고 그들도 심심해하는 것 같아 해본 장난이었을 뿐인데 매우 진지하게 나를 따라주는 그들이 좋았다. 신기하게도 다음 날 아침 창밖에 파란 하늘이 드러나 있었다. 마치 우리의 주문이 먹힌 것처럼 회원들 모두 탄성을 질렀다.

우스갯소리이기는 하지만 그날부터 T.S.S. 안에서 양병집의 전성시대가 열렸다. 회장을 비롯한 임원들은 물론 남녀 동기, 후배 모두 나를 좋아하며 따라주었다. 나도 그들이 좋았다. 나에 대한 전설은 그 뒤로 여러 번 회장단이 바뀌어도 계속 전해져 내려갔다. 물론 그 사이사이 서울대학교 농대, 충청남도 대천, 양평의 양수리, 전라북도 변산 등에서 나에 대한 전설이 계속 이어질 수 있도록 몇 가지 영웅담을 더 만들어내긴 했다. 하지만 그런 것이 계속될 수 있었던 데는 내가 당시 자립사와 태평증권에 양다리를 걸치고 있었기 때문에 누릴 수 있었던 경제적 여유도 한몫했을 것이다.

♪ 생각하는 돌들의 모임(Thinking Stones Society: T.S.S.)

음악 감상실 내쉬빌

오리지널 내쉬빌은 충무로 장수갈비 옆에 있었는데 나중에 이사를 갔다. 내쉬빌은 1969~1970년 즈음에 생긴 것으로 알고 있다. 그곳은 다른 음악 감상실과 비교하면 혁신적인 장소였다. 세시봉이 메이저였다면, 내쉬빌과 디 쉐네 같은 장소는 요즘 말로 언더나 인디라고 할 수 있다. 세시봉이 포크 중심이었던 데 비해 내쉬빌은 사이키델릭하고 헤비한 음악을 틀었다. 그런데 당시 우리나라에 그런 음악인들이 없었다. 그래서 나 같은 언더 가수들이 그곳에서 공연을 했다. 내쉬빌은 소위 히피 성향을 가지고 있었고, 그곳에 모이는 젊은이들은 묘한 분위기에 취해 있었다.

병제, 명숙과 함께 거의 스무 곡에 가까운 팀 레퍼토리를 완성한 어느날 충무로 본전다방 옆 건물 필하모니 음악 감상실 위층에 있는 내쉬빌에 갔다. 그 무렵 내쉬빌에는 「나는 돌아가리라」의 작사·작곡자 김광희, 「불나무」의 방의경, 1980년대 들어 유명해진 「송학사」의 김태곤, 「아야 우지

마라」의 박두호 등 여러 가수들이 요일별로 교차 출연하고 있었다. 그리고 그레그(Greg), 맥스(Max) 등 주한미군으로 왔거나 한국 여행을 왔다가 들른 외국 친구들도 가끔씩 노래하거나 연주하고 있었다.

우리는 내쉬빌의 상임 디제이 중 한 명인 김유복을 알게 되었다. 그리고 그날 밤 곧장 그의 허락을 받아 스테이지에 올라갔다. 병제와 명숙 그리고 나는 그동안 연습한 다섯 곡을 부르고 내려왔다. PPM의 「Leaving on a Jet Plane」, 「Puff」, 「Day Is Done」, 「Early Morning Rain」 같은 곡들이었다. 관객의 반응이 그런대로 괜찮았던지 유복은 다음 주 같은 요일 저녁 시간에 또 오라고 했다. 그렇게 해서 우리 팀은 그곳에서 몇 번 더 연주했다. 그리고 유복의 소개로 당시 인기 라디오방송 프로 중 하나인, 방의경이 진행하는 CBS의 〈Seventeen〉에도 출연하게 되었다. 명숙 친구들의 도움으로 한국일보사 강당에서 리사이틀도 할 수 있었다.

당시 내게는 T.S.S.와 내쉬빌 생활이 전부였다. 그러나 얼마 못 가 우리 팀은 해체의 불행을 겪게 된다. 병제가 자신의 대학교 1년 선배이며 기타를 잘 치는 사람이라면서 우리 집에 데려온 인보의 등장 때문이다. 인보가 팀 연습에 가담하려 하자 명숙이 쭈뼛거리며 자리를 피하는 듯했다. 모이는 시간이 점점 어긋나더니 결국 유야무야되는 때가 많아졌다. 나중에 알게 된 것인데 공교롭게도 인보는 명숙의 고교 시절 과외 선생이었으며, 두 사람은 그 당시 서로 불편한 관계였던 것 같다. 결국 명숙도 떠나고 인보도 몇 번 연습해보다 그만두는 바람에 다시 병제와 나 둘만 남게 되었다. 그러자 병제도 이제 사법고시 공부를 해야겠다고 말하고는 기타를 놓아버렸다.

내쉬빌에 대해 말로만 전해 들은 후배들과 음악평론가들이 당시 그곳 분위기가 어땠냐고 물어오는 경우가 지금도 가끔 있다. 그들을 위해 기억을 더듬어보면, 3층 계단을 올라서면 전면에 매표구가 있고 왼쪽으로 두 쪽짜리 출입문이 있었다. 영업 중에 한쪽 문은 항상 열려 있었다. 문 안쪽에 입장권을 찢어 받는 기도가 항상 서 있었다. 다시 문 하나를 열고 들어가면 150평 정도 되는 홀 뒤쪽에 뮤직 박스(DJ Room)가 있고, 그 안에는 두 대의 가라드(Garrad) 턴테이블과 이퀄라이저, 한 대의 매킨토시(Mack-intosh) 앰프 그리고 500장에 가까운 원판과 400장이 넘는 해적판 LP들이 뒤섞여 꽂혀 있었다.

앞 홀 중앙에 무대 쪽을 향해 푹신한 1인용 소파 같은 것이 한 열에 약 20개씩 15열 정도 있었다. 왼쪽 벽면에 지미 헨드릭스(Jimi Hendrix), 예스(Yes), 그랜드 펑크(Grand Funk), 제니스 조플린(Janis Joplin), 딥 퍼플(Deep Purple), 비틀즈(Bealtles) 등의 포스터가 검은 사이키델릭 조명 아래 걸려 있었다. 오른쪽 뒤편은 입장권으로 음료수 한 잔을 마실 수 있는 휴게실, 그리고 마지막으로 홀 정면에는 대여섯 명이 한꺼번에 올라설 수 있을 정도 크기의 스테이지와 그 양쪽으로 그 유명한 알텍(ALTEC) 스피커(그 당시나 지금까지도 음의 높고 낮음을 가장 잘 표현해주는 오디오의 명품)가 있었다. 미성년자는 입장 불가였지만 때때로 사복 차림의 성숙한 10대들도 있었다.

또 하나 특이한 것은 손님 중 10~20퍼센트 정도는 대마초를 흡연한 듯한 젊은이들이었다는 점이다. 휴게실 옆 화장실에서는 대마초를 피우던 젊은이들이 기도들에게 걸려 한구석에서 구타당하는 장면이 펼쳐지

곤 했다.

그 뒤 내쉬빌은 충무로 시대의 막을 내리고 주인이 바뀌며 오늘날의 명동프라자 앞으로 옮겨 같은 상호로 1년간 더 운영되었다. 그러나 시대가 변하면서 영업 부진으로 문을 닫게 되었다.

1st · POP & FOLK

T·S·S·RECITAL
ociety
tones'
hinking

시간 : 1972. 1. 28. PM : 6.00
장소 : 한국일보사 12층 강당
찬조 : ▮▮▮▮▮, 김 민 기

회 권 권 ₩100

♪ 1974년 청평페스티벌에서 왼쪽부터 유명숙, 양병집, 최성원
♪♪ 유명숙, 조병제와 함께 마련했던 리사이틀의 티켓

"이제 솔로가 됐으니 밥 딜런의 노래를 해보는 게 어때?"

1년 내지 1년 반 만에 팀은 해체되고 졸지에 '닭 쫓던 개' 신세가 된 나는 내쉬빌에 가서 유복에게 신세 한탄을 했던 것 같다. 유복은 나를 내쉬빌 옥상으로 데려갔다. 그는 내게 주머니에서 꺼낸 이상한 모양의 담배를 권했다. 나는 그게 무엇인지도 모르고 그가 일러주는 대로 두세 모금 빨았다.

"담배 맛은 순한데 좀 어지럽네."

내 말을 들은 그는 빙그레 웃으며 말했다.

"그건 담배가 아니라 잔디야."

"잔디?"

내가 되묻자 유복은 다시 한 번 웃으며 자세히 설명해주었다.

"응. 그런데 그냥 풀밭에서 자라는 잔디는 아니고, 정식 명칭은 마리화나(marihuana)인데 미군 애들은 그냥 그래스(grass)라고 불러. 우리말로 하면 잔디인 셈이지."

그날 마리화나를 처음 피웠을 때는 별다른 느낌을 받지 못했다. 그러나 그 후 내쉬빌에서 유복을 만나 한두 모금씩 피우게 되면서 점차 마리화나가 주는 느낌을 알게 되었다. 마치 또 다른 형태의 세상을 보는 것 같았다. 세상 모든 것이 아름답게 보이고 평소 잘 보이지 않고 들리지 않던 것들이 새삼스럽고도 생생하게 다가왔다. 유복은 때로 내가 혼자서 피울 정도의 양을 신문지 쪼가리에 싸주기도 했다.

"이제 솔로가 됐으니 밥 딜런의 노래를 해보는 게 어때? 네 목소리하고도 잘 맞을 것 같은데."

그날도 옥상에서 마리화나를 피우던 중이었다. 유복이 던진 말에 귀가 번쩍 뜨였다. 당시 내쉬빌의 다른 친구들은 자신의 자작곡을 부르는 사이사이 외국 포크가수들의 커버송을 무대 레퍼토리로 쓰고 있었다. 박두호는 레너드 코헨(Leonard Cohen)의 노래를, 최성화는 제임스 테일러(James Vernon Taylor)를, 방의경과 김광희는 주디 콜린스(Judy Collins)나 존 바에즈(Joan Baez)의 노래를 불렀다.

그날 이후 나는 PPM이 부른 「Blowin' in the Wind」의 작곡자로만 인식하고 있던 밥 딜런에 대해 관심을 갖게 되었다. 또 그의 노래들을 내 레퍼토리로 삼기 위해 LP판을 사서 「It Ain't Me Babe」, 「Mr. Tambourine Man」 등의 노래를 연습하기 시작했다. 노래를 부르면서 가사를 보니 다른 음악과 조금 달랐다. 한마디로 가사의 차원이 기존의 팝송들과 전혀 달랐다.

예를 들어 「You're the Reason」이나 「Don't Forget to Remember」 같은 노래들은 그동안 내가 공부해 두었던 영어로 쉽게 해석이 되었고, 사이먼 앤 가펑클이나 PPM의 노래들도 사전을 몇 번 뒤지면 전체 가사의 내용을 쉽게 이해하고 부를 수 있었다. 그러나 단순하게 반복되는 밥 딜런의 가사들은 사전을 뒤지고 또 뒤져 겨우 한 절을 직역해놓고 보아도 그 내용을 좀처럼 이해하기 힘들었다. 한마디로 노랫말이 가지는 함축성이 매우 컸던 것인데, 「Mr. Tambourine Man」, 「A Hard Rain's A-Gonna Fall」, 「I Want You」 등이 대표적이다.

그날부터 미국 모던포크(American mordern folk) 전반에 관한 연구를 하기 시작했다. 지금은 없어진 미도파 건물 건너편 상가 뒷골목의 외국 서점들을 뒤져 미국 포크와 관련된 악보집 두세 권을 구입했다. 그렇게 유복의 우연한 제안이 계기가 되어 나의 포크 음악은 시작되었고, 이후 나는 평생 '포크가수 양병집'이라는 타이틀을 지니고 가게 된다.

가장 처음 작업한 곡이 밥 딜런의 「Don't Think Twice, It's All Right」를 번안해 부른 「역(逆)」이다. 「Don't Think Twice, It's All Right」는 밥 딜런의 초기 명작 중 하나로, 남녀 심리의 엇갈림을 노래하는 곡이다. 이 곡을 직역하지 않고 한국의 분위기에 맞게 개사했다. 번안곡이긴 하지만 원곡과 전혀 다른 가사를 가지게 되었다. 훗날 김광석이 「두 바퀴로 가는 자동차」라는 제목으로 불러 세간에 유명해졌으나, 내가 맨 처음 그 노래를 사람들 앞에 내놓았을 때는 미처 제목도 가지지 못한 노래였다.

얼마 후 나는 다시 내쉬빌에서 노래를 부를 수 있는 기회를 얻게 되었다. 비록 트리오 때처럼 팀으로서 함께 누리는 환희를 느끼지는 못했지만 내 자신의 오리지널 곡을 부르기 시작했다. 그것은 「타복네」였다.

「역(逆)」

두 바퀴로 가는 자동차
네 바퀴로 가는 자전거
물속으로 나는 비행기
하늘로 뜨는 돛단배
복잡하고 아리송한 세상 위로
오늘도 애드벌룬 떠 있건만
포수에게 잡혀온 잉어만이
한숨을 내쉰다

시퍼렇게 멍이 드는 태양
시뻘겋게 물이 든 달빛
한겨울에 수영복 장수
한여름에 털장갑 장수
복잡하고 아리송한 세상 위로
오늘도 애드벌룬 떠 있건만
태공에게 잡혀온 참새만이
눈물을 삼킨다

남자처럼 머리 깎은 여자
여자처럼 머리 긴 남자
백화점에서 쌀을 사는 사람
시장에서 구두 사는 사람
복잡하고 아리송한 세상 위로
오늘도 애드벌룬 떠 있건만
땅꾼에게 잡혀온 독사만이
긴 혀를 내민다

(양병집 1집 앨범 〈넋두리〉, 성음레코드, 1974년)

■ "은유적인 서술과 현실의 다양한 아이러니를 역설적으로 묘사. 이 노래를 통해 그는 당시 노랫말에
쉽게 끌어들일 수 없다고 생각되는 단어들을 절묘하게 배합해 현실과 허구를 뒤섞는다."
－박성서, "[박성서의 7080 가요X파일]1970년대 3대 저항가수 양병집(Ⅰ)",
《서울신문》, 2007년 6월 9일자.

「Don't Think Twice, It's All Right」

걸터앉아 이유를 생각해보았자 소용없어요
어떻게 해도 안 되는 일이라네
지금까지도 알 수 없었으니까요
새벽에 암탉이 울 때 창으로 내다보세요
나는 사라졌을 테니까요
당신이 나를 여행 떠나게 한 거예요
끙끙 앓으며 생각해보아도 별 수 없어요
이것으로 됐어요
새삼스레 당신의 밝은 사랑을 보여줘도 소용없어요
그런 것과 나는 인연이 없었으니까요
당신의 밝은 사랑을 보여줘도 소용없어요
나는 길의 어두운 뒤쪽에 있었으니까요
지금도 나는 내 결심을 바꾸어 여기에 머물도록
당신이 뭔가 하거나 말해준다면 좋겠다고 생각하기도 하지요
우리는 이것저것 서로 이야기를 잘 나누지 않았어요
그러나 끙끙 앓으며 생각해도 별 수 없어요
이것으로 됐어요 내 이름을 자꾸 불러보았자 소용없어요
이제 나에게는 들리지 않으니까요

나는 여로를 더듬으면서 생각하고 계속해서 생각해요
나는 여자를, 아이를 사랑했어요
나는 그녀에게 마음을 주었지만, 그녀는 나의 혼을 구했어요
하지만 끙끙 앓으며 생각해도 별 수 없어요
이것으로 됐어요 나는 오래 쓸쓸한 길을 더듬고 있어요
어디로 가는지 알 수 없어요 '안녕히'라는 말은 너무 좋아요

그러니 "몸조심하세요"라고만 합시다
당신이 냉정했다는 말은 하지 않겠어요
좀 더 잘 해주었다면 좋겠지만 괜찮아요
당신은 귀중한 시간을 헛되게 했을 뿐이지요
끙끙 앓지 마세요 이것으로 됐어요

(밥 딜런의 원곡 가사 번역)

두 바퀴로 가는 자동차 ⓒ 양병집

'양준집'이 ☆
'양병집'이 된 사연

    1972년 늦가을이었을 게다. 서울 명동의 한 골목길을 걷던 나는 우연히 전봇대에 붙은 '전국 포크송 콘테스트'라는 타이틀의 포스터를 보게 된다. 그즈음 내쉬빌 등지에서 어느 정도 경력을 쌓은 나는 포스터에 나와 있는 날짜에 그 장소를 찾아갔다. 바로 얼마 전 구입한 4현 밴조를 들고.

    그곳이 정확히 어디였는지 전혀 기억나지 않지만 정면에 둥그렇게 생긴 무대가 있었고 화려한 조명은 없었다. 내가 그곳에 갔을 땐 30여 명의 신청자와 그들과 함께 온 친구나 가족 등 약 100명 이상이 모여 있었다. 2층 계단을 올라 문 안으로 들어서니 많은 사람들이 앉아 있었다. 오른쪽에 탁자 몇 개를 붙여놓은 곳에서 출연 신청서를 나누어 주며 현장 접수를 했다. 나는 신청서에 내 본명 대신 동생 이름 '양경집'을 적었다. 얼마간의 신청비와 함께 접수한 뒤 혼자 구석의 빈 의자에 앉아 순서를 기다렸다.

    전국 포크송 콘테스트다웠다. 부산이나 대구 등에서 올라왔는지 경상도 억양으로 자기소개를 하고 어색한 영어 발음으로 팝송을 부르는 젊은 이도 있었고, 듀엣으로 나와 트윈 폴리오의 「하얀 손수건」을 부른 팀도 있었다. 아주 못하는 친구들은 노래가 다 끝나기 전에 불합격되어 무대에서 내려오기도 했다. 20명 정도가 노래를 마친 뒤, 사회자가 다음 순서로 '양병집'을 불렀다. '양병집?' 직감적으로 '아! 이건 나를 부르는 거다!' 하고 알아차린 나는 무대 가운데 있는 둥그런 의자에 올라앉았다. 그때 부른 노래가 「두 바퀴로 가는 자동차(역逆)」다.

모든 출연자의 경연이 끝나고 심사위원장으로 보이는 이가 무대로 올라서서 입상자들을 발표했다.

"1등 이주원, 2등 김준세, 3등 양병집."

1등과 2등은 부상으로 무엇을 받았는지는 모르겠지만 나는 그때 중저가 기타 한 대를 받았다. 그리고 양병집이라는 이름이 새겨진 상장도 같이 받았다. 3등을 하긴 했지만 그래도 기분이 무척 좋았다. 내쉬빌 시절에 작업해둔 것들이 나름대로 성과를 거둔 것이다. 이 포크송 콘테스트에서 우연히 가수로서의 내 이름, '양병집'이 탄생했다. 오늘날까지도 내 본명을 모르는 사람들은 나를 양병집이라고 부른다.

참고로 이주원은 훗날 양희은이 불러서 히트시킨 「내님의 사랑은」의 작사·작곡자이며 김준세는 '이노디자인'의 대표로 유명한, 또 고교시절 김민기와 '도비두'(도깨비 두 마리라는 뜻)를 결성하기도 했던 김영세의 동생이다.

서유석 선배와 「타박네」

전국 포크송 콘테스트에서 입상한 우리 세 명은 그 며칠 뒤 사전 약속에 의해 그 당시 필동 어딘가에 있던 월간팝송사를 방문하게 된다. 그날 월간 팝송사 사장 이문세(가수 이문세와 동명이인) 씨는 사무실에서 우리에게 커피를 대접한 뒤 중년 신사 한 명을 소개해주었다.

"여러분 반가워요. 나는 이백천이라고 해요."

그리 크지 않은 키에 나처럼 약간 뾰족한 얼굴을 가진 그는 밝고 명랑한 언행의 소유자였는데, 한편으로 상당히 지적인 느낌을 풍겼다. 그들과 잠시 환담을 나눈 뒤 우리 입상자들은 "함께 가볼 곳이 있다"는 이백천 선생을 따라 월간팝송사 사무실에서 나왔다. 그의 차에 올라타 달려간 곳은 한 레코드사였다.

이백천 선생이 레코드사 사장과 이야기를 나누는 사이 나는 기타를 집어 들고 햇볕이 내리쪼이는 마당으로 나왔다. 바닥에 주저앉은 채 노래를 두세 곡 정도 부르고 있었다. 마침 그 레코드사에 와 있던, 키가 멀쑥하게 큰 한 남자가 다가왔다. 그는 조금 전에 내가 부른 노래 중 마지막 곡을 다시 한 번 불러보라고 했다.

그는 자신을 서유석이라고 소개했다. 나는 "타복타복타복네야" 하면서 그 노래를 다시 불러주었다. 그랬더니 그는 대뜸 "이거 내가 불러도 되냐?" 하고 물어왔다. 나는 그에게서 적지 않은 카리스마를 느끼면서 얼떨결에 "네, 그러세요" 하고 대답했다. 그는 그 자리에서 그 노래를 두세 번 더 불러보라고 요구했다. 그렇게 해서 그 선배는 노래를 익혔던 것 같다.

그 일이 있은 지 몇 달 후, 지금은 없어진 명동 미도파 건물 건너편의 골목을 걸어갈 때였다. 귀에 익숙한 멜로디가 들려왔다. 그리고 "타박타박타박네야" 하는 노랫소리가 들려왔다. 주위를 둘러보았다. 한 레코드점 스피커에서 나오는 소리였다. 나는 깜짝 놀라 레코드점 문을 밀고 들어갔다.

"지금 나오는 노래가 누구 거예요?"

레코드점 주인은 내가 그 판을 사려는 줄 알고 판을 한 장 건넸다. 가로세로 30cm 정도 크기의 판 앞면에 그 선배의 사진과 함께 큰 글자로 '서유석'이라는 문구가 쓰여 있었다. 그리고 영어로 가늘게 'I want to see my mother'라는 글귀도 보였다. 그때까지는 앨범 출반 경험도 없고 따라서 머릿속에 아무런 개념도 없었던 나였지만 순간 망치로 뒤통수를 한 대 얻어맞은 것 같은 충격을 느꼈다. 말없이 판을 내려놓고 레코드점을 빠져나왔다. 터벅터벅 걸으며 입속으로 '타복타복네복네야' 가사를 삼키며 하염없이 걷다가 집으로 돌아왔다.

그 후 광화문 근처에서 우연히 서유석 선배를 만난 일이 있다. 서 선배는 반갑다고 하면서 코리아나 호텔 1층에 있는 칵테일바로 나를 데리고 갔다. 이름 모를 칵테일을 사주어 그것을 마시면서 이런저런 얘기를 조금 나누기는 했지만 그 사건 이후로 서 선배와 마음의 거리를 두게 되었다. 그로부터 또 얼마 뒤 모 여성 월간지에서 한 인터뷰 기사를 보았다. 서 선배가 이화여고 교장 정희경 씨와 대담한 내용이었는데, 거기에서 그는 「타박네」를 자신이 작사·작곡했다고 말하고 있었다. 그 글을 읽고 난 다음 나는 가슴이 아파오는 걸 느꼈고 그 뒤로는 서 선배를 불신하게 되었다.

그런 일이 있은 뒤 나는 집에서도 칠칠치 못한 놈이 되었다. 어쩌다 텔레비전에 서 선배가 「타박네」를 부르는 모습이 나오면 어머니는 곧바로 채널을 다른 곳으로 돌렸다. 그렇지 않아도 부모 말 안 듣고 음악을 한다며 설치던 나를 향해 "닭도 제금세(자기 값어치를 잘 지키는 것. 똑똑해야 한다는 의미)가 있어야 잡아먹는다고 하더니만 쯧쯧……" 하며 나를 칠칠치 못한 자식으로 치부했다.

40년이 지난 지금에 와서 돌이켜 보면 그 시절은 저작권에 대한 개념이 아직 정리되어 있지 않던 시절이었다. 가요계 역시 '그것이 누구 곡이든 먼저 부르는 사람이 임자'라고 쉽게 생각하던 풍조가 일반적이었다. 그래서 한편으로 이해할 수도 있는 해프닝이 아니었나 하는 생각도 든다. 그리고 좀 더 긍정적으로 받아들인다면 서 선배가 그 노래를 불러주었기에 이 연실이 나를 찾았고, 내가 번안해 준 곡으로 그녀가 히트를 치면서 덕분에 나 역시 1집 앨범을 내고 가요계에 데뷔할 수 있는 기회가 생겼으니까. 또 훗날 우리보다 먼저 저세상으로 간 김광석이 내가 번안한 「역」을 「두 바퀴로 가는 자동차」로 제목을 바꿔 불러 세상에 알리는 우연적 필연성이 만들어지지 않았나 생각해본다.

카페 OX와 이연실
그리고

내쉬빌이 영업난에 봉착해 문을 닫자 졸지에 갈 곳이 없어진 나는 부모님을 조르고 또 졸라 거금 200만 원을 타냈다. 그리고 얼마 전 병제와 함께 가보았던 신촌 대학가가 떠올라 그쪽에 카페를 차려볼 요량으로 택시를 잡아탔다. 기사에게 이대 입구로 가자고 했다. 아현동 고개를 지나 이대 입구에서 오른쪽으로 꺾어 애플다방 앞에 내린 나는 무작정 복덕방으로 들어갔다.

"조그만 카페 하나 하려는데 어디 마땅한 거 없어요?"

내쉬빌 시절을 꿈같이 보낸 나는 내쉬빌 같은 음악 공간을 하나 가지고 싶었다. 카페라는 말을 들은 복덕방 주인은 "카페가 뭐냐?"고 되물었다. "커피와 술을 같이 팔면서 음악을 틀어주는 곳"이라고 설명했다. 한참 뒤에야 고개를 끄덕인 복덕방 주인들 몇이 10~20평 사이의 임대물들을 보여주었다.

금액이 너무 비쌌다. 보증금이 최소 200만 원에서 시작했는데 이대 입구 안쪽의 가게들은 20평짜리가 보증금 300만 원 이상이었다. 참고로 35평짜리 누상동 2층집이 700만 원 하던 시절이었다. 집에서 겨우 타낸 돈이 200만 원이었던 나는 엄두가 나지 않았다.

첫날엔 그냥 집으로 되돌아왔다. 그러고는 다음 날 그리고 또 다음 날 다시 찾아가기를 거듭해 더 낮은 가격대의 임대물이 나올 때까지 기다렸다. 얼마 뒤 보증금 100만 원에 월세 20만 원 하는 임대물을 찾아 계약했다. 이대 입구 육교 건너편에 있는 곳으로 허름한 2층 공간이었다. 계단도 좁고 바닥도 나무로 되어 있어 약간 삐걱거리는 소리가 났다. 평수는 기껏해야 12평 남짓. 그야말로 게딱지만 한 공간이었다.

당시 음악 감상실이나 카페 하면 다들 덩치가 커야 한다고 생각했다. 그런데 어디선가 '외국에는 조그만 카페가 많다더라'고 하는 얘기를 들은 적이 있었다. 인테리어 공사와 주방 물품 등 자료 구입까지 해야 했던 나로서는 최선의 선택이었다.

김영수라는 선배에게 인테리어를 부탁했다. 내쉬빌을 드나들며 알게된 사람이었다. 나보다 약간 먼저 내쉬빌에서 노래 부른 이대생 김현숙 누나의 남자 친구로, 내쉬빌의 구조 변경 같은 작은 인테리어 공사를 해본 경험이 있었다. 그런데 공사비가 문제였다. 궁여지책으로 T.S.S. 친구인 박여숙을 불러내 사정을 말했다. 내 말을 들은 그녀는 관심을 보였고, 얼마뒤 다른 친구 두 명과 함께 그쪽에서 150만 원을, 내가 200만 원을 투자해 카페를 함께 운영하는 방식을 제안해왔다.

카페는 완성되어갔다. 김영수 선배가 디자인한 인테리어는 전체적으로 검은 톤이었다. 벽면 유리창이 있던 곳은 베니어로 가벽을 세웠는데, 특히 차도로부터 들어오는 자동차 소음을 완벽히 막아줄 정도로 방음이 잘되어 든든했다. 벽과 칸막이, 그리고 스툴처럼 생긴 의자 모두 검정색의 무광 페인트로 칠했다. 수용 인원을 늘리기 위해 테이블은 아주 좁은 걸로 준비했다. 그것들은 빨간색 라미네이트 판으로 마무리했다. 선배가 추천한 머그 잔은 노란색과 흰색 두 가지였다.

여숙은 고심 끝에 상호를 'OX'로 결정했다. 어떤 사람은 '오엑스'라고 불렀고 어떤 사람은 그냥 '옥스'라고 불렀다. 여숙을 비롯한 친구들은 모두 대학생 신분이어서 내가 주로 저녁까지 영업을 했다. 그리고 그들이 저녁에 와서 교대를 했다.

디제이로 고용한 장만경은 180cm가 넘는 키의 멀쑥한 친구로, OX 개업을 한 지 얼마 안 되어 불쑥 찾아왔다. 실실 웃으면서 "디제이 좀 보면 안되겠느냐?"라고 말하기에 그를 채용했다. 그는 음악을 잘 틀었다.

낮에는 주로 커피, 코코아, 우유, 냉음료 등을 팔았다. 저녁에는 차도 팔고 위스키 잔술과 캔맥주 정도를 팔았다. 그렇게 몇 달이 흐르는 동안 나는 누상동 집을 나와 OX 뒤편에 월세방을 얻어 주방장과 함께 기거하고 있었다.

그러던 어느 날 전유성 선배가 찾아와 "잠 잘 곳이 없다"면서 "뒷방에서 잠만 자고 가면 안되겠느냐"고 한 적도 있다. 흔쾌히 좋다고 말했다. 전 선배는 가끔 저녁 일찍 돌아와 OX 홀에서 우리를 웃겨주었다. 얼마 뒤 여숙의 친구 한 명이 전 선배를 좋아하게 되었는데, 그 일을 내가 탐탁지 않게 여겨 여숙과 의견 충돌을 빚기도 했다. 그럴 때마다 OX에서 나와 굴다리를 거쳐 신촌 쪽으로 걸어 두세 시간 이상을 보낸 후 영업이 끝날 무렵 들어가곤 했다.

♪

하굣길에 들른 이대생들로 가득 찬 오후, 차 나르기에 정신없던 내 눈에 왠지 눈에 익지만 누군지 잘 모르겠는 여자 하나가 들어왔다. 카운터에서 계산을 받으면서 가만 생각해보니 며칠 전 버스에서 봤던 그 여자였다.

시내에 볼일이 있어 7번 버스에 올라탄 어느 날이었다. 어마어마하게 예쁘고 어딘지 연약해 보이면서도 고상하게 생긴 여학생이 있었다. 나는 주저 없이 다가가 명함을 내밀었다. 영업을 위해 이미 인쇄해놓았던 것이다.

"시간 날 때 놀러 오세요."

작업 멘트를 날렸다. 그녀는 아무 말 없이 내 명함을 받았다. 며칠이 지나고 그 여학생이 카페에 찾아온 것이다. 나는 홀 서빙을 다른 이에게 맡기고 그녀 쪽으로 갔다.

"와주셔서 고맙습니다. 잠깐 자리에 앉아도 될까요?"

그녀 맞은편 자리에 앉아 그녀의 이름, 그리고 이화여자대학교 응용미술과에 다니는 2학년생이라는 것을 알아냈다.

새로운 행복이 시작되었다. 하루에 200명은 족히 넘는 손님들은 그들이 남학생이든 여학생이든 OX의 매상을 올려주는 고마운 손님들일 뿐이었지만, 장군의 딸이기도 한 예쁜 그녀가 내게 올 때마다 내 가슴은 꿈과 희망, 용기와 즐거움으로 가득 차게 되었다.

수업이 일찍 끝난 날이면 그녀는 OX에 와서 기꺼운 마음으로 웨이트리스 일을 자청해주었다. 내가 "OX 입구 왼쪽에 있는 비상구를 예쁘게 꾸미고 싶다"고 말하자 그녀는 자신의 유화 도구를 가지고 와 직접 그곳에 유럽풍 2층집을 그려 넣었다.

또 하루는 자신의 집에 나를 초대했다. 그녀의 어머니에게 나를 인사시키고는, 만약 내가 자신이 보고 싶어지면 집 앞으로 와 2층 자신의 방을 향해 당시 우리의 애청곡, PPM의 「I'm In Love With A Big Blue Frog」를 부르라고 했다. 그러면 자신이 나오겠다고 했다. 그 정도로 우리는 서로를 좋아하고 있었다.

행복한 나날을 보내던 중 누군가로부터 '그녀가 대한민국 최고 명문인 K여고에서 줄곧 전교 1등을 했고, 미대생인 그녀는 대학에서도 기말시험에서 전교 1등을 차지할 정도의 수재'라는 말을 들었다. 왠지 모를 위축감이 들어 조금씩 자신감을 잃어갔다.

그러던 중 나는 급기야 자충수를 두게 된다. 그해 가을 T.S.S.의 선후배 사이로 만나 나를 무척 따르던 김창주가 '서울대학교 공대 축제에 함께 갈 파트너가 없다'기에 그녀에게 같이 가줄 것을 권유했던 일이 있다. 이 사건에 대해 좀 더 상세히 고백하자면, 그녀가 OX를 찾아주었을 당시 OX에는 김창주, 최희태를 비롯해 서울대학교 배지를 단 T.S.S. 후배들이 수업을 마치고 와 웨이터 일을 해주고 있었다. 내가 그녀에게 '서울대학교 공대 중퇴생'이라고 거짓말할 적에 김창주가 그 옆에서 동조 또는 묵인해준 일이 있었다.

그녀가 김창주와 함께 서울 공대 축제에 다녀온 이후 그녀와 나 사이는 걷잡을 수 없이 삐걱거리게 되었다. 그로부터 두 달쯤 뒤 그녀는 더 이상 나를 찾지 않았다. 내가 거짓말했던 것을 알게 되었는지 아닌지는 정확히 알 수 없으나 여하간 그랬다.

내게 그녀는 영화 〈로마의 휴일〉에 나오는 오드리 햅번(Audrey Hepburn) 같은 존재였으며, 바깥세상을 구경하기 위해 잠시 외출했던 공주 같았다. 그녀와의 사이가 벌어지기 전의 일로 기억되는데, 언젠가 그녀는 자신이 직접 디자인해 자기 손으로 만든 회색 상의와 검정색 바지를 입고 나를 찾아온 적이 있다. 그리고 그녀는 빨간색 벙어리장갑을 즐겨 끼고 다녔다.

"혼자 하이소. 우리 들어간 돈 돌려주고 동업 그만하입시다."

박여숙과 친구들에게 투자금의 반을 갚은 뒤 나머지는 나중에 돌려주기로 했다. 그런 뒤 여러 가지 일로 우울해진 나는 실내장식을 고치기로 마음먹었다. 천장과 벽 그리고 바닥은 그대로 놔둔 채 테이블을 좀 더 큰 흰색으로 바꾸었다. 그러는 사이 OX를 찾아오는 손님 수는 많이 줄고 있었다. 손님의 부류도 조금씩 바뀌어갔다. 예전에는 주로 문리대, 법대, 가정대생이 많이 왔다면, 인테리어가 바뀐 뒤로는 미대생과 약간의 음대생, 그리고 체대생들이 찾아왔다. 또 가수가 되겠다는 몇몇 남자 대학생들도 찾아왔다.

해가 바뀌고 1월이었던가. 외출했다가 OX로 돌아온 나는 디제이 장만경으로부터 "저분들이 아까부터 오셔서 사장님을 기다리고 있다"는 말

카페 OX의 내외부©양병집

을 들었다. 내가 고개를 돌리자 나란히 앉은 남녀가 보였다. 여자가 일어나 "양병집 씨세요? 반갑습니다. 저는 이연실이라고 해요"라고 말했다. 가수 이연실이었다.

내가 의아해하는 표정으로 악수를 하며 그들 맞은편에 앉자 그녀는 "뭐 하나 드시죠" 하며 마실 것을 권했다. 나는 당시까지도 유행했던 다방의 마담처럼 "그럼……" 하면서 만경에게 코코아를 주문했다. 이연실과 나눈 상세한 대화는 다 기억해낼 수 없지만 그녀가 나를 찾아온 요지는 이것이었다. '자신이 조만간 판을 하나 내야 되는데 곡이 없으니 한 여섯 곡 정도 써달라'는 것이다.

느닷없는 요청에 난감해진 나는 "써놓은 곡이 없다"고 했다. 그녀는 "그럼 서유석 씨가 부른 「타박네」처럼 구전 가요라도 좋으니 아무거나 달라"고 했다.

좋은 말로 거듭 거절을 했지만 그녀는 매일같이 OX로 찾아왔다. 그러고는 커피, 사이다, 오렌지주스 등을 시켜 매상을 올려주었다. 나흘째 되는 날이었던가. "나는 아직 자작곡이 없으니 대신 외국 노래 몇 개를 번안해주겠다"고 약속했다. 그토록 열심인 그녀에게 마음이 움직인 것이다.

나는 메들리로 되어 있는 밥 딜런의 「Tomorrow Is a Long Time」을 비롯해 「A Hard Rain's A-Gonna Fall」 등을 기존 멜로디에 맞게 번안해주었다. 우리말 제목은 각각 「멀고 먼 내일」, 「소낙비」였다. 며칠에 걸친 노력 끝에 그 곡들을 받아 든 그녀는 녹음하는 날 나를 녹음실로 불렀고, 강근식 씨와 함께 둘이서 반주를 했다. 강근식 씨가 리드기타, 나는 리듬기타로 B면 전체를 연주했다.

OX는 그로부터 몇 달 뒤 150만 원에 '청'이라는 여자에게 양도했다. 한 동안 음악인들이 드나들던 OX는 그 뒤 엄인호로 대표되는 신촌파 대중음악인들의 아지트가 되었다고 한다. 믿거나 말거나.

「소낙비」

어디에 있었니 내 아들아 어디에 있었니 내 딸들아
나는 안개 낀 산속에서 방황했다오 시골의 황톳길을 걸어다녔다오
어두운 숲 가운데 서 있었다오 시퍼런 바다 위를 떠다녔다오
소낙비 소낙비 소낙비 소낙비 끝없이 비가 내리네

무엇을 보았니 내 아들아 무엇을 보았니 내 딸들아
나는 늑대의 귀여운 새끼들을 보았소 하얀 사다리가 몰았던 걸 보았소
보석으로 뒤덮인 행길을 보았소 빈 물레를 잣고 있는 요술쟁이를 보았소
소낙비 소낙비 소낙비 소낙비 끝없이 비가 내리네

무엇을 들었니 내 아들아 무엇을 들었니 내 딸들아
나는 비 오는 날 밤에 천둥 소릴 들었소 세상을 삼킬 듯한 파도 소릴 들었소
성모 앞에 속죄하는 기도 소릴 들었소 물에 빠진 시인의 노래도 들었소
소낙비 소낙비 소낙비 소낙비 끝없이 비가 내리네

누구를 만났니 내 아들아 누구를 만났니 내 딸들아
나는 검은 개와 걷고 있는 흰 사람을 만났소 파란 문으로 나오는 한 여자를 만났소
사랑에 상처 입은 한 남자를 만났소 남편밖에 모르는 아내도 만났소
소낙비 소낙비 소낙비 소낙비 끝없이 비가 내리네

어디로 가느냐 내 아들아 어디로 가느냐 내 딸들아
나는 비 내리는 개울가로 돌아갈래요 뜨거운 사막 위를 걸어서 갈래요
빈손을 쥔 사람들을 찾아서 갈래요 내게 무지개를 따다 준 소년 따라 갈래요
소낙비 소낙비 소낙비 소낙비 끝없이 비가 내리네

어디에 있었니 내 아들아 어디에 있었니 내 딸들아
나는 안개 낀 산속에서 방황했다오 시골의 황토길을 걸어다녔다오
어두운 숲 가운데 서 있었다오 시퍼런 바다 위를 떠 다녔다오
소낙비 소낙비 소낙비 소낙비 끝없이 비가 내리네

(이연실 2집 앨범 〈고운 노래〉, 성음레코드, 1973년)

☆ 「서울 하늘」과
1집 앨범 〈넋두리〉

　내가 제공한 다섯 곡과 다른 다섯 곡을 합친 이연실의 2집 앨범이 '중박' 이상의 히트를 치자 그녀의 음반을 제작한 오리엔트사 나현구 사장으로부터 전화가 왔다. 모일 모시 지난번에 왔던 녹음실로 와달라는 내용이었다.

　'무슨 일인가? 나에게 돈을 주려나?' 궁금해하면서 성수동으로 갔다. 오리엔트사는 성음레코드사와 한 대문을 쓰면서 가운데 마당을 사이로 왼편에 있었다. 그는 돈 이야기는 꺼내지 않고 '내 판을 제작해보고 싶다'고 제의해왔다.

　'이제 드디어 나에게도 기회가 오는구나!'

　그렇게 생각했는지 어쨌는지 그날 저녁 그와 함께 차에 올라타 엄진 씨로 기억되는 사람과 함께 술집으로 갔다. 그날 그의 제안을 승낙했고 잘 먹지도 못하는 소주를 서너 잔 받아먹었다. 거의 실신 상태로 그의 차에 실려 누상동 집에 돌아왔던 기억이 아직도 생생하다. 나도 앨범을 내게 된

다니…….

　갑작스럽게 1집 수록곡들이 필요하게 된 나는 자작곡 대신 이연실의 요청을 받아들였을 때처럼 미국 포크송 책을 뒤져 우디 거스리(Woody Guthrie)의 「New York Town」을 발견했다. 우디 거스리는 미국 모던포크의 아버지로 불리는데, 미국 전역을 돌아다니면서 각지에 흩어져 지역적으로만 불리고 있던 포크 음악들을 채보해 그것들을 모던하게 재정리한 인물이다. 대표곡으로는 「This Land Is Your Land」, 「Roll On Columbia」, 「New York Town」 등이 있다. 피트 시거(Pete Seeger)와 더불어 미국 모던포크의 제1세대 연주자 겸 가수로 꼽힌다.

　바로 얼마 전 선배 가수 패티 김이 부른 「서울의 찬가」가 크게 히트해 서울 거리에 있는 레코드점 스피커마다 「서울의 찬가」가 흘러나오다 못해 쏟아져 나오던 때였다. '종이 울리네. 꽃이 피네. 새들의 노래 웃는 그 얼굴. 그리워라. 내 사랑아. 내 곁을 떠나지 마오. 처음 만나고 사랑을 맺은 정다운 거리 마음의 거리. 아름다운 서울에서 서울에서 살으렵니다.' 패티 김이 출연하는 텔레비전 쇼프로는 말할 것도 없고 모든 라디오에서, 하루에도 횟수를 세기 어려울 정도로 방송 전파를 탔다.

　아직 가난과 보릿고개가 남아 있던 시절, 농촌 사람들은 하루에도 적게는 몇 백 명에서 많게는 몇 천 명까지 먹을 것과 일자리를 구하기 위해 농기구를 내던지고 서울로 몰려들었다. 소위 무작정 상경이었다. 정부 당국자들은 도시 집중 현상을 막기 위해 인구 분산 정책을 수립한다, 캠페인을 벌인다 하며 부산을 떨었다. 우디 거스리의 「New York Town」 가사를 보면서 '아, 미국에도 우리와 비슷한 문제가 있었구나' 하는 것을 느꼈다.

자작곡과 번안곡의 차별이 없던 시절이라 그랬는지 멜로디와 가사의 아이디어를 차용해 우리의 상황을 대입시켜 '서울 하늘'이라는 제목으로 노래를 만들었다. 우디 거스리의 원곡을 음반으로 들은 것은 아니었다. 아마도 당시 한국에 음반이 없었으리라 생각된다. 대신 악보를 구할 수 있어서 그것을 보면서 가사를 만들었다. 복잡하지 않은 멜로디여서 악보만 보고도 흥얼흥얼 부를 수 있었다. 그러다 보니 나중에 음반 유통이 원활해진 때 우디 거스리의 곡을 들어본 이들은 내 곡이 원곡과 사뭇 느낌이 다르다고 말하기도 했다.

작업에 탄력을 받은 나는 계속해서 피트 시거의 노래 두 곡을 개사했다. 피트 시거는 우디 거스리에 대해 연구하면서 자연스럽게 알게 되었다. 그의 번안곡은 '서울 하늘2'와 '그녀'라는 제목으로 준비했다. 가능한 한 원곡을 훼손하지 않고 전달하면 좋겠지만 영어 가사를 우리말로 바꾸면 정해진 마디 안에 외국 곡 가사가 모두 들어가지 않는 경우가 있다. 반대인 경우도 있다. 언어마다 의미를 함축하는 정도가 다르기 때문인데, 그런 경우는 다른 우리말로 바꾸거나 생략하거나 아니면 무언가 더 끼워 넣어야 하는 때도 생긴다.

♪

「서울 하늘」과 「그녀」를 만들어놓고도 아직 앨범을 내기에는 곡이 여럿 부족했다. 그때 우연히 PPM의 〈Album 1700〉에 들어 있는 「Weep For Jamie」의 멜로디가 떠올랐다. 'The other side of Jamie's door is aching loneliness, one two three four……' 노래를 부르다가 당시 박정희 정권

「서울 하늘2」

무교동 하늘 위에 어둠이 덮이면
빨갛게 입은 불빛 하나둘 켜지고
가난한 젊은이들 거리로 나온다

오늘은 무얼 할까 무얼 마실까
어여쁜 아가씨들 짧은 치마 입고
이 골목 저 골목으로 들어가는데
신문 파는 아이들의 외치는 소리만
무정한 밤 하늘 위로 퍼져나간다

좁다란 명동 길에 어둠이 깔리면
백화점 진열장에 오색등 켜지고
수많은 사람들이 거리로 나온다

오늘은 무얼 살까 무엇을 볼까
잘생긴 아저씨들 히히덕거리면서
커다란 음식점으로 들어가는데
과일장수 아줌마의 돈 세는 소리만
서울의 밤하늘 위로 퍼져나간다

오늘은 무얼 할까 무얼 마실까
어여쁜 아가씨들 짧은 치마 입고
이 골목 저 골목으로 들어가는데
과일장수 아줌마의 돈 세는 소리만
서울의 밤하늘 위로 퍼져나간다

(양병집 1집 앨범 〈넋두리〉, 성음레코드, 1974년)

「그녀」

그녀가 어둠 속으로 들어섰을 때 나는 아주 천천히 노랠 불렀고
나의 손가락들이 기타를 퉁길 때 그녀는 밝은 곳을 찾아 발을 옮겼다
그러나 그 노래는 아주 긴 노래였고 앞으로도 3절이나 남아 있었다

고개를 숙인 그녀의 희미한 모습이 두꺼운 내 안경 위에 선을 흐렸고
빨리 사라지는 수많은 말들이 내 입속에서부터 흘러나오고 있었다
그러나 그 노래는 아주 긴 노래였고 앞으로도 서너 곡을 더 불러야 했다

보라색 무대 조명이 나를 비치고 수많은 사람들이 쳐다보고 있었지만
그 아무도 내 마음속을 보지 못했고 나 역시 그 어느 누구도 보이지 않았다
그리고 이런저런 여러 가지 생각이 화살처럼 머릿속을 지나고 있었다

노래를 끝마치고 작은 한숨을 쉬며 그녀가 앉은 곳으로 눈을 돌렸으나
그곳에 있어야 할 그녀의 모습은 아무리 찾아보았지만 보이지 않았다
그래서 나는 다시 기타를 집어 들고 그다음 노래를 부르기 시작했다

(양병집 1집 앨범 〈넋두리〉, 성음레코드, 1974년)

의 3선 개헌과 유신 반대를 외치며 거리에서 최루탄을 맞고 쓰러지거나 도망 다니던 내 또래 젊은이들의 모습이 가사 속 제이미(Jamie)의 모습에 오버랩 되었다. 즉시 어떤 가사가 떠올랐고 연필을 잡아 일사천리로 3절까지 술술 써 내려갔다.

그렇게 해서 또 하나의 번안곡이 완성되었다. 피트 시거의 곡들은 음반을 구할 수 있어서 음악을 여러 번 듣고 번안했다. 「Weep For Jamie」에 대해 내가 택한 제목은 '잃어버린 전설'이었다.

다시 피트 시거의 「I Can See a New Day」를 「나는 보았지요」로 바꾸고, 그리고 나서도 모자라 서유석 선배와 이연실에게 주었던 「타복네」를 포함해 「소낙비」와 「역」을 불러보기로 마음먹었다. 그리고 내 첫 번째 자작곡 「아가에게」를 준비했다.

겨우 열 곡이지만 괴발개발 그린 악보를 들고 나 사장을 찾아가 건넸다. 이 음반에 수록된 곡들은 「타복네」와 「아가에게」를 제외하고는 모두 미국 포크를 편곡하고 새로 가사를 만들어 부른 곡들이다. 모두 원곡과는 사뭇 다르게 들린다. 「소낙비」만이 그래도 원곡의 가사와 닿아 있다.

두 주일 정도 지났을 무렵 나 사장으로부터 '몇 날 몇 시에 기타를 들고 녹음실로 오라'는 연락을 받았다. 녹음실에는 강근식 씨가 다른 연주자들과 함께 나를 기다리고 있었다. 그들의 반주에 맞춰 한 곡 한 곡 가이드 싱잉(Guide singing)을 했다. 「서울 하늘2」나 「잃어버린 전설」, 「아가에게」 등은 그런대로 내 목소리와 잘 맞아떨어지는 느낌이 들었으나 「서울 하늘」과 「타복네」는 내 노래와 연주가 어울리지 않는다는 생각이 들었다. 이상하고 삐걱거렸다.

강근식 씨는 주로 컨트리 풍의 애드립을 구사했고, 내 노래가 추구했던 것은 포크나 포크록 쪽이었다. 서로 스타일에 차이가 있으니 잘 안 맞는 것도 이상한 일이 아니었다. 그때만 해도 가수가 일일이 연주자를 선별하는 것이 아니라 기획사에서 악보를 가지고 연주자를 섭외해 오는 시스템이었다. 당시 오리엔트사에는 전속 하우스밴드가 있었는데, 그 밴드가 실력이 출중하기로 잘 알려진, 강근식 씨가 속한 '동방의 빛'이었다. 결론적으로 보컬과 세션이 잘 맞지 않았던 것인데, 그때까지 밴드에 맞춰 노래를 부른 경험이 없는 나로서는 밴드의 이상한 점을 지적하고 리드해나가는 능력이 없었다. 기껏해야 나 사장한테 이야기하면 나 사장이 "「타복네」 기타 소리 좀 바꿔봐라" 하고 지시해 녹음이 진행되었다.

그 밖의 곡들은 내가 솔로로 기타를 치거나 임용환과 둘이서 쳐서 완성했다. 서로 천생연분이 있는 것처럼 강근식 씨는 이장희 씨의 앨범, 특히 「그건 너」나 「한 잔의 추억」 같은 곡에서 발군의 기타 솜씨를 뽐냈다.

며칠의 간격을 두고 다시 녹음실로 가서 노래 더빙을 마친 나는 약 한 달 뒤 나 사장으로부터 1박스 100장의 PR판을 받았다.

르 실랑스,
임용환과 김민기

내가 「서울 하늘」 등의 곡으로 1집 앨범을 만들 즈음 음악평론가 이백천 선생으로부터 연락을 받았다. 충무로의 삼익피아노 지하실에 '르 실랑스'라는 음악 감상실을 열었다는 것이다. 그때가 아마 1974년 3월 초였을게다. 거리에 부는 바람은 차가웠지만 하늘에서 내리쬐이는 햇살은 꽤 따뜻해지기 시작할 무렵이었다.

포크송 콘테스트 이후 이백천 선생은 우리 입상자들을 데리고 다니면서 오비스 캐빈에 취직도 시켜주고, 서울신문사에서 주최한 〈맷돌〉 프로그램에도 소개시켜 주곤 했다. 그런 이백천 선생이 나도 정식 가수로 인정했는지 르 실랑스에서 열리는 콘서트에 메인 이벤트 가수로 시간을 할당해주었다. 수, 목, 금, 토, 일요일 밤마다 요일별로 한 사람 또는 팀이 주인공이 되어 콘서트를 열었는데, 나는 목요일 밤 메인 가수로 노래했다.

르 실랑스 입구에서 신발을 벗고 들어가면 100평 정도 크기의 홀이 펼

처져 있었다. 홀 전체에는 새빨간 양탄자가 깔려 있고 정면에는 무대 대신 걸터앉는 흰색 탁자와 마이크 스탠드 두세 개가 있었다. 홀 중앙은 텅 비었고 벽을 돌아가며 적당한 크기의 소파와 탁자가 군데군데 놓여 있었다. 당시 명동의 음악 감상실을 드나들던 젊은이들에게 르 실랑스는 상당히 센세이셔널한 장소였다. 내 앞에 두세 명의 아마추어 가수들이 두세 곡씩 노래를 부르고 내려가면 마지막으로 내가 나가서 일곱 내지 여덟 곡의 노래를 불렀다. 노래하는 사이사이 코멘트를 해가면서 콘서트를 진행했다.

1집 앨범이 나와 나도 무대에서 자신만의 레퍼토리와 외국 곡을 섞어 부를 수 있는 가수가 됐다. 그렇게 4~5주 정도 나는 목요일의 주인공으로 자리 잡아가고 있었다. 그 무렵 어느 날 1부 순서를 마치고 잠시 쉬고 있었다. 그런데 카운터의 여직원이 다가오더니 "잠깐 밖으로 나와보시라"고 했다. 입구로 나가보니 한 사내가 엉거주춤 서 있었다. 검정색 도리우치 모자(납작모자)를 쓰고, 검정색 외투를 입고, 꽤나 크고 무거워 보이는, 손잡이가 떨어진 기타 하드케이스를 오른팔로 둥그렇게 감싼 채였다. 그가 거두절미하고 물었다. "저도 노래 좀 할 수 있을까요?"

내 목소리보다 훨씬 더 굵은 목소리였다. 첫인상이 너무 강렬했다. 직감적으로 나는 범상치 않다고 느꼈다. 그러고는 기꺼운 마음으로 그에게 2부 시간을 할애해주었다. 나는 마침 뒤쪽 객석에 앉아 있던 이백천 선생 옆으로 가 앉아 무대에 서는 그의 모습을 지켜보았다.

그는 사람들의 시선은 의식도 하지 않은 채 아주 천천히 '자신만의 속도로' 기타를 꺼내 어깨에 멨다. 허리를 구부려 케이스 안에서 주섬주섬 무언가를 꺼내 목에 걸치고는 그곳에 조그만 하모니카를 끼워 넣었다. 조금 뒤 그의 연주와 노래가 시작되었다.

'맙소사!'

그가 부른 첫 번째 노래는 나도 레퍼토리로 삼고 즐겨 부르는 「Mr. Tambourine Man」이었다. 그리고 두 번째로 부른 노래 역시 내가 레퍼토리로 삼으려고 연습하고 있던 「Just Like A Woman」이었다. 더 놀라운 것은, 내가 밥 딜런을 따라잡고 흉내 내기에 급급한 수준이었다면 그는 밥 딜런의 노래들을 자신의 목소리와 개성에 맞게 소화해서 부르는 것이 아닌가. 너무나 경이로워 뒤쪽 의자에 앉아 그를 그냥 내버려두었다. 당시 아마추어들은 일반적으로 두세 곡을 부른 후에 진행자의 안내에 따라 무대에서 내려오곤 했다.

다섯 곡을 내리 불렀다. 원하는 만큼 노래를 다 불렀는지 그제야 그가 노래를 멈추고 주위 눈치를 살피기 시작했다. 나는 관객의 박수를 유도하면서 무대로 나가 어리둥절해하는 관객들에게 그가 불렀던 노래들에 대해 설명하고 그의 탁월한 음악성에 대해 칭찬을 아끼지 않았다.

르 실랑스에서 그런 일이 있고 난 후 나보다 세 살 위인 그, 임용환과 친구가 되었다. (임용환은 한대수의 〈멀고 먼 길〉(1974)에서 맛깔스러운 기타 연주를 들려준 그 인물이다.) 그와 나는 우리 집과 그의 집을 오가면서 화음 연습을 했다. 그리고 나의 제안으로 '물과 불'이라는 이름의 듀엣 팀을 결성했다.

소공동에 있던 '라스베가스'라는 업소에서 오디션을 받던 날, 내 옆에서 기타를 치던 임용환이 너무 열정적으로 애드립을 넣다가 기타 줄이 끊어지는 일도 발생했다. 이제 겨우 두 곡째인데, 그러면 연주자들은 끊어지

지 않은 나머지 선만으로 대충 태연하게 마무리하고 내려오는 게 일반적
이다. 그러나 그는 아무 일도 없다는 듯 계속 노래하는 내 옆에서 엉덩이
를 객석으로 향한 채 허리를 구부리고 케이스 안에서 예비 기타 줄을 꺼냈
다. 그리고는 그 자리에서 줄을 바꾸려고 부산을 떨었다. 무대 밑에서 그
모습을 본 업소 매니저가 우리를 낙방시킨 것은 너무나 당연한 일이었다.
그리고 우리는 다시 각자 솔로로 돌아갔다.

♪ 임용환(왼쪽)과 양병집

♪

르 실랑스의 또 다른 매력은 지리적으로 명동 번화가 중에서도 젊은이들이 많이 지나다니는 충무로 한복판에 자리 잡고 있다는 외적인 요인, 그리고 내쉬빌이나 그 밖의 다른 업소들과 달리 실내 사방의 벽면이 밝은 색으로 되어 있고 분위기도 고급스러워 당시 유행하던 미니스커트나 판탈롱 바지를 입은 멋쟁이 여학생들이 많이 찾아왔다는 점이다.

어느 날 무대를 마치고 내려왔을 때 내게 한 여학생이 다가와 말을 건 일이 있었다. 그녀는 자신이 앉아 있던 테이블로 나를 데리고 갔다. 테이블에 다른 여학생 두 명이 더 있었다. 그녀들은 자신을 서울 모 여자대학교 학생들이라고 소개했다.

"내일모레 토요일 저녁에 시간 좀 내주실 수 있으세요?"

한 명이 내게 조심스럽게 물어왔다. 속으로 쾌재를 불렀다.

'드디어 내게도 이런 일이 생기는구나!'

그녀들이 가고 난 후 몹시 흐뭇했다. 이틀 뒤에 그녀들이 적어준 번호로 전화를 걸었더니 여학생이 "죄송하지만 자기 집 쪽으로 와달라"고 했다. 집이 어디인지 물었더니 우연히도 우리 누상동 집에서 가까운 효자동이라고 했다.

걸어서 그곳에 도착하니 꽤나 번듯한 2층 양옥집이었다. 집 안에는 르 실랑스에서 보았던 그녀의 친구 두 명도 와 있었다. 고급스러운 생과자와 함께 딸기, 참외 등 초여름 과일이 날라져 왔다.

"아저씨, 노래 참 멋있어요."

그녀들 중 하나가 먼저 나를 우쭐하게 만들어주었다. 그러고는 나에 대한 칭찬을 얼마 더 이어가더니, 옆에 있던 다른 한 명이 입을 뗐다.

"아저씨, 김민기 씨랑 친하시죠?"

불길한 예감이 스쳐 지나갔다.

"뭐, 그렇게 친하진 않지만……. 그냥 친구죠."

그녀가 옆의 친구 하나를 가리키며 말했다.

"얘가 김민기 씨를 무척, 아주 많이 좋아해요. 아저씨 김민기 연락처 아시죠?"

그제야 나는 그녀들이 나를 부른 이유를 알았다. 그보다 두 주 전쯤 민기가 르 실랑스를 방문했을 때 그와 내가 디제이박스 앞쪽에 앉아 잠깐 이야기를 나눈 적이 있었다. 그때 그녀들이 그 모습을 본 모양이었다. 그녀들의 간절한 눈빛 때문에 '난 모른다'고 차갑게 잘라 말할 수가 없었다.

"글쎄요, 지금은 잘 모르지만 내 친구 관욱이를 통해 알아보면 알 수도 있겠죠."

약간의 여운을 남기며 말을 맺었다. 그녀들은 꼭 좀 부탁한다고 거듭 말한 후 문 앞까지 나를 배웅했다.

초등학교 동창이자 4학년 때 같은 반 친구인 관욱은 나보다 그림을 훨씬 더 잘 그렸던 친구다. 그는 결국 서울대학교 미대에 합격했고 김민기와 같은 과에서 절친한 친구 사이가 돼 있었다. 그 역시 기타도 잘 치고 노래도 잘 부르며 유머 감각도 뛰어나 여학생들에게 인기가 아주 많은 친구였다. 그러나 그는 음악의 길로 들어서지는 않았다. 내가 T.S.S.로 들어가기 전 부산에 있다 막 서울로 돌아왔을 때 나를 서울대학교 미대생 듀엣인 '두나래' 콘서트에 데려가 포크 음악에 귀를 열고 눈을 뜨게 해준 인물이다. 그때 첫 번째 찬조 출연자로 나왔던 인물이 당시 여고생이던 양희은이었고, 두 번째 찬조 출연자가 김민기였다.

그날 김민기는 회색 오버코트에 쑥색 머플러를 목에 두르고 나와 「도둑촌」이란 노래와 다른 노래 한 곡을 더 불렀다. 그 모습이 너무도 인상적이어서 아직도 내 머릿속의 앨범 한구석에 또렷이 자리 잡고 있다. 그 후로 「도둑촌」은 두 번 다시 들어본 적이 없다. 나는 그녀들이 원했던 연락처를 알아내지 못했고, 그녀들에게 연락하지 않았다.

르 실랑스 초기에는 개그맨 박성원, 그룹사운드 스푸키스, 심지어 김민기도 주말에 와서 노래를 불렀었다. 후반기에는 「빗물」의 채은옥, 「편지」, 「작은 새」 등을 히트시킨 70년대 포크 듀엣 어니언스 등도 왔던 것 같다. 나는 그곳에 6개월 정도 드나들면서 유명숙, 최성원, 임용환과 함께 청평 페스티발에도 참석했다. 그러나 시간이 지날수록 르 실랑스의 정체성이 모호해지는 것이 싫어 소리 없이 그곳을 떠났다.

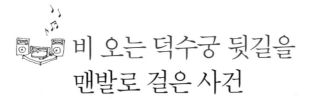

비 오는 덕수궁 뒷길을
맨발로 걸은 사건

1집 앨범 〈넋두리〉가 음반사를 통해 각 라디오 방송국 음악 프로 담당자들에게 전달되자 누상동 집으로 출연 요청 전화가 걸려오기 시작했다. 임문일이 진행했던 기독교 방송의 〈꿈과 음악 사이에〉를 시작으로 최동욱 씨가 진행한 TBC 〈팝스 다이얼〉, 그리고 윤형주 선배가 진행하다가 나중에 이장희 선배에게 바톤을 넘긴 〈0시의 다이얼〉까지 나를 불러주었다. 그러나 나를 가장 많이 불러준 것은 손태익 PD가 연출하고 이수만이 진행한 동양방송의 〈비바팝스〉였다. 〈비바팝스〉는 매주 토요일 방송국 공개홀에 200명에 가까운 청중을 모아놓고 생방송으로 진행해, 당시로서는 매우 획기적인 프로그램이었다.

그러던 어느 날이었다. 다른 출연자들은 종종 노래를 마친 뒤 또는 노래하기 전에 마이크를 잡고 청중에게 이런저런 멘트를 날리는 편이었다. 적어도 인사 정도는 하는 게 보통이었다. 그런데 나는 다른 가수들과 달리 마이크 앞에서 노래만 부르고 내려왔다. 그러자 사회를 보던 이수만이 스스로 말하기 시작했다.

"지난번 비가 쏟아지는 날 양병집 씨가 맨발로 덕수궁 뒷길을 걸어가는 걸 보았습니다."

나는 덕수궁 뒷길을 걸은 적이 많지 않은 데다가 비 오는 날 더구나 신발도 신지 않고 걸은 적은 없었다. 내가 하도 말을 안 하자 나의 이미지 보호에 도움을 주려고 이수만이 재기를 발휘했던 것이다.

가수로서 출연 섭외도 받고 공연도 하고 관객들의 환호를 받는 벅찬 나날은 그리 오래가지 않았다. 내가 〈비바팝스〉에 네 번째 출연해 불렀던 「서울 하늘2」가 방송국 내부의 모니터 요원에게 걸리면서 담당 PD인 손태익 씨가 시말서를 써야 했다. 그 뒤로 〈비바팝스〉에서 출연 요청이 오지 않았다. 하지만 그다음 해 나의 곡들이 방송 금지당할 때까지는 간헐적인 방송 활동을 했던 것으로 기억한다.

☆ 김 감독과 〈극락조〉

이장호 감독이 연출한 영화 〈별들의 고향〉이 흥행에 대성공을 거두고 그 영화에 삽입된 이장희 선배의 노래들이 대히트를 쳤기 때문일까. 한국 멜로 영화의 대부 김수용 감독으로부터 연락이 왔다. 그때가 아마 1974년 초반이었던 것으로 기억한다.

김 감독이 알려준 위치를 찾아 충무로 초동 어딘가에 있던 사무실로 갔다. 25평쯤 되어 보이는 방에 김수용 감독이 있었고, 그 당시 「줄리아」라는 노래를 작사·작곡해 가요계에도 이름이 꽤 알려진 강태웅 씨도 있었다. 김 감독은 우리 두 사람에게 각자 자신이 만든 노래를 하나씩 불러보라고 했다.

강태웅 씨가 무슨 곡을 불렀는지 기억나지 않지만, 나는 「흰 눈이 오는 이 밤」이라는 곡을 불렀다. 1집 앨범 수록곡으로 준비했다가 노래가 포크 송 같지 않고 일반 가요 같다는 나 사장의 지적을 받고 빼놓았던 곡이다.

그런데 그때가 아직 겨울 기운이 남아 있는 3월경이었고, 마침 엊그제 내린 눈이 다 녹지 않았던 때였다. 그래서였나, 김수용 감독이 내 노래를 좋게 듣고는 자신이 새로 연출할 영화 〈극락조〉에 삽입될 영화 음악 작곡자로 나를 낙점했다.

추후 김 감독의 전화를 받고 명동의 로얄호텔 커피숍으로 나가니 베레모를 쓴 김수용 감독 앞에 1970년대 최고 여배우 중 한 명인 윤정희 씨가 앉아 있었다. 김수용 감독이 윤정희 씨에게 "이번 〈극락조〉 영화에 음악을 담당할 양병집 군입니다"라고 나를 소개했다. 그러나 윤정희 씨는 "아, 예" 하고 짧게 대답했을 뿐 별 반응이 없었다. 그도 그럴 것이 그분들의 옷차림은 누가 봐도 세련됐는데 나는 그 무렵 거의 매일같이 입다시피 한 까맣게 물들인 군복 상의에 하의 역시 후줄근한 면바지를 입고 있었다.

그날의 상견례 이후 그들은 촬영에 들어갔고 나는 3개월의 작업 기간을 허락받았다. 영화 전체 배경 음악은 정민섭 씨가 맡았던 것 같다. 나는 주제곡 세 곡만 만들어 부르면 되었다. 그 때문에 첫 두 달은 한두 번 읽은 대본을 내 방 침대 옆 탁자에 내팽개쳐 둔 채 농땡이를 쳤다. 세 번째 달에 들어서야 앉은뱅이책상 위에 오선지를 올려놓고 기타를 퉁기기 시작했다. 좀처럼 좋은 악상이 떠오르지 않았다. 그렇게 일주일이 지나고 또 일주일이 지나 녹음 일자는 2주밖에 남지 않게 되었다. 슬슬 초조해지기 시작했다. '이거 참 큰일 났는데. 괜히 내가 한다고 그랬나? 그냥 강태웅 씨가 하게 놔둘걸' 하는 생각과 함께 불안감마저 들었다.

대본을 다시 들여다보며 노래가 들어갈 만한 자리를 찾아보았다. 메이저 코드로 시작할 수 있는 멜로디와 마이너 코드로 시작할 수 있는 멜로디를 흥얼거려 보았다. 조금씩 감이 잡히기 시작했다.

"음, 내 무릎에 그대 머리 내려놓고 음, 내 가슴에 그대 마음을 담으시오. 시간은 우리를 위해서 구름 위로 올라가고……."

한 곡이 완성되었다.

"아름다운 자연으로 먼저 떠난 젊은이여, 그대들이 우리에게 남기고 간 이야기는 아, 이제 또 여름이 오면……."

또 한 곡이 만들어졌다. 이제 한 곡만 더 쓰면 완성이었다.

「음, 내 무릎에」는 쓰리 핑거의 스윙 주법으로, 〈극락조〉의 메인 주제가인 「극락조」는 4/4 모테라토로 썼다. 나머지 한 곡은 그것들과 좀 다르게 쓰고 싶었다. 나는 기타를 들고 국악 리듬을 생각하며 Am을 잡고 피크로 내리치기 시작했다.

"나를 사랑하소, 나를 사랑해주소, 예리하면서도 때로는 단순한 내 사랑아……."

마른 수건에서 물 짜내듯 세 곡을 모두 완성한 나는 기타를 내려놓았다. "어이구, 드디어 다 됐네" 하고 말했던 것 같다.

녹음 당일 최성원과 이승희를 데리고 퇴계로에서 남산 쪽으로 올라가다 왼쪽에 있었던 걸로 기억되는 한양녹음실로 간 나는 세 곡의 녹음을 무사히 마쳤다. 수고비로 60만 원을 받았다. 성원과 승희에게 각각 기타 연주비 15만 원씩 주고 나머지 30만 원을 챙겨 흐뭇한 기분으로 돌아왔다. 그리고 얼마 뒤 〈극락조〉 시사회에 초대되어 김수용 감독도 보고 그 영화의 주인공인 신성일, 윤정희 씨도 만났지만, 영화 〈극락조〉는 흥행에 성공을 거두지 못했다. 내가 만든 영화음악이 별로 신통치 못해서였을까.

마약 단속반으로 끌려가는 가수 ⓒ양병집

방송 금지와 대마초 사건

　나의 1집 앨범 〈넋두리〉가 김민기 1집 그리고 다른 많은 음반들과 함께 판매 금지되고 수록곡의 상당수가 방송 금지 처분을 받는 바람에 나는 별 볼 일 없는 인간이 되어버렸다. 〈넋두리〉는 유신정권이 한창 기세를 높이던 1974년 3월에 발표되었는데 3개월도 채 안 되어 금지 처분을 받고 전량 수거되었다. 가사 저속, 계급의식 고양이 원인이라고 했다. 내 앨범을 제작한 나 사장은 "아직 3개월도 안 됐다. 1,200장 찍어 300장 팔렸는데 나머지는 다 반품돼서 망했다"고 했다. 앨범뿐 아니라 내가 밥 딜런의 곡을 번안해 이연실에게 준 「소낙비」 같은 곡들도 다 판매 금지 당했다.

　어머니와 가정부는 아침 7시에 일어나 여중생과 남고생인 동생 혜정과 경집의 아침상을 차리고 도시락을 싸주었다. 그런 후 아버지가 8시쯤 일어나 아침 식사를 마치고 출근하면 그때쯤 어머니는 천천히 화장을 한 후 10시쯤 어디론가 나갔다. 나는 11시쯤 돼서야 부스스 일어나 늦은 아침을 먹었다. 그리고 나서 특별히 할 일이 없었다. 어머니가 가정부 영희를 통해 전달해준 하루 용돈 1,000원을 받아 든 나는 12시를 넘긴 후 천천히 대문을 나섰다. 딱히 갈 곳도 할 일도 없었다. 허구한 날 나의 발걸음은 명동 내쉬빌로 향했다.

이따금 내쉬빌의 디제이 유복을 만나 대마초를 얻어 피우며 하루하루를 보냈다. 그런 내 모습을 발견한 아버지가 어느 날 저녁 나를 안방으로 불렀다. "이제 음악은 그만둬라. 그리고 내일부터 나랑 함께 출근하자." 반항할 명분도 구실도 없던 나는 "네, 그러겠습니다" 하고 순순히 대답했다. 이튿날 아침 아버지를 따라 집을 나섰다.

누상동과 옥인동이 만나는 삼거리에서 택시를 잡아타고 우리 부자가 간 곳은 을지로 입구 못 미처 다동 쪽에 있는 한국제포 서울연락사무소였다. 자립저축의 시대가 끝나자 아버지는 어음 할인업으로 돌아섰고 둘째 매형의 후배인 하 사장과 인연이 있는 한국제포 사무실을 연락처로 쓰고 있었다. 그곳으로 출근을 시작한 지 며칠 안 된 어느 날 아침, 누상동 집으로 두 명의 형사가 찾아와 나를 찾는 일이 생겼다. 마침 세수를 마치고 출근 준비를 하고 있던 나는 영희가 부르는 소리에 2층에서 내려와 현관문을 나섰다. 가죽 잠바를 입은 두 남자가 대문 안으로 들어서며 물었다.

"양준집 씨입니까?"

"네, 그런데요."

그가 신분증을 보이면서 내게 함께 가자고 했다. 아침부터 시끄러운 소리가 들리자 어머니가 나와서 무슨 일이냐고 물었다. 형사들은 "아드님이 대마초를 피운 혐의가 있어 연행하려 합니다"라고 말했다.

그들은 내 2층 방에 올라와 침대 밑에서 내가 거의 다 피우고 씨와 함께 남겨둔 메마른 줄기 몇 가닥을 증거물로 발견했다. 군소리 없이 그들을 따라나섰다. 1975년의 대마초 파동이다.

지프차의 뒷좌석에 올라타 한 20분 정도 달렸을까. 남대문 뒤편, 남산으로 올라가는 길 왼편에 있는 한 건물로 연행되었다. 나중에 안 사실이지만 그곳은 보사부(지금의 보건복지부) 마약 단속반 서울 분실이었다. 반지하로 되어 있는 그곳에 들어서니 다른 형사들이 피의자들의 진술을 받아내고 있었다. 나를 연행한 형사가 "양준집이 잡아 왔어"라고 외쳤다. 형사들이 "야, 그놈이 양준집이야?" 하며 나를 바라보았다. 그제야 '아, 누가 나를 크게 불었구나' 하는 느낌을 받았다.

"어이, 양준집. 쟤네들처럼 맞고 싶지 않으면 순순하게 불어. 그래, 지금까지 몇 대나 폈어?"

나를 잡아 온 형사 중 한 명의 책상 앞에 앉자 그는 협박을 겸한 질문을 해왔다. 마침 안쪽 방에서 소리가 들려왔다.

"안 불어, 너?"

"딱!"

"악!"

"딱!"

"억!"

순간 머리를 굴리고 또 굴리기 시작했다. 가능한 한 최소한의 숫자를 말해야 했다.

"글쎄요……. 한 백 대 정도요?"

어렵게 대답하자 나를 심문한 형사의 얼굴이 벌어졌다.

"야! 얘는 되게 솔직하네. 그놈 참! 좋아, 넌 이제부터 수갑을 안 차도 돼."

그는 반색을 하며 내 손목에 채워진 수갑을 풀어주었다. 나중에야 안 사실이지만 그곳에 잡혀 온 대부분의 피의자들은 '자신은 전혀 피운 적이 없다'고 오리발을 내밀거나, 흡연 사실을 시인하더라도 기껏해야 한 번 내지 두 번 많아야 세 번 정도 피웠다고 진술했던 것이다. 어이가 없었다. 실소가 저절로 나왔다. 대마초를 피워본 사람은 알지만 한 번 어디선가 구입하면 하루에 적어도 두세 번 많게는 예닐곱 번씩 피우게 되어 있다. 그렇게 한 달을 피우면 백 대에서 이백 대가 족히 될 터인데, 그때까지 나는 천 대도 넘게 피웠다. 내 앞에 백지 두 장과 볼펜 하나가 놓였다.

"여기다 누구누구랑 피웠는지 가나다순으로 적어."

나는 눈을 두 번 꿈뻑거리고는 '김유복, 태석홍, 최성원, 장제훈, 임용환……' 생각 없이 적어 내려갔다. 내가 가나다라마바사까지 적어 내려갔을 때 형사가 "됐어, 그만하면" 하고 중지시켰다.

"얘는 어디 살아?"

그제야 속으로 '아차' 싶은 생각이 들었지만 이미 엎질러진 물이었다. 그는 한 명씩 그들의 거처를 물었다. 나는 후일 김유복과 태석홍에게 용서를 받았지만 최성원, 장제훈에게는 나에 대한 불신과 함께 많은 원망을 받아야 했다.

♪ 양병집 1집 앨범 〈넋두리〉 재킷 사진

■ 1집 앨범 〈넋두리〉 금지 처분

"양병집의 데뷔 앨범 〈넋두리〉는 유신정권이 한창 기세를 높이던 1974년 3월에 발표되었다. 그러나
이 앨범은 발표 3개월 만에 금지 처분을 받고 전량 수거되었다. 이 앨범의 무엇이 유신정권의 심기를
불편하게 하였는지를 밝히는 것은 그리 어렵지 않다. 일단 표지부터가 심상치 않다. 조소하는 듯한 눈
초리에 담배를 꼬나문 양병집의 얼굴은 그들에게 분명 불손하고 반항적인 모습으로 비쳤을 것이다.
그의 거만한 듯 냉소적인 목소리도 그들의 귀에 곱게 들렸을 리 없다. 가사에 담긴 촌철살인의 풍자
는 더 말할 나위도 없다."

■ 금지곡 「역」

"'두 바퀴로 가는 자동차/ 네 바퀴로 가는 자전거……' 도입부에서 이 곡은 단지 동화적 상상력으로 채
색된 재미있는 노래일 뿐이다. 그러나 이 곡의 말미에 도달하면서 그는 깊숙이 숨겨놓았던 비수를 예
리하게 꺼내 든다. '백화점에서 쌀을 사는 사람/ 시장에서 구두 사는 사람……' 지금까지 초현실의 세
계를 부유하던 이미지들은 이 한 줄의 가사에 의해 느닷없이 현실로 곤두박질치고 모든 것은 불현듯
의미를 부여받게 된다."

—이기웅, "풍자가 아니면 해탈이다", 《weiv》, 2002년 12월 16일자.

「서울 하늘1」

서울 하늘 보고 싶어서/ 서울 하늘 보고 싶어서
서울 하늘 보고 싶어서/ 무조건 올라왔소
아는 사람 아무도 없고/ 아무 데도 갈 곳이 없어
이것저것 구경하면서/ 길거리를 돌아다녔소
무슨 사람 그리 많은지/ 무슨 차가 그리 많은지
무슨 집이 그리 많은지/ 내 안경이 기절했다오

나도 돈 좀 벌고 싶어서/ 나도 출세 좀 하고 싶어서
일자리를 찾아봤으나/ 내 맘대로 되지 않습디다
나는 내일 떠날랍니다/ 나는 내일 떠날랍니다
이른 아침 기차를 타고/ 내가 살던 고향으로
두 번 다시 안 올랍니다/ 두 번 다시 안 올랍니다
화려하고 머리 복잡한/ 서울 하늘 밑으로
해야 해해해야/ 오우 허허 오우
오우 허허 오우/ 아 노래나 불러보자

(양병집 1집 앨범 〈넋두리〉, 성음레코드, 1974년)

■ 금지곡 「서울 하늘1」
"무작정 상경한 시골 젊은이의 입을 빌려 도시 속에서의 인간 소외를 노래한 우디 거스리 원작의 「서울 하늘1」도 그의 언어가 빛을 발하는 곡 중 하나다. …… 양병집의 소박한 언어 표현은 청년의 순진한 소망을 짓밟아버리는 도시의 비정을 더욱 사실적으로 드러내는 데 효과를 발휘한다. '아, 두 번 다시 안 올랍니다…….' 청년의 도시 순례기는 이 짧은 탄식으로 끝을 맺는다. 비록 찰나에 불과한 탄식이지만 여기에 깃든 염증과 혐오의 밀도는 이 곡 전체에 대한 충실한 요약으로서 부족함이 없다."
　　　　　　　　　　　　　　－이기웅, "풍자가 아니면 해탈이다", 《weiv》, 2002년 12월 16일자.

■ "'내 안경이 졸도할 만한 서울에 올라와 나도 한 번 벌고 싶어 헤매 다녔으나 내 맘대로 되지 않
　더라'는 푸념은 1970년대 이농의 드림과 좌절이다. 그럼에도 '노래나 한 번 불러 보자'는 식의 자
　조 섞인 넋두리."

－박성서, "[박성서의 7080 가요X파일]1970년대 3대 저항가수 양병집(Ⅱ)",

《서울신문》, 2007년 6월 16일자.

■ 금지곡 목록 문서

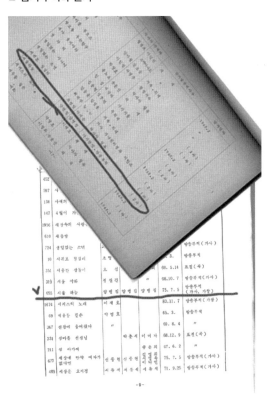

「잃어버린 전설」

휘몰아치는 바람 속에 연약한 몸을 가누면서
참다 참다 쓰러져간
아름다웠던 꽃송이야
누구 위해 태어난 꽃송이던가
누구 위해 자라온 꽃송이던가

검은 하늘 바라보면
쓰러져가는 향기 안고 웃다 웃다 지쳐버린
아름다웠던 꽃송이야
누구 위해 태어난 꽃송이던가
누구 위해 자라온 꽃송이던가

잃어버린 전설 속에 사라져간 꿈을 안고
그늘에서 피다 지친 아름다웠던 꽃송이야
누구 위해 태어난 꽃송이던가
누구 위해 자라온 꽃송이던가

(양병집 1집 앨범 〈넋두리〉, 성음레코드, 1974년)

■ 금지곡 「잃어버린 전설」

"'휘몰아치는 바람 속에'서 '참다 참다 쓰러져간' 꽃으로 시작되는 이 노래는 이른바 최루탄 가득한 거리에서 이미 사라진 젊은이들을 애도하는 노래임을 단박에 알 수 있다. 동시에 사회 전반에 드리웠던 월남 파병 문제, 그리고 산업화의 그늘을 떠올리게 한다."

　　　　　　　　　　　－박성서, "[박성서의 7080 가요X파일]1970년대 3대 저항가수 양병집(Ⅱ)",

　　　　　　　　　　　　　　　　　　　　《서울신문》, 2007년 6월 16일자.

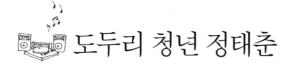

도두리 청년 정태춘

　서울 은평구에 있는 시립정신병원에 3주간 구금되어 있다 풀려나 고개를 푹 숙이고 집으로 돌아왔을 때 부모님은 별 말씀 없이 나를 따뜻하게 맞아주었다.

　"당분간은 은인자중하고 앞으로 음악 하는 친구들은 만나지 말도록 해라."

　아버지가 당부했다. 어머니는 "네가 거기서 깊이 반성했다 하니 나는 그걸로 됐다" 하며 내가 좋아하는 계란말이, 갈치구이, 감자조림을 만들어주고 고깃국도 끓여주었다.

　보사부 마약 단속반 분실에서 내가 워낙 솔직하게 진술했기 때문인지 그날 나에 대한 취조는 간단히 끝났었다. 나를 담당했던 형사는 나를 풀어주고 싶어 했으나 그의 상관인 듯한 사람이 증거물이 있어서 안 된다고 했다. 나와 함께 잡힌 젊은이들 예닐곱 명과 함께 검은색 지프차 뒤에 구겨져 실려 간 곳이 시립정신병원이었다. 그곳에서 쉐그린(Shagreen)의 멤버 이태원, 고 김정호의 모습도 볼 수 있었다. 국가대표 야구 선수도 보았다. 1975년 터진 이 대마초 파동으로 인해 당대를 주름잡던 포크가수들이 퇴각했다. 이후 그 빈자리에 조용필이 등장하며 한국 대중음악사에 새로운 장을 열고 그의 시대를 이끌어간다.

시립정신병원에서 돌아온 지 얼마나 지났을까. 집으로 한 통의 전화가 걸려왔다. 포크송 콘테스트에서 심사위원장을 맡았던 음악평론가 최경식 선생이었다. 그는 여전히 온화한 목소리로 "한 청년이 나를 찾아와 김민기나 양병집 씨를 소개시켜 달라는데 민기가 지금 서울에 없어요. 그래서 내가 양병집 씨의 전화번호를 알려주었는데 조만간 전화가 갈 겁니다. 한 번 만나보세요"라고 말했다.

당시 정태춘은 평택에서 서울로 올라와 쉘부르(Cherbourg) 같은 데서 잠깐 노래를 부르고 있었던 것 같다. 그날인가 그다음 날인가 좌우지간 그로부터 전화가 걸려왔다.

"저는 평택에서 올라온 정태춘이라는 사람이구요. 제가 써놓은 곡들이 몇 곡 있는데 양병집 씨께 보여드리고 싶습니다."

잠시 망설였다. 앞으로 음악 하는 친구들은 만나지 말라던 아버지 말씀이 스쳐 지나갔다.

그와 종로의 한 다방에서 만나기로 약속을 정하고 20분 정도 먼저 나가 창밖을 보며 그를 기다리고 있었다. 초봄 햇살 때문에 잠깐 잠이 들었다.

"안녕하세요."

깜짝 놀라 잠에서 깼다. 그렇게 잘생기지는 않았지만 왠지 정감이 느껴지는 얼굴의 청년이 빙그레 웃으며 서 있었다.

"아까 전화 드린 정태춘입니다."

그가 정중히 인사를 했다. 그제야 제정신을 차린 나는 그에게 인사하며 그의 모습을 찬찬히 살펴보았다.

"예, 반갑습니다. 양병집입니다."

검은색으로 물들인 군복 상의에 국방색 '당꼬바지', 검정색 고무신을 신고 있었다. 커피가 나오는 사이 그는 자신에 대해 좀 더 상세히 소개했다. 그러고는 그동안 자신이 쓴 곡들인데 한번 봐달라고 말하며 누런 봉투를 하나 내밀었다.

한 다발의 오선지 뭉치와 카세트테이프 하나가 들어 있었다. 한 장 한 장 넘겨가며 대충 읽어보니 「보릿고개」 같은 곡은 쉽게 읽혔다. 그러나 나머지 대부분의 곡들은 감이 잘 오지 않았다. 그때만 해도 초견(악보 읽는 능력)에 약한 편이었다. 그런데 그 악보 위에 적힌 가사가 범상치 않았다.

나는 그에게 시간이 괜찮은지 물었다. 그리고 그와 함께 택시를 타고 누상동 집으로 왔다. 아래층에서 올려 보내준 다과를 먹으며 악보를 꺼내고 테이프를 녹음기에 넣었다. 흘러나오는 곡에 따라 악보를 한 장 한 장 넘겼다. 그는 다소 긴장한 듯 소리 없이 내 옆에 가만히 앉아 있었다.

바람 불던 동구 밖에 겨울빛은 사라지고 아지랑이 피어나는데……
(「봄」 중)
잎 떨어진 나무에 바람이 불고 늘어진 가지 위엔 연이 걸렸네
(「겨울 나무」 중)

해 걸린 고갯마루 바람이 불면 설익은 보리밭이 출렁거린다

(「보릿고개」 중)

기다리지 않던 비 몹시 내리고 가물음에 마르던 둑이 터지면……

(「장마」 중)

한 곡 한 곡 소름이 돋았다. 아주 쉽게 김민기를 떠올릴 수 있었다. 이것이 맞는 비유인지는 모르겠으나 김민기의 음악과 가사에서 빈센트 반 고흐(Vincent van Gogh)를 떠올릴 수 있다면, 그의 노래에서는 장 프랑수아 밀레(Jean François Millet)에게서 나오는 풍경이나 서정성이 아주 짙게 소리로 묻어 나왔다.

나는 의자에 걸터앉아 있는 그를 다시 쳐다보았다. 그는 다시 한 번 빙그레 웃음을 던져주었다. 그의 노래에 감동을 받은 나는 '내가 아는 레코드 회사에 그를 소개시켜 주겠다'고 약속했다. 내 말을 믿은 그는 악보를 다시 누런 서류 봉투에 넣어놓고 돌아갔다.

나는 그가 놓고 간 곡들을 나 사장에게 전달했다. 정태춘에 대한 칭찬을 입이 마르도록 했다. 그러나 얼마 뒤 정태춘이 전투경찰에 입대하는 바람에 나 사장과 그는 인연이 닿지 않았다. 그의 제대 후 산울림 등의 앨범을 제작한 이흥주 사장이 경영한 대성음반에서 정태춘의 데뷔 앨범 〈시인의 마을〉이 나왔다. 그리고 「촛불」과 「사랑하고 싶소」 등의 수록곡이 대히트를 했다.

한번은 그가 평택에 있는 자신의 집으로 나를 초대하고 싶다고 전화한 적이 있다. 그 마음이 고맙고 또 그를 만나 기분 좋을 생각을 하면서 그의

도두리 집으로 향했다. 고속버스를 타고 평택터미널에 도착하니 그가 나와 있었다. 시외버스를 타고 30분을 달려 어느 정류소에서 내려 다시 시멘트가 깔려 있는 농로를 지나자 시골집 몇 채가 나왔다. 그중 꽤 커 보이는 집이 그의 부모님 댁이었다. 그날 밤 그는 나를 무슨 칙사 대하기라도 하듯 융숭하게 대접했다.

하룻밤 그의 집에서 묵은 다음 날 오전, 그가 운전하는 경운기를 타고 인근의 강가로 나갔다. 그때 엄청나게 많은 비가 내리면서 천둥과 번개가 치기 시작했다. 허허벌판에서 머리 바로 위로 떨어지는 번개와 천둥은 도시에서 보고 들은 그것과 너무 달랐다. 그런 광경에 익숙해 있는 태춘과 달리 나는 겁을 집어먹고 재빨리 경운기 밑으로 들어갔다. 갑자기 벼락이 떨어질지도 모른다는 공포에 휩싸여 몸을 웅크린 채 숨어 있는 나를 태춘이 물끄러미 바라보았다.

그로부터 10년 후 우리 가족의 호주 이민이 결정되었을 때 그는 멀리 떠나는 나를 위해 송별식을 열어준 적이 있다. 장소는 그의 작은아버지가 운영하는 '도솔천'이라는 곳이었는데, 많은 사람들이 모여 입구에서부터 와자지껄했다.

후배 가수 중 하나인 윤영로가 나를 기다리고 있었는지 "형님, 오셨어요?"하며 반겼다. 그는 계단까지 서서 웅성거리고 있는 사람들을 뚫고 2층으로 나를 안내해주었다. 전유성 선배를 필두로 디제이 김광한 씨와 강인원, 전인권, 허성욱, 이정선, 임지훈, 하덕규 등 많은 동료, 후배 가수들이 박수를 치며 나를 환영했다. 놀라운 일이었다. 태춘은 나 모르게 그들 모두를 불러 모았던 것이다. 그들 또한 출연료 없이 모두 그곳으로 와 한국에서의 내 마지막 콘서트에 참여해주었다. 두 시간 정도 소요됐던 그날의 송별식은 이후 내가 호주에 도착해서도 꽤 오랫동안 뇌리에 남아 있었 다.

♪ 태평증권 앞으로 놀러 온 정태춘(왼쪽)과 함께

♪ 호주로 떠나기 전 정태춘이 열어준 송별식. 위 왼쪽부터 양병집, 전유성, 정태춘, 박은옥
♪♪ 아래 왼쪽부터 최구희, 전인권, 허성욱

태평증권과 태평성대 ☆

　명동 국립극장 뒤편에는 한국증권거래소를 비롯해 대한증권, 신영증권, 생보증권 등 많은 증권회사들이 있었다. 그러나 1960년대 초에 있었던 증권 파동으로 주식 매매를 하던 사람들이 대부분 파산해 한동안 침체기를 겪었다. 한편 박정희 정권의 경제개발 5개년 계획이 3차에 걸쳐 진행되면서, 해외에서 차관을 빌려와 세운 기업들과 공장들이 수출 1,000만 달러 달성을 넘어 1억 달러, 10억 달러를 차례로 돌파하는 대성과를 이루는 시대가 되었다. 그러자 그동안 정부 주도만으로 이루어져온 사업 확장에 한계를 느낀 기업가들이 정부가 심사·선정한 100대 기업의 주식 공모를 일반에게 공개하도록 요청했다. 그리고 은행이나 부동산 쪽으로만 몰려가 있던 민간 자금을 주식시장으로 끌어들인 정책이 시행되었다.

　방송 금지와 대마초 파동 이후 집에서 소일하던 나는 가수로서의 삶을 접고 태평증권에 입사해 태평스러운 시간을 보내고 있었다. 태평증권에 입사하기 얼마 전 우리 집은 누상동에서 강남구 삼성동 2층 양옥집으로 이사했다. 누나 넷이 모두 시집가기 전, 가정부를 포함한 열 명의 우리 식구들이 함께 살았던 창성동 한옥 이후 가장 크고 멋있는 집이었다. 이철희, 장영자 어음 사기 사건으로 크게 위축된 사채 시장에서도 아버지는 자본시장 육성을 위한 기업 공개의 파생상품으로 등장한 신주청약 딱지로 사업의 돌파구를 찾았다. 그리고 그로 인해 큰돈을 벌었다. 별 탈 없이 성장한 형제 여섯 명과 달리 언제부터인가 집안의 걱정거리로 전락한 내가 더 이상 음악을 하지 않고 증권회사에 취직해 착실하게 생활하자 부모님과 형제들은 오랜만에 다시 찾아온 가정의 평화로움에 모두 만족해하고 있었다.

1977년 7월 어느 저녁, 회현동에 있는 알리앙스 프랑세즈에서 두 달째 듣고 있던 모제(Mauger) 초급반 수업을 마친 후 귀가하기 위해 강남으로 가는 합승 택시를 탔을 때 일이다.

내가 택시 기사에게 "삼성동 가죠?" 하고 묻자 기사가 타라고 했다. 앞 좌석에 앉은 지 얼마 뒤 한 여성이 "도곡동이요" 하고 물어왔다. 택시 기사가 "오케이" 하자 그녀가 뒷좌석 맨 안쪽으로 들어가 앉았다. 나머지 합승 승객 두 명을 더 기다리는 동안, 나는 몸을 약간 비스듬히 해 뒷좌석의 그녀를 힐끔 훔쳐보았다. 자그마한 체구에 동그란 얼굴, 오똑한 코, 그리고 왕방울 같은 눈. 예뻤다. 나는 택시 기사에게 나머지 두 사람 요금을 내가 다 낼 테니 그냥 출발하자고 했다. 택시는 남산 순환도로를 돌아 제3한강교(한남대교)를 지나 강남으로 향했다.

그녀에게 조심스럽게 말을 걸었다. 의외로 그녀는 시원스럽게 반응했다. 이름은 김정희, 당시 상명여자대학교 4학년, 사는 곳은 도곡동……. 나는 기사에게 "도곡동에 먼저 갔다가 삼성동으로 가자"고 했고, 그녀가 목적지에서 내릴 때 명함을 건네며 전화 걸어줄 것을 부탁했다.

2주일쯤 지난 어느 일요일 그녀로부터 전화가 왔다. 그다음 주 수요일 오후 그녀와 나는 충무로에 있는 준(JUN) 커피숍에서 만나기로 했다. 약속 당일 그녀는 친구 한 명과 함께 와 앉아 있었다. 그녀도 예뻤지만 같이 온 친구 역시 예뻤다.

"두 분은 영어나 일어 같은 외국어 공부 안 하세요?"

내가 물었을 때 자신의 이름을 '한성희'라고 소개했던 친구가 "우리는 공부 같은 거 안 키워요" 하고 대답했다.

순간 그렇게 말하는 모습에 왠지 모를 매력을 느낀 나는 택시에서 만났던 여자보다 그녀의 친구 '한성희'에게 더 관심을 가지게 되었다. 우리는 셋이서 두세 번 더 만났으나 정희가 다른 약속이 있어 못 나온 날을 계기로 한성희와 나 둘만의 본격적인 데이트가 시작됐다.

회사일이 끝날 무렵 그녀가 태평증권 근처의 다방 또는 경양식집으로 나오면 함께 식사를 마치고 영화를 보러 가기도 하고 또 디스코 클럽에 가서 춤추다 헤어지고……. 그렇게 즐거운 데이트를 즐겼다. 장충동에 있는 타워호텔 나이트에 갔던 날, 그녀와 나는 백년가약을 맺게 된다. 우리 둘의 첫날밤이었다. 그리고 나서 부모님에게 결혼할 사람이 생겼다고 말씀드렸다.

나의 조심스러운 보고를 들은 부모님은 노구에도 불구하고 뛸 듯이 기뻐했다. 그녀를 부모님께 정식으로 인사시켰더니 두 분 모두 그녀의 곱상하고 차분한 외모에 흡족해했다. 결혼을 앞두고 피아노를 치던 그녀의 선배 혜진에게 내가 잠시 한눈을 팔았을 때도 어머니는 나를 크게 나무라며 철저하게 그녀의 편을 들어주었다. 나는 3개월간의 열애 끝에 한성희와 결혼했다.

청개구리와 동서남북

아버지를 잘 둔 덕에 태평증권에서 태평한 나날을 보내고 있던 내게 또다시 음악의 광풍이 분 것은 들국화 최성원의 방문으로부터다. 그와 나 사이에 있었던 대마초 파동의 앙금이 서서히 사그라질 무렵 그가 태평증권 3층으로 나를 찾아왔다. 찻집으로 가 시원한 음료수를 마시던 중 그가 "형은 넥타이가 안 어울려. 음악을 해야 돼"라고 말했다. 갑자기 귀가 얇아진 나는 며칠 되지 않아 회사에 사표를 냈다. 결혼 후 모아두었던 2,000만 원을 들여 신촌역 앞에, 요즈음 표현으로 라이브 카페(live cafe)라고 할 수 있는 경양식집을 차렸다.

나는 세시봉도 잘 모르고 YWCA 청개구리홀에도 가본 적이 없다. 왜냐하면 세시봉에서 조영남, 윤형주 선배 등이 노래하고 있을 때 나는 자립사 부산 출장소에 1년간 내려가 있었고, 김민기가 청개구리홀에서 노래하고 있을 때는 서울로 돌아와 역시 아버지의 채권 장사 일을 돕고 있었기 때문이다. 그러나 여러 음악 하는 친구들로부터 청개구리홀이 통기타 음악의 산실이었다는 소리를 전해 들은 나는 내 카페를 그런 장소로 만들고 싶었다. 그래서 상호를 '청개구리'로 했다.

50평쯤 되는 실내장식을 모두 마치고 고사를 겸한 개업식을 했다. 상호를 본 어머니가 혀를 끌끌 찼다.

"청개구리가 뭐가? 청개구리가. 지 엄마 말을 끔찍이도 안 듣다가 엄마가 죽자 개천가에 앉아서 엉엉 울기나 했던 불효잔데."

"그럼 이름을 뭘로 하면 좋겠어요?"

혹시나 하고 어머니에게 물었다. 어머니는 1분도 안 걸려서 "금두꺼비로 하라우, 금두꺼비. 그래야 돈이 많이 들어와"라고 말했다.

"에이, 젊은 애들 상대로 하는 가겐데 어떻게······."

"두꺼비는 옛날부터 복의 상징이야. 알간?"

어머니 말을 한 귀로 듣고 한 귀로 흘리며 나는 '청개구리'란 상호로 카페 운영을 시작했다.

시골 학교 강당의 무대처럼 엉성하게 꾸며진 무대였지만, 훗날 유명해진 김현식이 이장희의 동생 이승희와 함께 와 두 달 정도 노래했다. 역시 훗날 들국화의 초창기 멤버가 된 조덕환이 이영재와 듀엣으로 노래했으며, 나중에는 한영애가 부른 「거기 누구 없소」를 작사·작곡한 윤명운의 형이자 이태원이 부른 「솔개」의 작사·작곡자 윤명환 등이 와서 무대를 채웠다.

대낮의 손님은 주로 이대생이었으나 저녁 시간은 연대, 서강대생들도 왔다. 윤명환이 출연하고부터 멀리 흑석동에서 중앙대생들도 그의 라이브를 보러 원정 왔다. T.S.S. 후배들도 어느덧 대학을 졸업하고 사회에 나와 직장인이 되거나 해군 장교가 되어 그들의 직장 동료나 군대 동기를 몰고 와 매상을 올려주었다. 그 덕에 아내 통장에 돈이 꽤 쌓여갔다.

그 무렵 T.S.S. 후배 치형의 동생 관형이 친구 한 명과 함께 찾아왔다. 180cm 정도의 훤칠한 키에 가는 눈, 창백한 얼굴의 귀공자 타입인 그의 이름은 박호준이라고 했다. 박호준은 "친구들과 함께 그룹사운드를 만들어 연습하고 있는데 한 번 와서 봐주시면 감사하겠습니다"하며 정중하게 부탁했다. 나는 그의 묘한 매력에 끌려 방문 날짜를 약속했다.

약속한 날 오후, 골목 입구에 나와 있던 관형과 함께 동교동 박호준의 집에 도착하니 2층에서 박호준이 내려왔다. 내가 올라가자 미리 와 있던 너댓 명의 청년이 일제히 "안녕하세요"하며 공손히 인사해왔다. 시원한 음료수를 마시며 그들의 연주를 들었다. 세 곡인가를 연속적으로 연주했는데 나는 그들이 내는 악기 소리에 내심 놀란 채 묵묵히 듣고 있었다.

연주를 마치자 밴드 멤버는 아니지만 그들의 악기 세팅을 옆에서 돕고 있던 친구가 넉살 좋은 웃음을 지으며 물었다.

"어떠세요? 이 친구들 연주가?"

내쉬빌을 드나들던 시절, 할 일 없는 날이면 오전 일찍부터 들어가 유복이가 주는 대마초를 한 대 빨고 딥 퍼플이나 레드 제플린(Led Zeppelin), 도어스(Doors), 더 후(The Who), 예스(Yes), 그랜드 펑크 레일로드(Grand Funk Railroad), 지미 헨드릭스 등등을 듣는 것이 일이었다. 나는 비록 그룹사운드 출신은 아니지만 그 친구들의 연주가 수없이 많은 기존 국내 그룹사운드와 현격히 다른 차원이라는 것을 직감했다.

대학가요제 출신이든 강변가요제 출신이든 당시 국내의 그룹사운드 음악은 모두 평범한 일반 가요를 전기기타와 오르간, 드럼 등으로 반주만 바꿔서 부르는 수준이었다. 반면 그들의 음악은 외국의 하드록(hard rock) 또는 프로그레시브 록(progressive rock) 밴드 음악처럼 연주 주법이나 노래 전주의 길이에서부터 확연히 다른 무언가를 가지고 있었다. 더욱이 놀랐던 것은 그들이 방금 냈던 사운드가 박호준의 펜더 스트라토캐스터(Fender Stratocaster)를 제외하고 모두 국산 악기와 조잡한 국산 앰프에서 나왔다는 것이다. 물론 박호준의 앰프도 국산이었다.

"음, 많이 다른데, 다른 팀들하고는……. 근데 지금 연주한 곡들은 다 자작곡인가?"

자신을 장용호라 밝힌 아까 그 친구가 팀의 대변인 역할을 하며 대답했다.

"예, 이건 모두 호준이 곡이구요. 태열이가 만든 곡도 있어요."

내 칭찬성 발언에 안심이 된 듯 그제야 그들은 악기를 내려놓고 한 명씩 자신의 이름을 밝히며 다시 인사했다. 베이스의 이태열, 드럼의 김득권, 키보드의 이동훈, 이관형, 보컬의 김준웅.

이미 구면이 된 기타의 박호준이 팀 이름은 아직 정하지 못했다고 말했다. 그 뒤 두세 번 더 그들의 연습 장소를 방문한 나는 마침내 그들의 매니저가 되겠다고 약속했다.

집으로 돌아와 아내에게 나의 뜻을 설명했다. 그리고 1,000만 원을 내어달라고 했다.

"지금 뱃속에 아기가 생겼는데 그런 거 하다 돈 다 날리면 어떡해요?"

아내는 울먹이며 반대했다. 나는 아내의 말을 들은 척 만 척하고 계속 돈을 요구했다. 결국 아내는 마지못해 가지고 있던 통장과 도장을 내주었다.

통장을 열어 잔고를 확인해보니 1,180만 원. 며칠 뒤 주말 나는 팀 멤버 몇 명과 함께 낙원상가에 나갔다. 그리고 그들에게 길드 베이스 기타(Guild Bass Guitar)와 VOX 앰프(VOX Amp), 키보드는 갓 출시한 신형 크루마(Cruma), 팀의 가녹음 장비는 산스이 8채널 믹서(Sansui 8 channel Mixer)와 슈어 마이크(Shure Mic) 두 개를 사주었다. 호준은 자신의 악기를 그대로 쓰기로 했고, 득권은 자기 돈으로 로저스 드럼(Rogers 5 Drum)을 샀다. 그 무렵 이관형이 탈퇴하고 그 자리에 김광민이 들어왔다. 김광민의 가세 후 더욱 화려한 사운드를 만들어내게 된 팀원들은 내친 김에 자신들의 판을 내게 해달라고 다시 부탁해왔다.

'악기 사고 남은 돈 900만 원이면 판을 낼 수 있겠다.'

"그러마"하고 대답해주었다. 더욱 신이 난 그들은 자신들이 녹음할 곡들을 한 곡 두 곡 정리해나가며 연습에 매진했다. 그 사이 명지대 등 몇 곳의 축제에 나가 실연도 해보면서. 나는 그들의 연습 과정을 지켜보았다. 이제 때가 되었다 싶었을 때쯤 지금은 없어진, 강남의 영동 스튜디오에서 녹음 스케줄을 잡았다.

녹음 당일 내가 약 30분 먼저 녹음실에 도착해 녹음테이프 값과 스튜디오 사용료를 지불하고 기다리니 팀 멤버들이 한두 명씩 도착했다. 그런데 이게 웬일인가. 이놈들이 전날 새벽까지 술을 마시고 집에 들어가 잠도 제대로 못 잔 채 악기들만 챙겨 온 것이다. 모두 소금에 절인 배추 모양새였다. 아니나 다를까. 「하나가 되어요」처럼 비교적 합주가 쉬운 곡은 별 문제가 없었지만 어려운 「모래 위에 핀 꽃」 등에서는 엄청나게 엇박이 났다. 예약한 시간은 점점 다 되어가는데.

"죄송합니다, 형님. 우리들이 너무 철이 없어서."

용호는 내 옆에 앉아서 죄송하다는 말만 연발했다. 나는 하는 수 없이 연주실로 들어가 멤버 전원에게 "되는 대로 마무리를 짓자. 그러나 끝까지 최선을 다하고"라고 말하고 나왔다.

그날 여섯 곡 정도의 반주가 완성되었다. 그리고 약 보름 뒤 동부 이촌동의 서울 스튜디오에서 「밤비」 등 나머지 두 곡의 연주와 녹음을 완성했다. 재킷 디자인은 그들이 미팅에서 만난 서울여대 학생들이 맡아주었다. '동서남북'이란 그룹 이름은 멤버들이 다니는 학교가 고려대(호준), 국민대(태열), 명지대(준웅, 광민), 서울대(득권) 등 각각 동서남북에 흩어져 있다고 해서 그렇게 지었다.

서라벌에서 LP가 나오자 나는 동서남북의 PD 겸 매니저로서 본격적인 홍보 활동을 시작했다. 우선 KBS, MBC, CBS 등의 라디오에 들어가 그 전부터 알고 지낸 PD들의 책상에는 물론 모르는 프로그램의 PD 책상 위에도 판을 한두 장씩 뿌렸다. KBS1, 2 텔레비전과 MBC 텔레비전 쪽에도 쇼 프로그램 담당 PD의 책상이라면 무조건 한 장씩 판을 올려놓고 나왔다.

어느 날 방송통폐합으로 말미암아 DBS에서 KBS로 자리를 옮긴 김 모 PD가 나를 따로 불러 말했다.

"이건 순전히 양병집 씨를 위해서 하는 말인데, 이런 음악은 방송국에서 안 먹혀요. 동서남북이 잘하는 건 알겠는데 아직 한국에선 시기상조예요."

내가 기대했던 말은 '와, 양병집 씨가 기획한 동서남북 정말 대단한데요!' 같은 것이었는데.

그러나 얼마 뒤 〈KBS 100분 쇼〉의 MD 경명철이라는 사람에게서 전화가 왔다. '담당 진필홍 PD님이 보고 싶어 하니 모일 모시에 들어오라'는 것이다. 약속 날 진 PD가 있다는 KBS 별관 3층 예능 2국인가 하는 곳에 갔다. 그는 웃으며 나를 반겼고 다시 '모일 모시에 동서남북 멤버들을 데리고 들어오라'고 말했다.

동서남북은 그 녹화를 매우 성공적으로 마쳤다. 그리고 얼마 뒤 KBS가 주관한 〈국풍81〉에 참여했다. 경명철 MD는 우리에게 "프로로 출연하겠느냐 아니면 아마추어로 출연해 다른 팀과 겨뤄보겠느냐?"고 물어왔다. 프로로 출연하면 출연료가 100만 원이고, 아마추어로 나가면 상금이 300만 원이라고 했다. 나는 그 사실을 멤버들에게 알려주었다. 그들은 10여 분간의 의논 끝에 '프로로 출연하겠다'고 의사를 밝혔다.

동서남북은 아마추어 경연 프로그램이 있던 날 맨 마지막에 찬조 출연했다. 그런데 심사위원들이 동서남북을 아마추어 참가팀으로 오인해 우리 팀에게 1등을 주었다. 그러나 동서남북이 프로로 출연한 것이라는 게 담당 PD 등을 통해 심사위원들에게 전달되었고, 동서남북의 1위 입상은 취소되었다. 대신 이용이 1등이 되었다. 그리하여 동서남북 팀은 전국적으로 유명해질 수 있는 천재일우의 기회를 놓치고 말았다. 설상가상으로 그 얼마 뒤 드럼을 쳤던 득권이 '공부를 해야겠다'며 팀을 탈퇴했고, 그를 따라 태열도 탈퇴를 선언하는 바람에 동서남북은 모래성 무너지듯 와해되었다.

'아, 그럼 나는 어떡하라고…….'

나에게는 평생 두세 가지 꿈이 있었다. 하나는 가수로서의 꿈, 또 하나는 훌륭한 가수들이 음반을 낼 수 있도록 돕는 기획·제작자로서의 꿈이었다. 나는 좋은 음악을 들으면 어쩔 줄 몰랐다. 내 것이든 남의 것이든 세상에 나오기를 바랐다. 그래서 동서남북을 떠올리면 아직도 회한이 남는다. 동서남북은 훌륭한 팀이었다.

한국의 음악 시장은 대형 기획물에만 관심을 갖는다. 자본의 논리에 따라 어느 영역이나 마찬가지겠지만 내가 진짜 아쉬운 것은 비주류 영역에 대한 애정이다. 대중가요는 대중가요의 몫이 있고 아이돌은 아이돌대로 즐거움을 준다. 각 장르에서 노력하고 성과를 이루는 사람들을 인정해주고 또 장려해줄 줄 아는 문화가 생겼으면 좋겠다.

한편 청개구리는 내가 운영을 등한시하자 아내가 실내장식을 바꾼 후 톰스 캐빈(Tom's Cabin), 조노박으로 두 차례나 이름을 바꾸며 운영을 해나갔다. 그러나 여자로서 너무 힘에 부치자 2,500만 원에 인수 의사를 밝힌 사람에게 넘겨주었다. 얼마 뒤 첫딸 윤정이가 필동 성심병원에서 태어났다.

♪ 톰스 캐빈 앞에 서 있는 아내 한성희

MUSIC MONO,
해바라기의 이주호와 유익종

결혼할 때 부모님이 마련해준 AID 아파트를 팔아 '달떡 별떡'(떡이나 빵을 조금씩 뜯어먹어 달 모양도 만들고 별 모양도 만드는 놀이)을 만들어 본전도 못 건진 나는 아내와 큰딸을 데리고 또다시 죄인이 된 심정으로 삼성동 부모님 집으로 들어갔다. 청개구리를 팔아 일수 등 빚 갚고 남은 돈 1,300만 원을 조금씩 까먹으며 삼성동 집 2층에서 지내던 나는 하루하루가 지루했다.

'이렇게 계속 살 수는 없지. 뭔가를 해야 돼. 다시 일어나야 돼.'

하릴없이 집을 나왔다가 다시 신촌 쪽으로 가게 되었다. 평수에 비해 비교적 싸게 나온 신축 건물의 2층을 발견하고 집으로 돌아온 날 아내에게 사정을 했다.

"정말이야. 이번엔 틀림없어. 이젠 경양식집에 대한 노하우도 확실히 생겼다고."

아내는 당연히 반대했다. 둘째 딸 윤경이가 태어난 지 얼마 되지도 않았고(1981년 1월 20일생인 둘째 딸은 그 무렵 백일을 넘긴 지 두 달밖에 안 된 갓난아기였다), 장사를 다시 시작하면 보나 마나 자신도 다시 나가 일을 도와야 할 텐데 그러면 윤경이는 누가 키우냐는 것이었다. "또 지난번 청개구리 때처럼 당신은 시작만 해놓고 나보고 뒤치다꺼리 하라고 할까봐 겁도 나고, 청개구리도 결국 1,500만 원 손해 보고 처분했다, 이번에 또다시 실패하면 지금 우리한테 남은 것마저 홀라당 다 날아갈 텐데 나는 무서워서 못하겠다, 당신은 겁도 나지 않느냐." 아내의 말이었다.

더 할 말이 없었다. 그러나 무엇에 꽂히면 좀처럼 생각을 떨쳐버릴 수 없는 나는 계속해서 억지를 부렸다. 결국 1,000만 원의 종잣돈과 처가에서 꾼 1,000만 원을 가지고 신촌 건물 2층에 라이브 클럽 뮤직 모노(MUSIC MONO)를 열었다. 모노는 70평대에 달하는 넓이였다. 실내장식 공사비용을 아끼겠다는 생각에 그때까지도 명지대학교 건축과에 다니고 있던 용호와 그의 친구 김영렬에게 공사를 맡겼다. 약간 엉성하긴 했지만 개업일까지 그럭저럭 공사는 마무리되었다.

어디서 누구에게 들었는지 연인원 수십 명에 달하는 무대지망생들이 찾아왔다. 그 중에는 이름을 밝히기 곤란한 프로 가수들도 적잖이 있었고, 실력 꽤나 있는 아마추어 가수 또는 연주자도 있었다. 나는 나중에 월급 줄 일을 생각해서 고르고 또 골라 허성욱을 데리고 온 전인권, 유익종과 듀엣으로 노래를 부르는 이주호 팀을 선택했다. 나의 오디션은 무척 성공적이어서 모노는 개업 후 연일 대성황이었다. 업소의 위치상 주 고객은 연대생들과 이대생들이었지만 그들과 함께 왔던 외국어학당 학생들이 모노의 라이브를 보기 위해 다시 그들의 친구들을 데리고 오기도 했다.

그렇게 몇 달이 지나고 신촌 지역 대학들이 모두 새 학기를 맞이하는 봄이 되었다. 나는 매상이 더욱더 오를 것을 기대하면서 개업 때 미처 마무리 짓지 못한 부분에 재투자를 하고 있었다. 무대 조명과 마이크 시스템, 피아노 등이었다. 그런데 박정희 대통령이 서거하고 새롭게 들어선 전두환 정권을 반대하는 데모가 각 대학교 앞에서 벌어지고 있었다. 그리고 이를 막으려고 출동한 전투경찰대와의 출동 과정에서 최루탄이 터져 매캐한 연기가 업소로 스며들어 왔다. 눈물 콧물이 흘러나오는 바람에 장사를 전혀 할 수 없는 상황이 하루걸러 한 번씩 벌어졌다.

'좀 기다려보면 나아지겠지.'

나의 기대는 한 달 뒤 여지없이 무너졌다. 각 대학에 무기한 휴교령이 내려졌다. 설상가상으로 골목 하나를 사이에 두고 자리한 파출소 앞에는 24시간 전투경찰 버스가 서 있었다. 절망적이었다. 나는 하늘이 야속했고 운명이 저주스러웠다. 집세에다 주방장과 웨이터 월급도 한 달 두 달 밀려가는데 이제 어쩌란 말인가. 또 실패라니. 정말 죽고 싶었다.

4월 초에 떨어진 휴교령은 6월이 되어서야 풀렸고, 기말시험을 마치자 학생들은 여름방학이라 고향으로 돌아가기 시작했다. 그야말로 죽어라 죽어라 하는 판국이었다. 그럼에도 인권이네와 주호네가 워낙 노래를 잘해서 그들의 음악을 들으려고 오는 골수팬들이 있는 덕분에 아슬아슬하게 현상 유지를 해갔다. 주호는 내게 "자신들의 매니저가 되어달라"고 했다. 그는 동인천에서 연안부두로 가다가 왼편에 있는 그의 아파트로 가 그가 쓴 20여 장의 악보들을 내게 보여주었다. 내 고질병이 다시 도지기 시작했다.

"판은 내가 만들어줄 테니 너는 아무 걱정 말고 좋은 음악만 만들어."

주호네 아파트를 다녀온 다음 주였을 것이다. 오리엔트 기획을 접고 예음사란 이름으로 원남동에 녹음실을 차린 나 사장을 찾아갔다. 나 사장은 이연실 때문에 알게 되었는데, 내 곡을 받아 앨범을 낸 이연실이 히트를 치자 내 1집 앨범 〈넋두리〉를 제안해왔던 사람이다. 나 사장 밑에서 강근식 씨는 세션맨을 하다가 광고 음악 제작자가 되었다. 이장희 씨, 나, 이수만도 제작을 어떻게 하는지 노하우를 배웠다. 나 사장으로부터 제작자의 계보가 내려온 셈이라고 할 수 있다. 또 그는 우리나라 포크 음악의 기반을 만든 사람이기도 하다.

"이번에 이주호, 유익종이라고 노래를 기가 막히게 잘하는 아이들을 발굴했는데 제작하고 싶으니 돈 500만 원만 꾸어주십쇼."

속칭 마에낑(前金, 선불금)을 부탁했다. 내 말을 들은 나 사장은 "이주호? 걔들 나한테 한 번 왔었는데……" 하며 말을 흐렸다. 그러더니 "일단 알았으니 나중에 미스터 양한테 연락할게" 하고 대답했다.

나 사장의 반응이 별로 신통치 않다고 생각한 나는 내 2집 앨범 〈아침이 올 때까지〉를 취입하며 알게 된 서라벌의 이 전무를 찾아가 나 사장에게 요청한 것과 같은 요지를 전달했다. 이 전무는 시간이 날 때 모노에 와서 그들의 노래를 직접 듣고 답을 주겠다고 했다. 그로부터 2주일 후 이 전무는 정말 킹레코드사의 박 사장과 둘이서 찾아왔다. 그리고 다음 날 전화로 돈을 대줄 테니 다음 주에 전화하고 서라벌레코드사로 들어오라고 말했다.

그날 밤 너무 기분이 좋아 설레는 마음으로 주호와 익종을 기다리고 있었다. 주호와 익종이 노래를 하려고 왔을 때 나는 흥분된 마음을 숨기지 못한 채 외쳤다.

"드디어 됐어. 서라벌에서 녹음비를 대주기로 했어."

그런데 의외의 반응이 나왔다. 나보다 더 뛸 듯이 기뻐할 줄로만 알았던 익종은 얼굴이 붉어진 채 고개를 떨구었고, 주호는 약간 당황스러워하면서도 태연한 어조로 말했다.

"우리 나 사장님하고 계약 도장 찍었는데요."

순간 다리가 떨리고 분노가 끓는 것을 느꼈다. 그러나 나는 화를 억눌렀다.

"아니, 그게 무슨 소리야? 나하고 하기로 약속했잖아?"

주호는 천연덕스럽게 되물어왔다.

"그거 형님이 그렇게 하신 거 아니었어요?"

나는 지금도 모르겠다. 그 당시 내가 바보였는지, 이주호, 유익종이 배신자였는지, 아니면 나 사장이 도둑놈이었는지. 그에 대해서는 여러 말이 있기는 하지만 예전에는 저작권법에 대한 개념도 없었고, 가수들도 지금처럼 영악하게 따지지 않았을 때니까 그때 내가 제작자를 했어도 나 사장과 많이 다르지 않았을 것 같은 생각도 든다.

MUSIC MONO,
들국화의 전인권과 허성욱

전인권, 허성욱 팀은 외국 곡들을 기가 막히게 잘 불렀다. 그룹 시카고 (Chicago)의 「Hard To Say I'm Sorry」를 필두로 빌리 조엘(Billy Joel)의 「Honesty」까지 그것이 누구의 곡이든 어떤 구성의 곡이든 20여 곡에 달하는 외국 곡들을 완벽하게 소화해냈다. 카랑카랑하면서도 힘이 넘치는, 그러면서도 부드러워야 할 곳에서 부드럽게 넘어가는 인권의 목소리에 단한 대의 피아노로 마치 오케스트라의 모든 소리를 담아내 연주하는 듯한성욱의 반주 그리고 단순하게 리듬에 맞춰 코드를 쳐 내려가는 인권의 기타는 완벽 그 자체로 모노에 와 있는 관객 모두로부터 탄성을 자아냈다.

문제는 오리지널 곡이 없다는 점이었다. 또한 인권이 완벽한 발음으로 영어 노래를 부르는 것과 대조적으로 영어 회화는 전혀 못하는 점도 문제였다. 나는 또 동분서주 뛰어다니기 시작했다. 일단 첫 번째 문제는 뒤로하고, 우선 두 번째 문제부터 해결하기 위해 그 무렵 종로 시사영어학원에서 영어를 가르치고 있었던 브레드(Bread)를 전인권의 개인 강사로 붙여주었다. 첫 번째 문제는 모노에 놀러 온 최성원과 의논해서 해결하려고 생각해두었다.

결과는 이랬다. 내가 구청과 경찰서 합동 단속에 걸려 무대를 뜯어내는 공사를 하고 있을 때 최성원과 마음이 맞는 인권이 성욱과 함께 모노를 떠났다. 그리고 들국화를 결성하면서 자연스럽게 그들의 문제는 해결되었다. 나는 결국 자금 사정으로 그 공사를 마무리 짓지 못한 채 쫄딱 망했고, 보증금 1,000만 원만 손에 쥐고 신촌 바닥을 영영 떠나게 되었다.

그 후 주호와 익종은 '해바라기'란 이름으로 예음사에서 듀엣 앨범을 냈고, 인권이네는 '들국화'라는 이름으로 동아기획에서 음반이 나와 한국 록 음악계의 새로운 전기를 마련하는 팀이 된다.

「이대 앞길」

쓸쓸한 이 거리 나 여기 왜 왔나
무엇을 찾아서 헤매나
신촌역 바라보며 걷는 길에
추억만이 가득 찼네
만남과 헤어짐이 스쳐 가는
이 길 위엔 이제 바람만이

(양병집 5집 앨범 〈긴 세월이 지나고〉, 예음, 1989년)
지인 장인호가 "형님에게 줄 노래가 있다"고 하면서 불러준 곡.

■ "1970∼80년대 신촌을 돌아다녔던 사람이라면 누구나 회한에 젖을 대목이다. '이대생'과 사연이
있는 사람이라면 더더욱. 또한 신촌역 부근에서 양병집이 운영하는 뮤직 모노를 기억하는 사람이
라면 특히 더 진한 그리움에 젖을 것이다. 단지 가사뿐만 아니라 '마치 팝송 같은' 코드 진행과 멜로
디 그리고 확실한 훅이 있는 후렴이 '그때 즐겨 듣던 음악' 같은 느낌을 선사한다."
　　　　　　　　　　　　　　　　　　　　　　　　－신현준, "긴 세월이 지난 뒤의 회한, 미련, 그리움",
　　　　　　　　　　　　　　　　　　　　　　　　　　　　　　《weiv》, 2003년 10월 16일자.

☆ 열한 번의 사랑과
한 번의 결혼

나는 외출할 때 눈에 콘텍트렌즈를 먼저 끼고 그 위에 도수 없는 안경을 걸친다. 나는 얼굴 전체 크기에 비해 작은 눈을 가지고 태어났다. 여러 해 전 작고한 고우영 씨의 무협 만화에 한 도사가 나온다. 손님이 찾아오자 도사는 제자를 부르며 "빈대야, 손님께 차 한 잔 내오너라" 하며 심부름을 시켰다. 손님이 "도사님, 저 친구를 왜 빈대라고 부르십니까?"라고 궁금해하며 물으니 "눈이 빈대같이 작아서 그렇게 부릅니다" 하고 대답하는 장면이 있었다. 내가 그렇다. 안경을 안 낀 얼굴은 내가 봐도 보기 싫다. 그래서 사람을 만날 때 항상 두꺼운 안경이든 도수 없는 안경이든 끼고 대면하는 습관을 가지고 있다.

위로 누나 넷을 두고 태어난 나는 바깥세상 사람들이 나를 어찌 보든 집안에서는 항상 잘생긴 아이였다. 남산초등학교를 다닐 땐 그런 것을 몰랐는데(식구들은 내게 일본 황태자를 닮았다고 말해주었다), 2학년을 마치고 3학년 때 청운초등학교로 전학 가니 학급 분위기가 사뭇 달랐다. 산동네 쪽으로 판잣집이 많았지만 효자동, 궁정동, 신교동 쪽과 청운동 낮은 지대 쪽에는 부잣집이 꽤 많았다. 성적이 중위권 이하의 남자 아이들은 쉬는 시간에 저희들끼리 장난치고 놀기에 바빴다. 하지만 잘사는 집 아이들은 '누가 누구를 좋아하고⋯⋯', '누구네 집은 어느 동에 있는데 자기가 가봤더니 집이 엄청 좋더라', '누구네는 지프차 자가용이 있어' 그러면 또 딴 애는 '누구네 아버지는 비행기 회사 사장이야' 이런 식의 이야기를 주고받았다. 비슷한 아이들끼리 끼리끼리 어울려 다녔다.

어려서부터 남의 생긴 것을 이야기하기 좋아하는 여자 형제들 속에서 자라서일까? 아니면 두꺼운 안경을 끼고 자란 못생긴 나 자신에 대한 보상 심리였을까? 나는 예쁘거나 아름다운 얼굴 또는 몸매를 가진, 그러면서도 지성적으로 보이는 여자를 좋아하는 콤플렉스가 있다. 이제 이 모든 것이 나와 상관없는 일이 되었지만. 참고로 나는 25살이 되던 1975년에서야 두꺼운 안경을 벗고 콘택트렌즈를 끼기 시작했다. 지금도 집에서는 두꺼운 안경을 끼지만.

♪

담임선생님이 결근한 어느 날, 자습 시간에 한 여자아이가 교단에 나와 노래를 불렀다. 하얀 얼굴에 흰 블라우스, 그리고 멜빵 달린 치마를 입은 그녀의 모습에 가슴이 콩닥거리기 시작했다. 처음 있는 일이었다. 1학기가 시작되고 나서 전학 오는 바람에 남자 친구조차 별로 없었던 나는 책상을 함께 쓰는 짝꿍 경희만 바라보고 있었다. 그러나 심심하면 꼬집거나 연필로 찌르는 경희의 공격성 때문에 설렘 같은 감정이 전혀 일지 않았다. 그런데 그동안 같은 반에 있으면서도 나와는 상관없다고 생각했던 아이가 두 손을 곱게 모으고 '산 위에서 부는 바람 시원한 바람……' 하며 노래를 부르는 순간, 그녀가 나의 마음에 들어와 박혔다. 짝꿍 경희에게 그녀에 대해 물었더니 그녀는 반에서 남자애들과 1, 2등을 다투는 아이라고 했다. 그리고 건재, 선환이 같은 애들하고만 논다고 하는 것이 아닌가. 그녀를 향한 나의 가슴앓이는 내가 고등학교 1학년 말 한 여학생을 만나 첫 번째 풋사랑을 할 때까지 일방적인 짝사랑으로만 계속되었다. 성을 밝힐 수 없지만 그녀의 이름은 정주였다.

내가 경복중학교에 떨어지고 중앙중학교에 들어가자 우리 부모님은 청운동 집을 팔고 방이 6칸 있는 커다란 창성동 한옥으로 이사했다. 아버지는 어린 시절 평양고등보통학교(평보고)를 떨어지고 대성중학교로 진학하게 되었는데, 평고보에 다니는 학생들이 보기 싫어 평고보 앞 지름길을 놔두고 빙 돌아 대성중학교로 통학했다고 한다. 그런 경험을 갖고 있는 아버지가 내가 경복중학교 앞을 지날 때 혹여 당신처럼 마음 아파하지 않을까 걱정했던 것이다.

당시 우리 가족 어느 누구도 교회를 다니지 않았다. 나도 고등학교에 들어갈 때까지 교회 문 안에도 들어가 본 적이 없었다. 그런데 어느 하굣길, 예쁜 여학생 하나가 눈에 띄었다. 진명여고 교복을 입고, 적당한 길이의 단발머리, 가슴에 다소곳이 품은 성경책과 찬송가 그리고 내가 좋아하는 하얀 피부와 맑은 눈을 가진 여학생이었다. 나는 그녀의 뒤를 쫓았다. 그런데 그녀가 우리 집과 불과 20m 거리에 있는 교회로 들어가는 것이 아닌가. 곧바로 그녀를 따라 들어가지는 못했고, 그날은 그냥 바로 옆에 있는 우리 집으로 돌아왔다.

그녀 생각에 며칠 밤을 설친 뒤에야 용기를 냈다. 일요일 아침, 조심스러운 자세로 남들을 따라 그 교회로 들어갔다. 내 딴엔 정성을 다해 깨끗하게 세수하고 교복을 단정히 차려입었다. 예배가 진행되는 사이 안경 속의 내 작은 눈알이 쉴 새 없이 굴러다녔다. 통로를 사이에 두고 내가 앉은 의자 반대편 앞쪽에 그녀가 있었다. 부모님과 함께였다.

예배가 끝나고 집으로 돌아가는 사람들 무리에 끼어 나도 마당으로 밀려 나왔다. 삼삼오오 모여 얘기를 나누는 사람들 한쪽에서 그녀가 나오기를 기다리고 있었다. 그때 숭의여고 교복을 입은 여학생이 다가와 말을 걸었다.

"오늘 처음 오셨어요?"

당황하여 머뭇거리는 내게 그녀는 "고등부 예배는 금요일 저녁 7시부터예요. 재미있어요"라고 말했다.

"아 에, 근데 혼자 가도 되나요?"

간신히 정신을 차린 뒤 내가 하는 질문에 그녀는 "그럼요. 저는 고등부 부회장 최애리라고 합니다. 꼭 오세요" 하고 어디론가 사라졌다.

다시 몸을 돌려 예배당 쪽을 바라보았다. 사람들의 숫자는 훨씬 줄어들어 있었고, 그녀의 모습은 보이지 않았다. 그렇게 교회 고등부 학생이 되었다. 그리고 교회에서 거의 매주 그녀를 보았지만, 그녀는 경복고 남학생을 좋아하고 있었다. 그 남학생은 나보다 좋은 학교에 다니고 나보다 훨씬 잘생긴 1년 선배였다.

그렇지만 내게도 기회가 찾아왔다. 아니, 첫사랑이 찾아온 것이다. 그해 11월 미국 선교사 보니(Bonnie)가 영어회화 지도를 위해 우리 교회 고등부를 방문했다. 보니는 그 후 3개월간 우리 교회 학생들에게 영어를 가르쳐주었는데, 어느 날 어떤 여학생이 보니와 같이 왔다가 곧바로 돌아갔다. 12월 초 보니가 고등부 임원들을 자신의 사택에 초대했을 때, 고등부 총무였던 나는 기타를 들고 다른 남녀 학생들과 함께 그녀의 사택을 방문했다. 배화여고 교정 안의 빨간 벽돌 건물에 있던 보니의 방에 들어가니 예전의 그 여학생이 보니와 함께 있었다. 간단한 예배가 끝나고 저녁식사가 시작되었고, 식사가 끝나자 자유로운 환담이 시작되었다.

"이 친구 노래 참 잘한다."

회장 정찬이가 나에게 노래할 것을 권했다. 그의 부추김에 나는 기타를 들어 얼마 전에 마스터한 「When The Girl In Your Arms」를 불렀다. 중학교 때 미쳐 있던 영화 〈틴에이저 스토리〉에 나오는 클리프 리처드의 곡이었다. 노래가 끝나자 박수가 터져 나왔다. 사람들이 앙코르를 외쳤고, 나는 역시 클리프 리처드의 「The Young Ones」를 불렀다. 보니의 사택에서 나와 적선동 골목길을 걸어 내려올 때 그녀가 내 옆으로 다가왔다.

"노래 참 잘하시네요. 이름이 뭐예요?"

황홀한 기분이었다. 그날 나는 사복을 입고 있었지만 그녀는 교복을 입고 있었고 양 갈래로 딴 머리였다. 우리 교회 어느 누구보다 예쁜 그녀가 나에게 말을 걸어오다니……. 그렇게 나의 첫사랑은 시작되었다.

적선동 시장을 나와 큰길 앞에서 버스를 타러 가는 그녀와 헤어진 나와 우리 일행 정찬, 무근, 철이 등은 교회가 있는 창성동을 향해 걷기 시작했다. 그때 정찬이 내 옆으로 다가와 말했다. "와, 역시 준집이 노래 잘해. 너 이다음에 가수해라." 그 옆을 걸으며 무근과 잡담을 나누던 철이는 "좋겠다. 걔가 너 좋아하는 것 같던데…… 완전히 너한테 빠졌더라" 하며 내가 부럽다는 듯 말했다. 배화여고 1학년이며 발레를 배우고 있다던 그녀. 내 생애 처음으로 나에게 무척 예쁜 크리스마스카드를 보내주었던 그녀. 그때까지의 내 인생에서 여학생이 호감을 가지고 나에게 말을 걸어온 것은 그때가 처음이었다. 지금 생각해보면 빵집에서 만나고 같이 영화 보러 가는 게 고작이었던 풋사랑이었지만, 그녀를 만나고 헤어진 3개월은 내 인생 영원히 잊을 수 없는 추억이다.

서울보다 매입 가격이 싸서 수익률이 훨씬 높은 자립저축시장이 부산에 있다는 사실을 알게 된 아버지는 내게 부산에 내려가서 그 일을 해보라고 지시했다. 부산에 도착해 그 일을 수행하고 있던 나는 대창동에서 홀로 하숙 생활을 하고 있었다. 초여름 무더위가 시작될 무렵 퇴근해서 하숙집으로 돌아온 나는 계속 방에 갇혀 있기 싫어 셔츠를 갈아입고 무작정 광복동으로 내려가 한 다방으로 들어갔다. 실내를 두리번거린 후 커다란 어항 옆의 빈자리에 앉아 아이스커피를 한 잔 시켰다. 그때 훤칠한 키의 절세가인이 내 옆을 지나 맞은편 빈자리로 가는 것이 아닌가. 나는 넋을 잃고 그녀를 물끄러미 바라보았다.

'혼자 온 것 같지는 않은데 누구를 기다리고 있나?'

10분간 그녀에게서 눈을 떼지 않고 이런저런 생각을 하고 있었다. 그리

고 마침 지나가는 다방 종업원을 불러 저쪽 자리에 주스 한 잔 갖다드리라
고 말했다. 잠시 후 종업원이 주스를 들고 가 그녀에게 뭐라고 소곤대며
탁자 위에 주스를 내려놓았다. 그녀는 내가 있는 쪽으로 고개를 돌려 나를
바라보았다. 나는 얼른 미소를 지으며 오른손을 들고 손바닥을 펴서 '드세
요' 하는 표시를 했다.

그녀는 주스를 마시지 않고 10분쯤 앉아 있다가 밖으로 나갔다. 나는 찻
값의 잔돈도 받지 않고 잽싸게 그녀를 따라 나갔다. 그녀는 저만치 앞에서
남포동 쪽을 향해 걷고 있었다. 길을 건너 자갈치 시장 앞 버스정류장에
선 그녀는 주위도 살피지 않고 버스를 기다렸다. 그때까지 아무 말도 걸지
못하고 있던 나는 가까이 다가가 기회를 엿보고 있었지만, 그녀는 버스가
도착하자마자 곧바로 올라탔다. 나도 승객 틈에 끼어 그 버스에 올라탔다.
그녀는 아무런 눈치도 못 채고 있는 듯했다.

버스가 서면에 다다르자 그녀가 내렸고 나도 얼른 뒤따라 내렸다. 다
른 버스로 갈아타려는지 그녀는 정류장에 머물렀다. 말을 걸어보기로 결
심하고 그녀에게 다가가려 했지만 동래, 기찰, 범어사로 가는 버스가 도착
하자마자 그녀는 또 곧바로 타버렸다. 나도 얼른 뒤따라 뒷문으로 버스에
올라탔다. 퇴근 무렵이라 버스 안은 만원이었다. 그녀를 놓치지 않기 위해
승객들 사이를 비집고 앞쪽으로 나갔다. 앞문 근처에서 버스 손잡이를 잡
고 서 있는 그녀의 모습이 보였다. 나도 모르게 안도의 한숨이 나왔다. 나
는 그녀가 내 미행을 눈치채지 못하도록 적당한 거리를 두고 서 있었다.

버스가 양정동을 지나 동래에 도착하자 승객의 절반가량이 내렸고 군
데군데 빈자리가 생기기 시작했다. 그녀는 창밖을 내다보며 서 있었고 나

는 뒤쪽에 난 빈자리에 앉았다. 버스는 캄캄한 시골길을 한참 달렸다. 그리고 기찰 정류장에 도착하자 나머지 승객의 절반 이상이 내렸다. 그녀가 나를 볼까봐 가슴이 조마조마했지만 다행히 그녀는 내 존재를 알아차리지 못한 듯 앞에 있는 의자에 걸터앉았다. 차장이 "팔송리 내리시소, 팔송리" 하고 소리를 치자 그녀가 자리에서 일어났다. 그녀가 내린다는 것을 직감하고 내 앞에서 내리는 두 사람의 뒤를 따라 그곳에서 내렸다.

사방이 칠흑처럼 깜깜한데 그녀와 나머지 두 사람 모두 버스정류장 전방에 보이는, 불빛이 있는 곳으로 걸어갔다. 아주 작은 동네였다. 그러다 한 사람은 오른쪽 골목으로, 또 다른 한 사람은 아스팔트길을 따라 앞쪽으로 계속 걸어갔다. 그녀는 왼쪽으로 나 있는 약간 경사진 언덕길로 올라갔다. 컴컴한 밤이라 정확히 보이지 않았지만 발걸음에 닿는 느낌상 흙길이었다. 내가 워낙 거리를 두고 뒤쫓아 갔기에 그녀는 아무런 눈치도 못 채고 언덕길 중턱의 자그마한 집으로 들어갔다. 나는 대충 집의 위치를 확인한 후 다시 아스팔트길로 내려와 버스정류소에서 한 20분을 기다린 후 버스에 올라타 대창동 하숙집으로 돌아왔다. 그때부터 6개월간, 나는 그녀에게 엄청난 물량 공세를 퍼붓게 된다.

그로부터 며칠이 지난 일요일, 나는 굳은 결심을 하고 중앙동 골목에 있는 식품점에서 가장 비싼 과일바구니를 골라 택시를 잡아타고 시내에서 엄청나게 먼 그녀의 집을 찾아갔다. 낮에 가서 보니 나지막한 돌담에 둘러싸인, 자그마하고 귀엽게 생긴 초가집이었다. 일이 잘되려 했던지 마침 한 아주머니가 그릇 몇 개를 가지고 나와 마당 수돗가에서 설거지를 하기 시작했다.

"저, 실례합니다"

아주머니가 허리를 펴며 의아한 눈으로 고개를 돌렸다.

"저……."

"누구를 찾아오셨능교? 우리 교감 샘요?"

내가 말을 잇지 못하고 "저……" 하며 주변을 두리번거리자 "우리 영은이 찾아오셨능교?" 하고 물었다.

내가 자신감 없이 흐릿하게 "예……" 하는 소리를 내자 아주머니는 집 쪽을 향해 말했다. "영은아, 여기 언 분 오셨다, 나와 바라."

잠시 후 대청마루 오른쪽의 방문이 삐거덕 열리더니, 집에서 입는 평범한 블라우스에 월남치마 차림이었는데도 눈부시게 아름다운 그녀가 나타났다. 그녀는 소스라치게 놀라 나를 잠깐 노려보았다. 대청마루 토방돌(댓돌) 위에 놓여 있는 슬리퍼를 신고 마당으로 내려선 그녀는 "여긴 우째 알고 오셨습니꺼?" 하고 의심 가득한 눈으로 물었다. 그도 그럴 것이 광복동 다방에서 스치듯 보았던 남자가 느닷없이 자신의 집까지 찾아왔으니 얼마나 놀랐겠는가. 들고 있던 과일바구니를 아주머니에게 건네려 하자 그녀가 "엄마야, 그거 받지 마라. 내 잘 모르는 사람이다" 하고 말했다. 아! 신기하다 못해 신비스럽게 들리는 경상도 사투리. 그녀는 목소리도 예뻤다. '이름이 영은이었구나…….'

처음으로 육체적 사랑도 나누었으나 나중에 군에서 제대한 그녀의 옛 애인이 찾아와 훼방을 놓는 바람에 아쉽게 헤어졌다. 나의 부모님에게 인사도 했고 결혼까지 약속했던 사이였건만…….

♪

OX에서 만난, 이름을 밝힐 수 없는 그녀에 대해서는 앞에서 이야기했기에 여기서는 생략한다.

영란은 특별한 여자였다. 나보다 조금 더 큰 168cm의 키에, 말할 때는 '그냥' 대신 "기양, 기양" 하면서, 호수같이 맑고 동그란 눈을 가진, 하얀 피부에 웃을 때면 어린아이처럼 해맑은 모습을 띄는 순수한 여자였다. 자신의 친구와 이야기를 나누려고 우연히 들어왔다가 OX의 분위기와 음악이 마음에 든다고 말한 후 거의 매일 찾아왔던 그녀는 카페 주인인 나와 자연스레 친하게 되었다.

내가 한창 대마초를 많이 피울 당시 그녀 역시 대마초를 좋아했다. 그녀와 만나면 우리는 시간과 장소를 가리지 않고 대마초를 두세 대 말아 피운 뒤 데이트를 시작했다. 그녀는 당시 여자들로서는 드물게 히피 패션을 즐겨 입었다. 그리고 그것이 무척 잘 어울리는 몸매의 소유자였다.

그녀와도 결혼을 약속했으나 광화문 시민회관(지금의 세종문화회관) 앞에서 만나기로 약속한 날 –소심한 내 성격 탓일까? – 나는 약속 장소로 가지 않았다. 그 후 그녀로부터 걸려온 몇 번의 전화도 받지 않으며 그렇게 우리 사이는 멀어졌다. 처음엔 마치 외국에서 살다 온 것 같은 그녀의 자유분방한 분위기가 좋았지만, 막상 결혼 상대로 생각하고 마음의 결정을 하려 하니 그동안 함께 다니며 서로 즐겼던 모든 것들이 걱정거리로 떠올랐던 것이다.

정희는 내가 내쉬빌에 출연할 당시 만난 여자인데, 내가 스물세 살일 때 그녀는 사복을 입고 다니는 여고 2학년생이었다. 그러나 조숙한 미모 덕에 여대생처럼 보였다. 우리는 내 친구 용환, 그녀의 단짝 지연과 함께 넷이 만나는 경우가 많았다. 그러나 그녀와 내가 단둘이 만나기 시작하면서부터 불붙는 사랑이 시작되었다. 집안이 넉넉하지 않던 그녀는 입을 옷이 많지 않아서인지 매번 검정색 남자 바바리코트와 남색 바지를 즐겨 입었다. 그러나 영화배우 그레타 가르보(Greta Garbo)처럼 생긴 외모 덕에 그 차림이 무척 잘 어울린다고 생각했다. 그녀와 함께 명동 같은 곳을 걸어다니면 지나가는 사람들이 항상 그녀를 쳐다보았다.

나 역시 가난했던 시절이었다. 자립사를 그만두고 기타 연습에만 매달려 있던 나는 어머니에게 미운털이 박혀 하루 500원으로 정해진 용돈도 감지덕지하며 받아야 했다. 그리고 일주일에 한 번 내쉬빌 무대를 마치고 받는 5,000원도 용환과 할머니식당에서 순두부를 사 먹은 후 1,000원씩 나누면 끝이었다. 그녀와 내가 젊음을 불태우던 계절은 겨울이었고, 퇴계로 4가 뒷길 동국대 뒤편의 판자촌 2층에 있던 그녀의 방은 허리를 구부린 채 지내야 할 정도로 천장이 낮았다. 변변한 난방기구도 없어 우리는 줄곧 이불을 덮어 쓰고 지내야 했다. 배가 고플 때는 퇴계로 길 건너편 중부시장으로 내려가 한 그릇에 100원 하는 멀건 해장국으로 허기를 달랬다. 그래도 어쩌다 월간 스테레오 같은 곳에 그녀를 대동하고 나타나면 연극을 하는 안 선배나 서 편집장이 부러운 눈으로 나를 바라보았다. 그녀와 깊은 사랑에 빠진 나는 집을 나와 그녀의 자취방에서 짧은 기간 동안 동거도 했다. 그러나 결혼을 하기에 서로의 나이가 너무 어렸고 내 어머니, 실은 남동생의 반대가 심해 내가 그녀를 떠나야 했다.

내 일곱 번째와 여덟 번째 사랑은 T.S.S.에서 만난 후배들과 이루어졌으나 그녀들의 사생활 보호를 위해 다시 한 번 생략한다.

♪

아내 한성희와 결혼하기 전 종로에 있는, 규모가 꽤 큰 경양식집에서 만나기로 약속한 적이 있다. 내가 먼저 도착해 기다리고 있는데, 무대에서 피아노 소리가 들려 관심을 가지고 유심히 보았다. 가냘픈 몸매에 귀여운 얼굴을 한 여성이 피아노를 치고 있었다. 잠시 후 아내가 될 그녀가 들어와 맞은편 의자에 앉았다. "응, 왔어?"하며 간단한 인사를 한 뒤 무대 쪽을 계속 바라보자 그녀도 나를 따라 무대 쪽으로 고개를 돌렸다. 그녀는 "어, 혜진 언니 아냐?"했다. 음료수가 나오고 피아니스트가 연주를 마치고 내려오자 그녀는 선배라는 여자에게 다가가 잠시 이야기를 나눈 뒤 우리 자리에 데려와 내게 인사시켜 주었다. 그리고 자신들의 여고시절 이야기를 재밌게 나누었다.

그날 저녁 내 미래의 아내와 헤어진 후 삼성동 2층 내 방 침대에 누웠는데, 천장 도배지 위로 그녀 선배의 모습이 자꾸 그려졌다. 이튿날 증권회사로 출근한 나는 점심시간이 되자마자 회사 근처에 있던 레코드점으로 가 「차이코프스키 피아노 협주곡 1번」이 들어가 있는 클래식 LP 한 장을 샀다. 또 옆에 있는 꽃가게로 가 장미꽃 한 다발을 예쁘게 포장해달라고 부탁했다. 그리고 제발 그녀가 어제 그 장소에 있기를 기도하면서 부리나케 달려갔다. 1977년 9월의 일이다.

헐레벌떡 도착해서 무대 쪽을 바라보니 바로 그 자리에 그녀가 있었다. 차분히 마음을 가라앉히고 무대 앞쪽에 있는 빈 테이블에 앉아 종업원에게 아이스 비엔나커피를 시킨 후 그녀가 무대에서 내려오기만을 기다렸다. 피아노를 치던 그녀가 눈치챘는지 멀리서 나를 향해 생긋 웃었다. 연주가 끝나고 무대에서 내려온 그녀는 내게로 다가왔다. 그리고 내가 가져간 LP와 꽃다발을 건네받고는 고맙다고 말했다. 그녀는 잠시 기다리라고 말하고 어디론가 사라졌다. 무대 옆에 있는 방에서 자신의 상의와 가방을 챙겨 나온 그녀는 다른 곳으로 가자고 했다. 우리는 자리를 옮겼다.

우리 두 사람은 관철동 뒷골목을 걷기 시작했다. 어디로 가겠다는 목적지를 정하고 나온 것도 아니어서 그녀는 내가 걷는 대로 따라왔다. 그렇게 한 50m쯤 걸었을까. 문제가 발생했다. 신장이 170cm로 나보다 큰 키를 가진 그녀는 하이힐을 신고 있었고 보폭도 길었기 때문에 그녀가 두 걸음 옮기면 나는 빠른 속도로 세 번을 걸어야 했다. 그래도 좋았다. 그때까지 여러 명의 여자들과 여러 번의 데이트를 해보았지만 음악을 전공한 사람은 그녀가 처음이었다. 그녀와 함께 홍대 쪽을 향해 가다가 그럴싸하게 생긴 경양식집을 발견했다. 나와 그녀는 그곳에 들어가 즐거운 시간을 보냈다.

이후 나는 하루가 멀다 하고 그녀를 보러 종로로 내려갔고, 그녀도 나를 반갑게 맞아주었다. 우리는 현재의 내 아내에게 들통 나기 전까지 한 달 동안 영화 〈졸업〉에 나오는 벤저민(Benjamin)과 일레인(Elaine)처럼 짜릿한 데이트를 즐겼다. 그렇다. 오직 정신적으로만.

약혼식을 10여 일 앞두고 삼성동 집에 왔던 성희는 내가 잠시 방을 비운 사이 내 방에 들어갔다가 수첩에 적힌 혜진이라는 이름과 전화번호를 보고 직감적으로 낌새를 알아챘다. 성희는 혜진과 만나 담판을 지었고, 나와 혜진은 가슴에 아쉬움만 남긴 채 헤어져야 했다.

쓰다 보니 그 길었던 시간의 수많은 추억들을 나의 서투른 글 솜씨로 모두 표현한다는 것이 무리라는 생각이 들고, 별 의미 없을지도 모르겠다는 생각도 든다. 아무튼 개나리, 진달래가 피는 계절에 만나 함께 꽃구경을 하며 봄날의 소풍을 즐겼던 이도 있었고, 태종대의 바위 위에서 신년 해돋이를 함께 본 여인도 있었으며, 지금은 그 의미가 퇴색된 동백섬에서 극동호텔 앞 해운대 모래사장까지 초겨울 해변을 거닐며 함께 울고 웃었던 여인도 있었다. 작약도의 낙엽을 밟으며 음악에 관한 이야기도 나누고 가을의 낭만을 함께한 여인, 흰 눈 쌓인 거리를 한참 걷다가 어느 찻집에 들어가 생텍쥐페리(Saint-Exupéry)의 『어린 왕자』 스토리에 공감하며 젊음의 아름다움과 지성을 함께 누렸던 여인, 밤새워 제니스 조플린과 짐 모리슨(Jim Morrison)을 이야기하며 서로의 감성에 빠져들었던 여인도 있었다.

들국화 최성원과
제비꽃 조동진

그를 처음 본 것은 옥인동 특무대 근처의 통인시장 앞 버스정류장에서
였다. 유명숙, 조병제와 함께 트리오를 하던 시절 베이스 기타가 필요해 종
로에서 커다란 통베이스를 싼값에 산 뒤 집으로 돌아오는 길이었다. 내가
버스에서 내리자 그도 뒤따라 내렸다.

"그건 무슨 기타예요?"

그가 내게 물었다. 어느 대학인지 몰라도 흰색 상의에 교모를 쓰고 있던
그의 질문에 순간 조금 으쓱해지는 기분이 들었다.

"이건 베이스 기타라는 겁니다."

나는 짧게 대답하고 돌아서서 집으로 갔다.

그로부터 2년쯤 뒤 나는 청평 페스티발에 참가하기 위해 청평에 도
착했다. 한국의 우드스탁(Woodstock)이라고도 불리는 청평 페스티발은
TBC라디오에서 〈밤을 잊은 그대에게〉를 제작하던 신광철 PD의 기획으

로 1971년 시작되었다. 그리고 당시 청개구리홀에서 통기타를 들고 젊은 이 문화를 선도하던 이백천, 김진성, 서유석, 김민기, 양희은 등이 실무를 맡았다. 1집 앨범 이후 르 실랑스에서 연주하고 있던 나도 1974년 이백천 선생을 따라 다른 많은 팀과 함께 청평 페스티발에 참가하게 되었다. 청평에 도착해 숙소 배정을 받고 유명숙, 임용환과 함께 무대에서 부를 노래를 연습하고 있을 때였다. 더워서 방문을 열어놓았는데 우리보다 어려 보이는 어떤 남자가 우리의 연습을 유심히 지켜보다가 문턱에 걸터앉았다.

"학생도 기타 쳐요?"

치던 기타를 멈추고 물었더니 그는 "예, 조금 쳐요" 하고 대답하면서 기타를 달라는 몸짓을 했다. 그리고 그는 방금 우리가 연습했던 곡을 쳤다. 그런데 어찌 된 일인가. 우리가 둘이 합쳐서 냈던 소리를 그는 기타 한 대로 모두 내고 있었다. 깜짝 놀란 용환과 나는 우리와 같이 연습하지 않겠냐고 물었고 그는 좋다고 했다.

청평 페스티발에서 유명숙과 함께 넷이 무대에 올라가서 특별상을 받았다. 그때 기타로 인해 나와 두 번째 인연이 닿아 함께 연주한 젊은이가 바로 최성원이다. 최성원은 당시 고려대학교 1학년이었다.

생김새도 귀공자 스타일로 잘 생겼지만 음악성도 엄청나게 뛰어나, 비단 나뿐 아니라 당시 내로라하는 기타리스트나 유명 가수들도 그의 천재성을 인정했다. 그는 그들과 쉽게 교분을 쌓아갔다. 내가 호주로 떠나기 전 그는 '우리노래전시회'라는 옴니버스판을 기획해 나를 참여시켰다. 또 후일 들국화를 결성해 전인미답의 포크록(folk rock) 전성시대를 연 장본인이다. 개인적으로도 「제주도의 푸른 밤」, 「매일 그대와」, 「어린 왕자」,

「이별이란 없는 거야」 등 많은 곡을 작사·작곡·노래해 수많은 여성 팬들의 심금을 울린 천재 작곡가 겸 가수다. 한때는 그도 나를 좋아했고 나도 그를 좋아했지만, 반복된 나의 실수로 이제는 서로 약간 서먹한 사이가 되어버렸다. 모노 시절 나는 '사랑을 베푸는 데는 능력이 있어야 한다'고 생각했고, 성원이는 '사랑은 능력과 별개의 문제'라는 주의였다. 이런 식의 사소한 말다툼에서부터 시작해 대마초 파동 당시의 문제 등. 그러나 그는 내 음악 인생에 많은 가르침을 주었다. 나이는 나보다 세 살 어리지만 그 점에 대해 아직도 감사하고 있다.

조동진 선배는 내게 한국의 클린트 이스트우드(Clint Eastwood)다. 조 선배와 나는 그다지 친하지도 않고, 선배 역시 나를 그렇게 생각할 것이다. 조 선배를 처음 본 것은 나 사장이 녹음실을 역촌동으로 옮겼을 때 그곳에 들렀다가 돌아오는 길에 올라탄 이장희 선배의 폭스바겐 밴 안에서였다. 요즘 사람들이 '카리스마'라는 단어를 잘 사용하는데, 지금까지 내가 경험한 카리스마 중 단연 조 선배의 조용한 카리스마가 최고다. 홍제동 사거리에 도착해 장희 형 차에서 내릴 때까지, 조 선배는 내게 한 마디도 하지 않았다. 장희 형과도 많은 대화를 나누지 않았다. 물론 음악인으로서 조 선배는 대단한 음악성을 가지고 있어 「작은 배」, 「행복한 사람」, 「나뭇잎 사이로」, 「제비꽃」 등 많은 히트곡을 썼지만, 내게는 왜 그 선배가 영화배우의 길을 걷지 않았을까 하는 점이 미스터리다. 한국 영화 감독들은 왜 조 선배 같은 사람을 영화에 캐스팅하지 않았을까 하는 것도 늘 의문이었다. 지금까지 살아오면서 잘생긴 배우는 많이 봐왔지만 조 선배만큼 지성미를 풍기는 사람은 본 적이 없기 때문이다.

요즘은 아이돌 가수가 대세다. 원더걸스를 시작으로 소녀시대에서 티아라까지. 얼마 전 환갑을 넘긴 나도 텔레비전 화면에 젊고 싱싱한 남녀 가수들이 나와 춤추고 노래하는 것을 보면 말로 잘 표현할 수는 없는 전율 같은 것이 전달되어 올 때가 있다. 춤추고 따라 부를 수는 없지만 가끔 심장이 두근거리기도 한다. 조 선배를 좋아하는 이유도 그와 비슷하다. 비록 오늘날의 가요와 형태는 다르지만 조 선배가 무대에 올라 그냥 기타를 잡고 서 있기만 해도 저절로 시선과 정신을 빼앗기곤 했다. 훤칠한 키와 균형 잡힌 체격, 거기에 적당한 크기의 기타와 잘 맞아떨어지는 밸런스는 나뿐만 아니라 국내 어느 가수에게서도 찾아볼 수 없는, 미적으로 멋진 모양새를 보여주었다. 그 자체로 풍겨 나오는 특별한 매력과 아우라 같은 것이 조 선배에게는 있었다.

그뿐만 아니라 그는 국내에 몇 안 되는, 진정한 의미로 음유 시인의 면모를 가지고 있었는데 「나뭇잎 사이로」나 「제비꽃」이 그런 면모를 가장 잘 보여주는 곡들일 것이다. 그런데 그것보다도 나는 조 선배가 시인답게 촐싹대지 않는 것이 좋았다. 촐싹거리는 시인, 시인 중에 그런 시인도 있을 수 있겠지만, 그는 화가로 견주면 마치 소품 그리기를 지양하고 100호, 200호 같은 큰 그림만을 순수 회화로 그리는 화가 같은 고집스러움을 가지고 있는 것 같았다. 동성애자도 아니면서 왠지 끌리는 선배 가수이자 나만의 아이돌이 조 선배다.

조 선배와 함께했던 추억 중 떠오르는 게 있다. 내가 〈16년 차이〉 앨범을 제작하면서 한국에 들어와 있던 어느 날, 강남구 논현동 조 선배의 하나 뮤직 사무실에 들렀다가 그곳에 있는 음악인들과 카드놀이를 한 적이 있다. 그런데 내게 들어오는 카드들이 열 판이 넘도록 계속 좋지 않게 들어왔다. 화가 난 나는 카드를 바닥에 내던지며 말했다. "야, 이거 야마하(Yamaha)가 돌아 못해 먹겠는데!" 무심히 내뱉은 이 말에 내 맞은편에 앉아 있던 조 선배가 "와하하하" 하며 배꼽을 잡고 웃었다. 그는 전유성 선배와 함께 웬만해선 잘 웃지 않는 사람으로 유명한데 말이다. 카드 패는 나쁘게 들어왔지만 선배가 웃는 모습을 보니 기분이 좋았다. 잠시 뒤 카드가 한 판 더 돌았을 즈음 다른 후배 하나가 "와, 이거 나는 롤랜드(Roland)가 도는데" 하며 다른 악기 브랜드 이름을 댔다. 내가 했던 말을 패러디한 것이다. 그러자 선배는 "임마! 그건 안 웃겨" 하며 핀잔을 주었다.

그런 일이 나중에 한 번 더 있었다. 그날도 카드놀이를 하던 중이었는데 우연히 가수 정태춘에 대한 얘기가 나왔다. 조 선배가 뜬금없이 "야, 걔는 대중가수냐? 민중가수냐?" 하며 테이블에 둘러앉은 우리들에게 질문을 던졌다. 그 순간 아무도 즉답을 하지 못했다. 그때 내가 "글쎄요, 댄중가수가 아닐까요?" 했다. 그때도 조 선배는 박장대소했다. 지금 생각하면 정태춘에게 미안하고 경솔한 발언이지만, 나는 별 생각 없이 내뱉은 내 말에 웃어주고 반응해주는 조 선배가 좋았다.

우리의 김 씨

내가 작사·작곡한 작품 중 몇 안 되는 명작으로 「우리의 김 씨」라는 곡이 있다. 이번에는 그 곡에 얽힌 사연을 적어보겠다.

자본시장 육성을 위한 기업 공개로 후끈 달았던 신주청약 붐도 기업 공개가 모두 끝나자 서서히 사그라졌다. 명동의 양 사장이 딱지 장사로 돈 좀 벌었다는 소문이 증권 골목 사채업자들 사이에 입소문으로 퍼지자 각종 사업을 제안하며 투자를 희망하는 사람들이 아버지 주변에 꼬이기 시작했다. 대원개발 측에서는 김포의 양촌면 누산리 주변에 하천 부지가 있는데, 돈 얼마 안 들이고 매립 공사만 하면 100만 평 이상의 논이 나온다고 했다. 제주도에서 올라온 백 사장도 제주시 탑동의 해안가 땅을 공유 수면 매립하면 금싸라기 땅이 만들어진다고 꼬드겼다. 아버지는 당신의 가장 큰 전주이자 친구인 동방통상 이 회장과 의논 끝에 두 곳 모두 일정 지분을 약속받고 투자했던 것 같다.

그 당시 한라식품은 오늘날 각종 우동과 일식에 많이 사용하는 가쓰오부시(가다랑어 가공 제품)를 생산하는 국내 유일의 독점 기업이었다. 한라식품 이 회장은 서울로 와서 아버지와 여러 번 투자 상담을 했다. 그러나 서로 조건이 맞지 않았는지 두 분의 동업은 이루어지지 않았다. 그러던 어느 날 아버지가 새로 차린 사무실에 나갔더니 자그마한 키에 웃을 때 앞니한 개가 바깥으로 불쑥 나오는 게 인상적인 김 사장이 있었다. 아버지는 그 사람에게 나를 인사시키며 앞으로 어미산업의 가쓰오부시 생산을 책임질 분이라고 말했다.

그로부터 며칠이 지나 나는 두 분을 따라 성남시 야탑동에 있는 공장 예정지를 보러 갔다. 그리고 김 사장과 함께 공장설비에 필요한 자재 구입을 위해 청계천 등지 이곳저곳을 돌아다녔다. 축사로 지었으나 사용하지 않는 건물을 조금 개조해 공장 건물로 사용하였다. 생산 설비는 김 사장이 고안한 가마솥과 건조실 등으로 마무리지었다. 그 분야에 문외한이었던 나는 그저 두 분이 하는 대로 지켜보며 시키는 일만 성심껏 최선을 다해 도와드렸다.

내가 할 수 있었던 일 중 하나가 판로 개척이었다. 영업을 위해 구입한 포니 왜건과 오토바이를 교대로 몰며 크고 작은 거래처를 확보하기 위해 열심히 뛰었다. 그 결과 한때 수도권에서 상당히 많은 체인점을 확보하며 승승장구했던 장터국수, 삼다도 등의 가쓰오부시 납품처를 뚫을 수 있었다. 또 한라식품의 제품과 일본산 수입 제품만을 취급하던 남대문 시장 안의 식품 도매상들과도 거래를 성사시킬 수 있었다. 사업 분야에 직접 뛰어든 일도 처음이거니와 내가 직접 발로 뛰며 일한 성과가 눈앞에 드러나니 뿌듯한 기분이었다.

그런데 잘 굴러갈 줄 알았던 어미산업에 문제가 생겼다. 날이 갈수록 제품의 질이 떨어지고 있었다. 연유는 이랬다. 주문량이 많아지자 마음이 급했던 김 사장이 가마솥에 너무 많은 양의 가다랑어를 집어넣고 삶았던 것이다. 그러니 설익은 상태에서 그것들을 꺼내 건조실에 넣었고, 건조 역시 제대로 온도를 맞추지 못해 어떤 것은 시커멓게 타고 어떤 것은 제대로 마르지도 않은 상태가 되었다. 결국 들쑥날쑥한 품질의 완제품들이 대량으로 나오게 된 것이다. 그러한 공장 내부의 속사정은 모른 채 아버지의 옛날 전주인 양 사장 소개로 팔도식품에 제품을 납품했던 나는 제품 검수 담당자로부터 호된 질책을 받았다. 그는 제품 반납을 요구했고, 나는 어쩔 수 없이 제품들을 모두 회수했다. 그뿐만 아니었다. 내가 손수 개척해낸 거래처로부터도 하나둘 제품에 대한 불만의 목소리가 터져 나오기 시작했다.

이번은 아버지의 실수였다. 김 사장은 한라식품 이 사장의 손아래 동서로 가쓰오부시 생산기술자가 아니었다. 그럼에도 아버지와 이 사장 간의 투자 상담이 결렬되자 자기도 가쓰오부시를 생산해낼 수 있다며 아버지를 꼬드겼던 것이다. 아무짝에도 쓸모없는 불량 제품을 생산해 아버지에게 막대한 손해를 끼치게 된 김 사장은 자신의 잘못을 시인하고 그만두었다. 그러나 모처럼 음악이 아닌 새로운 일에 도전해 심기일전하여 뛰었던 나는 너무 허탈해 억울한 마음까지 들었다. '이대로 그만두기에는 그동안의 내 노력이 너무 아까워.'

나는 당시 삼양식품 생산부 과장으로 근무하던 친구 정철을 만나 자초지종을 설명했다. 우리가 함께 다시 살려보자고 했다. 그와 나는 의기투합

했다. 그리고 아버지에게 재투자를 간청했다. 그러나 '너를 위해 어미산업을 차린다'고 했던 아버지는 내 간청을 듣지 않고 사업을 그대로 접었다. 김포 간척사업과 제주도 공유 수면 매립 사업은 계속 했는데, 김포는 그로부터 5년 뒤에, 제주도는 그로부터 10년 뒤에 완공되었다.

나는 다시 기타를 잡았다. 그리고 서라벌레코드사와 이야기해 나의 3집 앨범 〈넋두리Ⅱ〉의 녹음에 들어갔다. 타이틀곡은 윤명환 작사·작곡으로 이전에 이연실이 자신의 앨범에 한 번 수록했던 「오늘 같은 날」이었다. 「우리의 김 씨」라는 노래도 녹음했다. 이 노래는 가쓰오부시를 배달하던 중 남대문 시장을 드나드는 여러 대의 오토바이들을 보며 떠올렸던 곡이다. 그들이 일상에서 겪을 것 같은 애환들을 상상해 멜로디를 만들고 그 위에 가사를 붙인 것이다. 원래 컨트리 풍인데 이영재가 록 풍의 이펙트(effect)를 쓰는 바람에 원하던 분위기와 조금 달라졌다. 그러나 그는 나를 위해 최선을 다해 연주와 편곡을 해주었고 그것에 대해 아직도 감사하고 있다.

우리의 김 씨ⓒ양병집

☆ 서울이여 안녕

가족회의가 열렸다. 가족회의라고 해봐야 부모님과 둘째 매형, 누나 네 분이 모여 뭔가를 결정하는 것이었다. 회의의 주제는 나였다. 어렸을 때만 해도 집안의 자랑거리였던 나는 자라서 문제아가 되었다. 대학도 중도 포기, 음악을 한다, 카페를 한다 하면서 돈 내다 버리고, 대마초 피우다 잡혀가고…….

첫째 누나네 가족이 있는 호주로 이민을 보내면 어떻겠냐는 아이디어가 나왔다. 나 역시 음악으로는 밥벌이가 잘되지 않는다는 것을 알았지만, 그렇다고 다른 일을 할 수 있는 기술이나 지식도 없는 상태였다. 내 쪽에서 딱히 무슨 대책을 내놓을 수 있는 상황도 아니어서 가족들의 제안을 따르지 않을 수 없었다.

사실 지금은 한국 사람들에게 이민을 가라고 해도 가지 않는 경우가 많지만 내가 이민을 떠난 1986년 중반만 해도 미국이나 호주로 이민을 간다고 하면 주위 사람들로부터 부러움을 사곤 했다. 그 부러움에 몸을 맡기기라도 하듯 눈을 질끈 감았다.

호주에서 초청장이 날아왔다. 이민 신청 서류를 제출하고 신체검사를 받으며 이민 수속이 일사천리로 진행되었다. 이민관과 면담을 하고 그것이 통과되자마자 입국 비자가 나왔다. 가족 네 명의 호주행 비행기 표를 샀고 아버지에게서 정착 자금 2만 달러를 건네받았다. 그때 굳은 결심을 했다. '이것이 내 인생에서 부모님에게 받는 마지막 돈이다.'

이제 더 이상 실패하면 안 되었다. 희망으로 부풀었던 데뷔 전, 대학까지 때려치우고 음악을 택했다. 첫 앨범은 방송금지 당하고, 좋아하는 음악을 곁에 두고 돈이나 벌 수 있을까 바라고 차렸던 카페는 잘되려니 하다가도 망했다. 그러느라 집안의 돈을 갖다 쓴 게 몇 번이던가. 카페에서 좋은 가수 지망생들을 만나 내 사람이라고 믿고 뛰었으나 그들과의 영광도 내 것은 아니었다. 그리고 이제 내게 남은 것은 무엇인가. 호주로 가라는 말, 가서 다시 시작해보라는 말, 근심스러운 표정들, 아내의 고생과 두 딸들이었다.

'그래, 어쩌면 한국이 나랑 안 맞는 나라인지도 모른다. 새 나라에 가서 새로 시작해보자.'

해외이주 이삿짐센터를 통해 미리 짐을 부치고 공항까지 배웅 나온 부모님과 형제들 그리고 나와 아내의 친구들에게서 환송을 받으며 일곱 살, 다섯 살짜리 두 딸과 서른한 살 마누라를 데리고 출국장으로 들어갔다. 아직 호주 시드니로 직행하는 노선이 없던 시절이라 출국 수속을 마치고 캐세이 패시픽(Cathay Pacific) 탑승 게이트를 찾아가 다른 여행객들과 함께 탑승 시작을 기다렸다. 가슴이 두근거렸다.

'호주는 어떤 나라일까? 과연 내가 내 가족을 내 힘으로 잘 먹여 살릴 수 있을까?'

막연한 설렘과 기대는 사라지고 그 자리에 어느덧 두려움과 불안이 깃들어 있었다. 홍콩을 거쳐 14시간 동안 날아간 끝에 다음 날 아침, 시드니 킹스포드스미스(Kingsford Smith) 공항에 도착했다.

2부

굿모닝 시드니

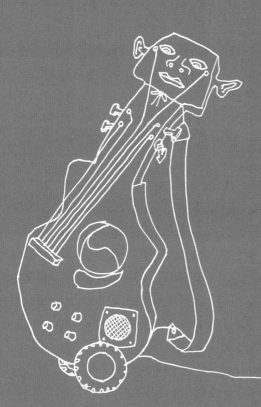

© 양병집

굿모닝 시드니

비행기 창밖으로 청명한 아침 햇살 아래 펼쳐진 호주의 광활한 대륙이 보였다. 아침 기내식을 먹는 둥 마는 둥 하고 커피를 마시며 잠시 깊은 생각에 잠겼다. 떠밀리듯 비행기 트랩에 내려 밖으로 나왔을 때 첫째 매형이 우리를 반갑게 맞아주었다. 한호무역이라는 회사의 장 사장도 함께였다. 그와 악수하고 승합차에 올라타 어딘가로 달렸다.

매형을 따라 들어간 곳은 어느 건물의 1층이었다. 실내에는 너댓 개쯤 되는 책상이 있고 책상 위에는 처음 보는 널찍한 종이들이 쫙 펼쳐져 있었다. 종이들을 유심히 내려다보자 매형은 "여기가 내 신문사야. 우리 장 사장님 신세를 좀 지고 있지"라고 말했다. 건물 안쪽 문이 열리면서 "응, 도착했구나" 하는 소리가 들렸다. 큰누나였다.

매형 내외와 점심을 먹은 후 하루 종일 어디가 어디인지 모를 곳들을 따라다니다 늦은 저녁이 되어서야 매형의 집에 도착했다. 1986년 6월 7일,

내 나이 서른여섯 살 때였다.

나지막한 아파트 2층에 들어서자 조카 소현, 소근, 소욱이 우리를 반겨주었다. 우리는 잠시 한국의 부모님 이야기, 그리고 비행기 여행에 대한 이야기를 나누었다. 얼마간의 침묵이 흘렀을까. 매형이 먼저 입을 열었다.

"그래, 정착금은 얼마 가지고 왔어?"

"2만 달러요."

곧바로 대답했다.

"그것밖에 안 돼?"

매형의 물음에 어찌 대답해야 할지 몰라 잠시 머뭇거렸다.

"한국에도 돈이 없어요, 이젠."

"그래, 이제 어떻게 살 거야?"

큰누나의 물음에 내가 대답이 없자 매형이 말했다.

"뭘 어떻게 살아. 우리 신문사에서 일하게 해야지."

잠시 망설이다가 양복 안주머니에서 1만 달러씩 묶여 있는 여행자 수표 중 한 묶음을 매형에게 내밀었다. 매형은 그것을 받으면서 "나머지는?" 하고 물었다. 내가 머뭇거리자 매형은 "자네 집 구하는 것도 그렇고 먹고 사는 문제도 내가 다 알아서 해줄 테니 그것도 다 나한테 맡겨" 했다. 순간 정신이 번쩍 들었다. 나는 "안 돼요, 이건" 하면서 싫다, 그럴 수 없다고 말했다. 그러나 매형은 계속 나머지 1만 달러를 요구했다. 결국 매형과 말다툼이 벌어졌다. 뭔가 잘못됐다, 이래선 안 되겠다고 느낀 나는 아내에게 애들 옷 입히고 짐 챙기라고 거의 명령조로 말했다.

짐 가방 두 개를 끌고 현관문을 열고 나왔다. 아내는 아이들 옷을 입힌

후 나머지 짐을 챙겨 내 뒤를 따라 나왔다. 예상치 못한 행동에 당황한 큰누나 식구들이 아파트 앞까지 따라 나와 도로 들어가자고 권유했다. 그러나 매형의 속마음을 알아차린 뒤에는 더 이상 그 자리에 있을 수 없었다. 잡아끄는 팔을 뿌리치며 자동차가 지나가는 큰길가로 도망치듯 나왔다.

칠흑 같은 어둠 속에서 한 손으로 큰딸 윤정이 손을 잡고 다른 손으로 여행 가방을 질질 끌며 인적이 끊어진 보도블록을 따라 한참을 걸었다. 투라무라 여관(Lodge Turramurra)이라는 간판이 보였다. 출입구를 찾으니 조그만 쪽문이 하나 있고 'closed'라는 종이 팻말이 걸려 있었다. 무작정 문을 두드렸다. 얼마 뒤 주인인 듯한 남자가 잠옷 차림으로 나왔다. "왜 그러느냐?"고 묻기에 "한국에서 온 사람인데 방이 있느냐?"고 되물었다. 내 말을 알아들었는지 그는 우리를 2층의 한 방으로 안내했다. 50달러인가 60달러인가 되는 방값을 받은 주인은 편히 쉬라는 말을 남기고 돌아갔다. 긴장이 풀린 나머지 곧바로 깊은 잠에 빠져들었다. 우리 식구는 그렇게 호주에서의 첫 밤을 보냈다.

다음 날 일어나자마자 일단 시내로 나가야겠다는 생각이 들었다. 우선여관 주인이 가르쳐준 기차역을 찾았다. 눈치껏 외국인들을 따라 전철 2층 칸으로 올라가 빈자리에 앉았다. 우리 가족은 망망대해에서 방향 잃은 배처럼 표류하고 있었다. 몸은 기차에 실었지만 어디로 가고 있는지도 모르고 어디서 내려야 할지도 몰랐다. 차창 밖으로 보이는 것은 온통 숲이었다. 시간이 지날수록 불안감이 엄습해왔다.

30분 정도 흘렀을까. 갑자기 창밖으로 바다가 보였다. 기차가 다리를 건너고 있는 것이 느껴졌다. 정신을 차리고 유심히 밖을 내다보니 저편에 높은 건물들이 서 있었다. 맞은편에 앉아 있는 흰머리의 노파에게 물었다.

"이즈 디스 다운타운?"

"예스, 윈야드 스테이션(Wynyard Station)."

기차가 멈춰 서고 우리는 하차하는 승객들의 뒤에 바짝 붙어 따라 나갔다. 인도 위의 사람들은 바쁘게 내 앞을 왔다 갔다 하고 차도의 자동차는 그보다 더 빠르게 눈앞을 지나갔다. 왼쪽 길로 걸어가야 하는지, 오른쪽 길로 걸어가야 하는지, 길을 건너야 하는지……. 문득 30m 전방에 택시 몇 대가 서 있는 게 보였다. 맨 앞에 서 있는 택시에 무작정 올라탔다.

"고우 투 코리안 앰버시(embassy) 오아 코리안 레스토랑."

한국대사관이나 한국 식당에 데려다 달라고 했다. 택시 기사는 잠시 고개를 갸우뚱하더니 5분 정도 달려 어느 식당 앞에 서더니 내리라는 시늉을 했다. 식당으로 들어갔지만 그곳은 베트남 식당이었다. 한국말을 하는 사람은 없었다. 허탈해진 마음을 추스르고 다시 걸었다. 비탈진 길을 한참 오르던 그때 눈앞에 한국 사람처럼 보이는 두 사람이 트럭에서 짐을 내리는 게 보였다. 눈물이 날 만큼 반가웠다.

"혹시 한국분이세요?"

한 사람이 일을 하다 말고 대답했다.

"네, 그런데요."

망망대해에서 섬이라도 발견한 것처럼 '이제는 살았구나!' 하는 안도감이 들었다.

자초지종을 들은 그는 우리를 곧장 자신이 일하는 식품점으로 안내했다. 그러고는 사장인 듯한 사람에게 우리 쪽을 가리키며 뭐라고 설명했다.

사장은 알았다는 손짓을 했다. 그 사이 아이들을 데리고 꽤 넓은 식품점의 물건들을 구경하던 아내가 내게 돌아와 "저 앞 카운터에 있는 여자, 내 친구 같아"라며 작게 이야기했다. 물에 빠진 사람 지푸라기라도 잡으려는 심정으로 "그래? 그럼 얼른 가서 물어봐" 하고 아내의 등을 밀었다. 아내가 카운터로 간 사이 사장이 내게 왔고 뒤이어 카운터 여자와 아내가 함께 걸어오는데, 아내의 얼굴엔 미소가 가득했다.

"오빠, 얘 내 친구 명희야."

그녀는 아내의 여고 동창생이 맞았다. 사람 살면서 죽으라는 법은 없었다. 이 멀고 낯선 땅에 와서 동창생을 만나리라고 상상이나 했겠는가. 그날부터 일주일 동안 그녀의 집에 머물면서 많은 신세를 졌다. 유학생인 그녀의 남편 박광윤 씨의 도움으로 집도 구했다. 애시필드(Ashfield)의 세실 스트리트(Cecil street)에 있는 1층 방 두 개짜리 유닛(unit)-호주에서는 아파트를 이렇게 부른다-이었다. 복덕방 주인은 내가 호주에 재산권이 없다며 3개월분의 보증금과 1개월분의 집세를 요구했는데, 선택의 여지가 없었던 나로서는 2,200달러가 넘는 돈을 한꺼번에 지불하고 그 방을 얻어야 했다. 나중에 안 사실이지만 호주에서는 일반적으로 1개월분의 보증금만 내면 되고 집세도 2주에 한 번씩 후불로 내면 된다. 그리고 시내를 말할 땐 다운타운(downtown) 대신 시티(city)로 표현하며, 번화가란 뜻의 다운타운은 거의 사용하지 않는다.

망망대해를 헤매는 가족 ⓒ양병집

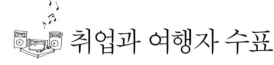

취업과 여행자 수표

방을 구하러 돌아다니는 사이 아내는 친구인 심영희 씨와 함께 있었다. 아마도 두 사람이 이런저런 얘기 끝에 매형에게 여행자 수표 1만 달러를 건넸다는 얘기를 한 모양이다.

"아무리 눈 뜨고 코 베어 가는 세상이라지만 같은 피붙이끼리 초청 사례비로 1만 달러씩이나 받는다는 것은 말이 안 되고, 시드니에서 1만 달러면 얼마나 큰돈인데. 남편한테 당장이라도 돌려받으라고 해!"

흥분한 친구의 말을 아내가 그대로 전했다. 다음 날 바로 매형에게 전화를 걸었다. 여행자 수표를 돌려달라고 했다. 그러나 매형은 싸늘하게 거절했다.

한참을 고민한 뒤 스탠모어(Stanmore) 경찰서를 찾아갔다. 서툰 영어로 자초지종을 설명했지만 알아듣지 못하는 것 같았다. 답답했던지 경찰관이 시드니 한국대사관으로 전화를 걸었다. 대사관 여직원에게 구구절절 매형과의 일을 설명했고, 그녀가 다시 경찰관에게 이야기했다. 상황 파악이 됐던지 경찰관은 곧바로 매형과 통화를 했다.

매형이 그럴 수 없다고 한 모양이다. 경찰관이 "그러면 우리가 당신을 체포하겠다"고 했다. 그제야 매형은 "그 사람을 바꿔달라"고 했다. 매형은 내게 수표를 돌려줄 테니 신문사 앞 커피숍으로 오라고 말했다.

약속 장소에는 매형 대신 큰누나가 나와 있었다. 누나는 수표책을 돌려주었고 나는 그중에서 1,000달러짜리 석 장을 뜯어 누나에게 건넸다. 누나는 그것을 받았고 우리는 헤어졌다.

'1/26 Cecil St. Ashfield'

심영희 씨 내외의 도움으로 자리 잡은 시드니의 첫 번째 우리 집 주소다. 우리를 대하는 그들의 배려는 각별했다. 몇 번이나 우리 집을 오가며 당장 필요한 그릇들을 챙겨다 주었다. 심영희 씨의 남편 박광윤 씨는 서울공대 전자공학과 출신으로 신체 조건도 나와 비슷했고, 고향이 충청도라 그런지 말소리도 부드러워 나보다 두 살 어린 용띠의 그가 마치 낯선 외국 땅에서 만난 T.S.S. 후배 같은 느낌을 주었다. 그러한 이유로 그의 가족과 우리 가족은 급속히 친해질 수 있었다.

당장 먹고살기 위해선 서울에서 미리 부친 짐들이 도착하기 전까지 자질구레한 생필품부터 필요했다. 중고 가게를 찾아 냉장고, 세탁기부터 아이들 침대, 장롱 등을 사고 나니 주머니엔 달랑 1만 3,000달러만 남았다. 심영희 씨 내외의 도움으로 거처는 마련했지만 앞으로 살길이 참 막막했다.

그 와중에 호주 운전면허를 취득했다. 아이들은 직접 발품을 팔아 찾아낸 학교와 유치원에 입학시켰다. 그러나 어디로 가야 직장을 알아볼 수 있는지 몰라서 '아무래도 차가 한 대 있어야겠다'는 생각이 들어 6,000달러짜리 피아트 한 대를 흥정 끝에 4,500달러로 구입했다. 아내와 딸을 불러내 시승식을 하려고 할 때, 같은 아파트 3층에서 누군가 우리를 내려다보며 물었다.

"새로 이민 오셨나요?"

반갑게도 한국 남자였다.

"네, 2주일 전쯤 왔어요."

며칠 뒤 저녁 인사를 나눴던 3층 한국 남자가 우리 집 문을 두드렸다. 거실로 들어온 그는 이런저런 얘기 끝에 내게 "친구가 공장장으로 있는 화장품 회사에 빈자리가 생겼는데 한번 일해볼 생각 없으세요?" 하고 의사를 물어왔다. 일은 생각지도 못한 곳에서 풀렸다. 마땅한 일자리를 찾지 못해 전전긍긍하고 있던 우리 내외에게 마다할 이유가 없었다. 그는 종이에 그곳의 주소를 적어주면서 "내일 아침 7시까지 가서 내가 이야기해서 왔다고 말씀하시고 최규창 공장장을 찾으세요"라고 했다.

아침 일찍 아내가 나를 깨웠다. 준비한 도시락을 들고 차를 몰아 그곳에 가니 공장 건물 위에 에스티로더(Estee Lauder)라는 간판이 붙어 있었다. 나는 경비에게 공장장 이름을 대고 직업 때문에 왔다고 말했다. 그가 알려준 대로 사무실을 찾아갔더니 공장장이라는 사람이 내 모습을 위아래로 살펴보며 내일부터 나오라고 했다. 양복은 입지 말고 그냥 편안한 작업복 같은 걸 입고 오라는 말도 덧붙였다.

그날은 일찍 돌아왔다. 아내에게 곧바로 에스티로더에서 일하게 됐다고 했더니 안도의 한숨을 내쉬었다. 그리고 한 달쯤 뒤 다시 연락을 하기 시작한 누나의 소개로 아내도 직장을 구했다. 시드니의 동쪽에 위치한 본다이비치(Bondi Beach)에 있는 '니나(Nina)'라는 서양식 해물 식당의 주방보조원 일이었다. 아내가 그곳에 면접 보러 가던 날 저녁 일찍 식사를 마친 우리 가족은 애시필드 역에서 기차(한국의 전철)를 타고 본다이정션(Bondi Junction)까지 간 후, 다시 환승센터에서 버스로 갈아타고 그 식당이 있는 본다이비치에 갔다.

식당 위치를 확인한 우리는 바닷가 언덕 잔디밭으로 잠시 자리를 옮겨 앉았다. 남태평양을 바라보며 서로 아무 말 없이 우두커니 앉아 있는데 아내가 먼저 입을 열었다.

"여보, 걱정하지 마. 다 잘될 거야. 여기서 한 20분 기다리다 내가 안 나오면 아이들 데리고 먼저 집에 가 있어. 나는 알아서 기차 타고 돌아갈게."

그렇게 말하고 아내가 일어나 길 건너 식당을 향하자 영문 모르는 아이들이 울기 시작했다. 우는 아이들을 달래면서 깊은 상념에 빠져들었다. 무슨 영화를 누리려고 이런 고생을 해야 하나 싶었다. 순간 나도 모르게 서러운 감정이 복받쳐 눈물이 흘렀다. 30분이 넘어도 아내가 돌아 나오지 않자 면접을 잘 마친 것 같았다. 안도의 한숨을 내쉬며 두 딸을 데리고 집으로 돌아왔다.

나를 에스티로더에 취직시켜줬던 배석구 씨는 탤런트 문오장 씨와 같은 기수의 KBS 탤런트였다고 했다. 아주 잘생기고 온화한 성품이었던 그를 꼭 한 번 다시 찾아보고 싶다.

♪ 면접 보러 간 아내를 기다리며 두 딸과 함께

조영남 콘서트 ☆

시드니에 도착한 지 3개월, 화장품 공장에 취직한 지 2개월 정도 지났을 무렵 첫째 매형으로부터 연락을 받았다. 신문사로 와보라는 것이었다. 매형과는 이런저런 이유로 소원한 관계에 있었지만 그길로 매형에게 달려갔다. 매형은 어떻게 지내느냐, 공장 일은 힘들지 않느냐며 안부를 먼저 물었다. 그런데 공장 일은 아무리 오래 해도 전망도 없고 자칫 잘못하면 몸도 다칠 수 있다고 하면서 '자신을 도와 신문도 만들고 영업도 해보는 게 낫지 않겠느냐?'는 제의 겸 의견 타진을 해왔다. 나는 '오늘 당장은 답을 못 드리겠다, 애들 엄마랑 의논해보겠다'는 답변을 한 후 집으로 돌아왔다. 아내에게 생각을 물으니 자신은 모르겠고, 내가 알아서 결정하라고 했다.

하지만 그 고민은 오래가지 않았다. 곧바로 에스티로더에 사표를 제출한 나는 매형의 신문사 《호주소식》으로 출근하기 시작했다. 주급은 전보다 적었지만 몸은 편안했다. 취재를 나가고, 광고를 청탁하고, 원고를 받으러 다니는 일이 대부분이었다. 교포를 대상으로 하는 신문이기 때문에 주로 만나는 사람들이 교포 사회 인사들이거나 자영업자들이었다. 대체적으로 그들은 내게 기자 대접을 해주었고 그래서 기분이 나쁘지 않았다. 그러던 어느 날 한인 교회의 한 목사님으로부터 뜻밖의 소식을 들었다. 가수 조영남이 김장환 목사님과 함께 시드니 대부흥회를 위해 이곳에 온다는 소식이었다.

순간 귀가 번쩍 뜨였다. 조영남. 그가 누구인가? 부산에서 영은이를 한참 쫓아다닐 무렵 〈내 생에 단 한 번만〉이라는 앨범을 발표해 인기 가수 반열에 올랐고, 수도 없이 그의 노래를 따라 부르게 만들었던 동경의 대상이 아니었던가? 그 뒤로 KBS 별관에서인가 어느 PD의 소개로 짧은 인사를 나눈 적은 있었지만 이국 만리 시드니에서 그 형을 다시 만나게 되리라곤 상상조차 못했던 일이었다. 집에 돌아온 후 설렘 때문에 쉽게 잠을 잘 수 없었다. 맥주 한 캔을 마시고 침대에 누워 들뜬 마음으로 머리를 굴리며 퍼즐 맞추기를 시작했다.

'대부흥회 → 김장환 목사 → 조영남 → 딴따라 → 신문사 《호주소식》'
"그래, 바로 이거야!!"
나는 침대에서 벌떡 일어나 거실로 나와 다시 생각을 정리했다.

'그럼 그걸 어떻게 하지? 어디서? 얼마나 들까? 그래, 일단 서울에 전화해서 형이 하겠다고 하면 나머지는 그때 해결하면 되겠네. 오케이.'

조영남 형과 연락이 닿을 수 있는 사람이 누굴까 생각하다가 문득 조동진 선배가 떠올랐다. 조 선배의 집으로 전화를 했을 때 형수가 받았는데 자초지종을 설명하며 내 호주 연락처를 알려주었다. 초조하게 조 선배의 전화를 기다렸다.

"여보세요."

밤늦게 전화벨이 울렸다. 수화기를 들고 입을 떼자마자 대뜸 "병집이냐?" 하는 소리가 들려왔다.

"네, 그런데요."

"나 영남이 형이야, 조영남."

조 선배에게 전화가 걸려오기를 기다렸는데 영남 형이 직접 전화를 걸어왔다. 더구나 내가 생각했던 것보다 훨씬 친근하게 말을 걸어주었다. 나는 다시 한 번 수화기에 대고 '형님의 콘서트를 여기서 한 번 하고 싶은데 가능하시냐'는 요지의 말을 건넸다. 영남 형은 "그럼, 좋지"하고 흔쾌히 허락해주었다.

수화기를 내려놓고 순간 알 수 없는 뿌듯함과 흥분에 휩싸였다. 다음 날 신문사에 나가서 매형에게 알리니 "그럼 한번 해보지 뭐. 난 그런 거 잘 모르니 처남이 알아서 진행해. 광고는 걱정 말고"라고 했다.

곧바로 장소 물색에 나섰다. 대부흥회 장소인 서머힐(Summer Hill) 고등학교에서 가까운 애시필드 럭비리그 클럽에도 가보고, 시드니의 코리아타운이라는 캠시(Campsie)의 한복판 오리온센터(Orion center)에도 가보았다. 이곳저곳 대관 장소를 알아보다가 시내에 있는 만다린(mandarin) 클럽 2층을 6,000달러에 빌리기로 했다. 내 돈에서 1,000달러를 선금으로 걸었다. 그리고 계산을 해보았다.

'술 포함해서 1인당 식사비 20달러에 400명이면 8,000달러, 영남이 형 출연료 3,000달러, 그럼 표 값을 얼마로 하지? 40달러? 400명이면 1만

6,000달러, 500명이면 2만 달러……. 야, 이거 잘하면 좀 남겠는데. 표 값을 50달러로 하면? 아냐, 아냐. 그건 너무 비싸. 여기 교민 수준에……. 그래 40달러로 하자.'

얼마 전 다시 산 폭스바겐 79년 형을 타고 공항으로 형을 맞으러 나갔다. 청사 한쪽에서 여러 명의 한인 교회 목사들과 둥그렇게 둘러서서 기도를 하고 있는 형의 모습이 보였다. 살며시 다가가 작은 소리로 "영남이 형" 하자 형도 기도하다 말고 눈을 살짝 뜨며 "응, 왔냐" 하며 내 어깨를 두드려 주었다. 그 후 며칠간 형의 운전수 노릇을 하며 움직이는 곳마다 에스코트를 했다. 사이사이 준비 상황을 보고했으며 형도 만족해했다.

대부흥회 마지막 날 모든 예배가 끝나고 각 한인 교회 목사들과 영남이 형 등과 함께 조영남 콘서트에 대한 의논을 시작했다. 대부분 행사에 대해 적극적이었고 좋은 의견들을 내놓았다. 그런데 어느 젊은 목사가 불쑥 나서서 반대했다.

"조영남 씨는 대부흥회를 위해서 찬양 가수로 온 것이지 콘서트를 하기 위해 온 것이 아니잖습니까?"

순간 그 자리의 사람들 모두 당황한 채 아무 말도 못하고 있었다. 나는 그 목사를 따로 불러 상황 설명을 하면서 설득하려고 시도했다. 그러나 그는 끝내 고집을 꺾지 않았다. 그의 태도에 너무 화가 난 내가 주먹을 들어 한 대 갈기려 할 때 뒤에서 달려온 영남이 형이 "야! 야! 병집아 참어, 참어"하며 나를 말렸다.

결국 조영남 콘서트는 무산되었다. 그리고 며칠 뒤 형은 김장환 목사님과 한국으로 돌아갔다.

로드 영 자동차

격주로 발행되는 신문사 일이 조금씩 익숙해지면서 시간적인 여유도 생겨났다. 하지만 한정된 교민 업체들을 대상으로 신규 광고영업을 하는 것에는 한계가 있었다. 그날도 광고 수주를 위해 무작정 차를 몰고 다니던 중 'ROD YOUNG USED CARS'라는 중고차 매매소를 발견하게 됐다.

광고 수주에 성공한 후 한 번 더 광고가 나간 뒤였다. 사장 게리(Gary)로부터 다급하게 전화가 걸려왔다. 곧장 달려갔다. 차를 구입하러 온 한국인과 소통이 전혀 되질 않아 고생하던 중 갑자기 내 생각이 난 모양이었다. 나를 보자마자 두 사람은 사막에서 오아시스를 만난 듯이 반가워했다. 결국 그날 나의 통역으로 한국인 손님은 원하던 차를 사서 돌아갔다. 게리는 주머니에서 200달러를 꺼내 내 손에 쥐어주면서 정말로 고맙다고 했다. 그리고 며칠 뒤 또다시 비슷한 일이 벌어지자 그는 내게 "아예 파트타임으로 일해보지 않겠느냐"고 제의해왔다. 나는 그의 제안을 흔쾌히 받아들였다. 《호주소식》에 로드 영 자동차 광고가 실린 이후 한국 손님들이 '양 사장'을 찾는 일이 잦아졌고, 신문사보다 매매소로 출근하는 횟수가 점점 많아졌다. 처음 생각했던 것보다 수입도 짭짤했고 로드영 자동차가 지속적으로 《호주소식》에 광고를 게재했기 때문에 매형도 큰 불만이 없었다.

여러 날 궁리 끝에 이곳저곳을 뛰어다니며 여러 경우에 대비한 거래처를 확보했다. 싸구려 차는 아무 데나 가도 구할 수 있지만, 새 차와 고급 중고차는 퍼넬 브라더스(Purnell Bros.)에서, 중급 차들은 메트로 모터 마켓(Metro Motor Market)에서, 그리고 유럽 차는 릭 다밀리안(Rick Damilian)에서 하는 식으로 말이다.

2주일에 한 번씩 나오는 신문의 자동차 광고가 반복될수록 나를 찾아오는 한국인 숫자도 점점 늘어났다. 그들 중에는 영어 연수 비자로 들어온 단기 유학생도 있었고, 타일 일이나 용접 일을 하기 위해 값이 저렴한 차를 구하려고 온 사람도 있었으며, 변 장군처럼 한국에서 장성을 지냈던 신교포도 있었고, 뉴서울(New Seoul)식당의 주인인 이 사장 내외도 있었다. 비오는 날이나 바람이 심하게 부는 날 등을 포함한 주중에는 공치는 날도 많았지만, 토요일과 일요일에 차를 보러 오는 교포들 덕분에 평균적으로 일주일에 서너 대는 팔 수 있었다. 그리고 그 숫자는 사장 게리를 제외하고 단 한 명뿐인 이탈리아 출신 정식 세일즈맨 토니(Tony)가 파는 자동차 숫자에 버금가는 것이었다. 그러한 나를 게리가 기특하게 생각하며 좋아한 것은 어쩌면 당연한 일이었다.

한번은 키도 아주 자그마하고 옷도 허름하게 입은 남자 하나가 나를 찾아왔다. 그는 다른 한국인들과 달리 자신이 직접 이 차 저 차의 상태를 살

퍼본 뒤에 한국 사람들은 절대 선택하지 않을 것 같은 1,200달러짜리 르노 12 중고차를 좋다고 사 갔다. 그런데 그로부터 10년이 넘은 어느 날 내 아내의 혼다 어코드 차가 말썽을 부려 교민 잡지를 보고 대영 모터스(Daey-oung Motors)라는 정비소에 찾아갔을 때, 그가 그곳의 사장이 되어 운영하고 있는 것을 보았다.

♪ 로드 영 자동차에서

 골드러시

시드니에 도착한 지 반년이 지난 1987년 2월경, 햇살을 피해 로드 영 자
동차 사무실에서 에어컨 바람을 쐬고 있었다. 창밖으로 빨간색 미쓰비시
세단 한 대가 들어오더니 젊은 한국인 부부가 내렸다. 사무실 밖으로 나가
니 점잖은 외모에 굵은 목소리를 가진 남자가 인사했다.

"처음 뵙겠습니다, 김중섭이라고 합니다."

차들을 천천히 둘러본 그가 물었다.

"이게 전부인가요? 혹시 코모도 신형은 없나요?"

새 차를 찾을 것 같다는 내 직감이 맞아떨어졌다. 퍼넬 브라더스에 새
로운 루트를 개척해놓았던 것을 이용하게 되어 다행이라는 생각이 들었
다.

"저, 여기는 없고 퍼넬 브라더스로 가면 보여드릴 수 있는데 제 차를 따
라오시겠습니까?"

우리는 흄 하이웨이(Hume Highway)를 달려 뱅크스타운(Bankstown)에 있는 퍼넬 브라더스에 도착했고, 미리 안면을 터둔 세일즈맨에게 그를 안내했다. 세일즈맨과 대화를 나눈 그는 자주색 코모도를 구입하기로 결정했다. 그리고 나서 그는 내게 수고비라고 하면서 500달러를 주었다. 순간 놀랐다. 수고비치고는 큰 금액이었다. 무엇보다도 내 근무 지역이 아닌 곳까지 나를 믿고 따라와 준 그가 너무나 고마웠다. 감사의 뜻으로 그들 가족을 저녁 식사에 초대하고 싶다고 했더니 흔쾌히 응해줬다.

두 가족 여덟 명이 피자헛에서 식사를 했다. 도중에 학교 이야기가 나왔다. 나는 사실은 중퇴지만 서라벌예대를 나왔다고 했다. 그러자 자신은 중앙대학교를 졸업했다면서 서라벌예대가 중앙대와 병합되었으니 내가 자신의 선배나 마찬가지라며 나를 깍듯이 대접했다. 그런 뒤 그와 나는 아직까지도 서로 왕래하는 절친한 사이가 되었다.

얼마 있다가 T.S.S. 3년 후배 이치형이 호주로 이민을 왔다. T.S.S. 시절 절친한 후배 중 하나였던 그는 서울대학교 공대 출신의 재원으로 시드니에 오기 전까지 현대건설에서 근무했다. 가수 윤형주 선배처럼 곱상한 외모를 지닌 그는 어려서부터 교회를 다녀서 찬양곡에 익숙했고 음악적 재능도 있었다. 아주 예민한 성격의 소유자지만 같이 노래를 부를 때엔 화음도 잘 넣어주고 호흡이 잘 맞았었다. 특히 내가 신촌에서 카페 청개구리를 운영할 때 그가 그의 형 숙형과 자주 카페를 찾아왔었다. 우리는 그의 가족에게 딸들이 쓰던 방을 내주었고, 애시필드에 있는 아파트를 구해서 나갈 때까지 함께했다.

♪

시드니로 이민 오는 지인들이 줄을 이었다. 이번에는 전인권의 손아래 동서라는 사람이 왔다. 이름은 송주옥이라 했다. 물론 인권과 전화 통화를 하면서 잘 돌봐달라는 부탁을 받은 터였다. 지난번처럼 시드니 공항으로 가 그를 픽업해 집으로 데려왔다. 방을 구할 때까지 2주일가량 그를 거실에서 재웠다. 178cm 정도 되는 키에 서글서글한 인상과 마른 편인 몸매를 가진 그는 꽤나 붙임성 있는 성격이어서 며칠 지나지 않아 우리 식구가 전혀 불편함을 느끼지 않을 만큼 친해졌다.

오지랖 넓은 내 성격 탓에 시드니를 찾는 지인들마다 우리 집을 거쳐 가는 경우가 많아졌다. 송주옥이 우리 집을 떠나자 이번엔 들국화 최성원의 동생 최성종이 온다고 했다. 그동안 아무 말 없이 손님들을 맞이해주었던 아내가 불편한 기색을 드러내며 좀처럼 내지 않던 짜증을 냈다.

"우리 집이 여관방이야? 오는 사람마다 다 재우게……."

"어쩔 수 없잖아. 성원이 동생이라는데. 이번까지만 재우자, 응? 다음에 누가 오면 딴 데서 자라 그럴게."

어렵게 아내의 마음을 다독거린 후 성종에게 우리 집 주소를 알려주었다. 집사람 눈치가 보여 공항에 나가지는 못했다. 해병대 장교 출신답게 적응력이 뛰어난 그는, 방문했던 지인들 중에서 15일이라는 가장 긴 체류 기록을 세우고 우리 집을 나가 시드니에 정착했다.

이치형은 정식으로 기술 이민을 왔지만 송주옥과 최성종은 새로운 삶을 개척하기 위해 일시 방문 비자를 받아 무작정 날아온 경우였다. 1987년 당시 시드니에는 '1998년 호주 건국 기념일이 되면 사면령이 내려 영주권을 딸 수 있다'는 소문을 듣고 송주옥이나 최성종처럼 한국에서 건너온 사람들이 1만 명 이상 되었다고 한다.

한편 중앙대 건축과를 다니다 프랑스 파리를 거쳐 시드니에 온 장순성은 로드 영 자동차에 와서 4,000달러짜리 차를 사면서 알게 되었다. 그의 아버지 장석준 씨는 영화 〈별들의 고향〉, 〈겨울여자〉 등의 촬영 감독으로 1960~1970년대 한국 영화계에서 알아주는 거목이었다.

시드니 대학교 농과대를 다니며 전기기타를 즐겨 치던 장인호는 한호 무역 장 사장을 통해 알게 된 젊은이로 경상북도 대구가 고향이었다. 자신이 안성기를 닮았다고 생각하는 그 친구는 나나 성종이 앞에서뿐만 아니라 다른 사람들, 특히 여자들 앞에서 윗옷 벗어젖히기를 즐겨 했다. 천성이 너무 착한 나머지 상대방에게 과잉 친절을 베풀어 머리가 좀 이상한 사람으로 오해받는 일도 종종 있었다. 그렇지만 나는 그가 가진 재능을 무척 사랑했다. 송창식 선배의 시원한 목소리와 윤형주 선배의 예쁘면서 달콤한 목소리가 합성되어 있는 듯한 그의 목소리가 좋았고, 내 옆에서 능숙하게 쳐주는 리드기타 소리도 일품이었다.

적게는 5년, 많게는 12년 이상 나이 차이가 나는 젊은이들과 이런저런 이유와 사연으로 어울리면서 지내게 된 것이다. 불과 1년 전 김포공항을 떠날 때 '서양 사람들과 어울려 서양 음식을 먹으며 살 것'이라고 상상했던 것과 전혀 다른 상황이 벌어지고 있었다.

Café
Wagon Wheel

고려정 포장마차 ⓒ 양병집

고려정 포장마차 ☆

살다보면 미처 예상하지 못한 일로 삶의 궤도가 180도 바뀌는 경우가
있다. 나의 경우 민태선으로부터 걸려온 전화 한 통이 그랬다. 신문사 일
과 자동차 판매로 바쁜 나날을 보내면서 로드 영 자동차 사무실에 머물러
있을 때였다.

"캠시에서 고려정을 운영하고 있는 민태선이란 사람인데, 조만간 한 번
들러주시면 고맙겠습니다."

캠시는 당시 시드니에서 교민 업소가 가장 많이 모여 있는 곳으로, 한
국 교민의 이민 역사가 고스란히 남아 있는 일종의 코리아타운이었다. 한
국식품과 뉴서울식당으로 수금하러 가는 길에 약속한 고려정에 들렀다.

"양 사장, 이 자리가 너무 아까운데 여기를 활용할 수 있는 좋은 아이디
어 하나 없을까요?"

차를 한 잔 대접한 뒤 그는 식당 뒤편에 있는 마당을 내게 보여주었다.

40평쯤 되어 보이는 텅 빈 마당과 쓰지 않는 차고 하나가 있었다. 그날 밤 집으로 돌아와 부엌 식탁 위에 종이 한 장을 올려놓고 낮에 본 그곳을 떠올리면서 평면도를 그렸다. 도면을 아내에게 보여주었다.

"여기다 한국 스타일 포장마차를 만들면 히트 칠 것 같은데, 당신이 한번 해보지 않을래?"

넌지시 질문을 던졌다.

"글쎄, 잘될까?"

부정도 긍정도 아닌 대답을 해왔다.

그 무렵 캠퍼다운(Camperdown)에서 호주인이 경영하는 부엌 가구 만드는 업소에 취직한 성종에게 한국식 포장마차 이야기를 꺼냈다. 차가 필요하다고 해서 같이 옥션장에 가 차를 구해주고 난 뒤였다.

"와, 형. 그거 엄청 대박 나겠는데. 합시다!"

성종의 맞장구에 더 확신이 선 나는 민 사장을 만나 그곳을 빌리기로 했다. 주 450달러를 주기로 하고 개업을 위한 공사에 착수했다.

성종, 주옥을 비롯해 시드니에서 알게 된 인맥들이 총동원되었다. 한달이 채 안 걸려 단돈 1만 5,000달러에 실내 반 옥외 반의 꽤 그럴싸한 장소가 만들어졌다. 어찌 보면 호프집 같기도 하고 어찌 보면 포장마차 같기도 했다.

그 무렵만 해도 시드니에 한국의 술집 느낌이 나는 교포 식당이 없었다. 《호주소식》에 고려정 포장마차 지면 광고를 냈다. 그러자 얼마 안 되어 포장마차에 손님들이 밀려오기 시작했다. 예상한 것보다도 훨씬 많은 사람들이었다. 밖에서 30분씩 기다려야 할 만큼 성황이었다. 말 그대로 초대박이었다.

성종은 낮일을 끝내고 저녁에 지배인으로 일을 했다. 인호는 수업을 마치고 와 무대에서 노래도 하고 웨이터 일도 자청해 도와주었다. 식당에 대한 소문은 시드니는 물론 캔버라(Canberra)와 멜버른(Melbourne)의 교포 사회에까지 퍼져 일부러 찾아왔다는 사람도 있었다. 아내는 족발, 순대 같은 메뉴를 개발해 그때까지 그런 맛을 보지 못했던 교포들의 입을 즐겁게 해주었다. 한호무역에서 수입한 소주도 다른 업소에 비해 훨씬 많은 양이 팔렸다. 한호무역의 장 사장은 나를 볼 때마다 "우리 양 사장, 정말 대단해요"를 연발해 기분이 좋았다.

호주 교포 2세들과 유학생을 위해 성종, 인호 그리고 히식스의 드러머 출신으로 잠시 호주에 머무르고 있었던 권용남 선배와 함께 '젊은이여, 가슴을 펴라' 콘서트를 감행한 것도 그 시절이었다. 당시에는 한국 가수들의 교포 위문 공연이 전무했다. 포장마차에 오는 손님들 중에서 특히 교포 2세들을 지켜보면 매우 온순한 편이었다. 하지만 보수적인 한국 부모들의 가정교육 탓인지 무척 위축돼 있는 모습에 놀랄 때가 많았다. 이런 점을 안타까워하던 차에 우리는 새로운 콘셉트의 개인 콘서트를 열기로 했다. 그리고 조영남 콘서트를 성사시키지 못했던 캠시 오리온센터를 주말 하루 동안 다시 빌렸다.

밤 시간을 이용해 포스터와 풀통을 차에 싣고 한국 젊은이들이 다닐 만한 거리라고 생각되는 곳이면 시내와 변두리를 가리지 않고 포스터를 붙였다. 한편 낮 시간에는 연습실에서 성종, 인호, 용남 형과 교포 2세인 종규와 함께 대여섯 번에 걸쳐 열심히 연습했다.

공연 당일 아내는 포장마차 영업 때문에 구경을 올 수 없었다. 그러나 "여보, 잘해"하며 가벼운 키스와 함께 응원을 해주었다. 티켓 판매와 안내는 김중섭 부부가, 사회는 포장마차에 자주 놀러 왔던 시드니 대학교 출신 이정희가, 무대 조명은 장순성의 친구 필립(Philip)이 각각 맡아주었다. 공연이 시작되기 한 시간 전쯤 20~30명에 불과하던 사람들이 공연 30분 전이 되자 100명, 200명으로 늘어났고, 공연이 시작되자 250명이 넘는 한인 교포들이 입장했다. 30명가량의 호주인 남녀들도 있었다.

빡빡머리에 콧수염과 턱수염을 짙게 기른 장순성이 커튼이 내려져 있는 무대 앞에 걸터앉아 마이크도 사용하지 않고 장내가 떠나갈 듯한 큰 목소리로 「오봉산 타령」을 불렀다. 일종의 오프닝이었다. 이어서 로드 영 자동차 게리의 처남 렌스(Lance)가 자신의 밴드를 데리고 와 세미 파이널로 다섯 곡을 연주했다. 언젠가 대화 중에 그가 사우스 바운드 트레인(South Bound Train)이라는 3인조 밴드의 리더 겸 싱어라는 사실을 알게 되었는데, 공연이 잡히고 나서 그에게 찬조출연을 부탁했다. 그들은 엄청난 사운드로 「Get It On」, 「Wild Thing」 등의 하드록 음악을 연주, 노래했다.

드디어 우리 팀의 차례가 왔다. 우리는 들국화의 레퍼토리를 메인으로 했다. 그리고 내 노래 몇 곡과 약간의 팝송을 섞어 1시간 20분 정도 무대를 끌고 나갔다. 인호는 중간에 내가 '우리 노래 전시회'에서 불렀던 「이 세상 사람이」를, 성종은 자신의 굵은 목소리를 활용해 「You Are So Beautiful」을 불렀다. 센세이셔널하다 할 정도의 반응은 아니었지만 관객 모두가 대체로 만족해하는 것 같았고, 무대 위에서 연주와 노래를 했던 멤버들 모두 그들의 반응에 흡족해했다.

고려정 포장마차의 내부 ⓒ 양병집

부모님이 오신다는데

고려정 포장마차 장사가 잘되자 새로운 문제가 발생했다. 두 딸의 보육 문제였다. 호주의 학교 시스템이 워낙 잘 되어 있어 교육은 아무런 문제가 없었다. 하지만 하교 후에 아이들을 돌봐줄 사람이 없어 큰일이었다. 포장마차가 잘되면서 아내는 곧바로 본다이비치의 식당을 그만두고 포장마차 일에 전념했는데, 아이들이 돌아올 시간이면 주방장 이성희와 함께 저녁 식사거리와 안주를 준비하기 위해 집을 나서야 했다. 나는 나대로 바빴다. 낮에는 신문사 일과 자동차 세일즈에 매달려야 했고, 저녁에는 나를 찾는 손님들 때문에 포장마차에 가서 그들의 기분을 맞춰주는 일을 해야 했다. 유치원과 학교에서 돌아온 아이들은 밤늦게 돌아오는 우리 부부를 기다리며 저희들끼리 저녁을 차려 먹어야 하는 신세가 됐다. 그래서 기껏 나온 아이디어가 금, 토, 일요일에 아이들을 포장마차 옆에 있는 주차장으로 데리고 가 차 안에서 머무르게 한 뒤 아내와 내가 교대로 돌봐주자

는 것이었다. 그러나 그것도 그다지 좋은 방법이 되지 못했고, 아이들에게
도 못할 짓이었다.

한국에서 부모님이 온다는 전화가 왔다. 그 사이 시드니 생활도 1년이
넘어 1987년 10월경이었다. 우리 부부에게는 너무나 기쁜 소식이었다. 두
딸을 돌봐줄 분들이 온다는 생각과 함께, 시드니에서 성공적으로 자리 잡
은 우리의 모습을 보여줄 수 있는 기회가 찾아온 것이다. 아내와 나는 두
분의 호주 방문을 학수고대했다.

두 딸을 데리고 공항으로 나간 아내와 나는 출국장을 나오는 두 분을 발
견하자마자 너무 반갑고 고마운 마음에 눈물을 흘렸다. 두 딸아이도 할머
니 할아버지에게로 달려가 품에 안겼다. 그렇게 여섯 명으로 늘어난 우리
가족은 방 두 개짜리 아파트에서 약 두 달간 합숙 같은 생활을 했다. 깨끗
이 치워놓은 아이들 방을 부모님 두 분과 큰딸 윤정이 사용했다. 작은딸 윤
경이는 우리 부부의 방에서 잤다.

그런데 또 다른 문제가 생겼다. 처음 며칠간은 아내와 내가 교대로 운전
해 부모님을 모시고 다니면서 시드니의 대표 관광지인 오페라하우스(Op-
erahouse)와 하버브리지(Harbour Bridge)를 구경시켜 드리고, 주말엔 아이
들까지 데리고 차이나타운에 가서 즐겁게 식사도 했다. 본다이비치, 맨리
비치(Manly Beach)에도 가는 등 재미있는 시간을 보냈다. 그러나 다시 일
상으로 돌아오자 부모님은 하루 종일 집 안에 머물 수밖에 없었다. 애시필
드 아파트에 갇혀 지내는 사람의 수가 넷으로 늘어난 셈이었다.

고민이었다. 늦은 밤 돌아오면 나는 아버지에게 아내는 어머니에게 "아
버지, 죄송합니다", "어머님, 많이 힘드셨죠?" 하고 귀가 인사를 드렸다.

두 분은 언제나 "아니, 우린 괜찮다. 그래 오늘도 손님은 많았니?" 하며 웃는 얼굴로 우리를 맞아주었다. 마음이 편치 않았다. 물론 사이사이 포장마차로 부모님을 모시고 와 불고기와 냉면을 대접하기도 했지만 그것도 일주일에 두세 번 정도였다. 무언가 다른 묘안이 필요했다.

그래서 생각해낸 것은 피아노 가르치기였다. 일주일에 두 번 부모님이 이스트우드(Eastwood)에 있는 학원에 아이들을 데리고 가는 것이었다. 그리고 아이들이 피아노를 배울 동안 두 분은 그 동네 구경을 하거나 기차를 타고 왔다 갔다 하며 바깥바람을 쐴 수 있는 기회가 될 것 같았다. 아니나 다를까, 아이들과 함께 할 일이 생기고 스스로의 힘으로 바깥 구경을 하게 된 부모님의 얼굴에 생기가 돌았다. 나는 만약의 경우를 대비해 여분으로 만든 집 열쇠를 드렸고, 두 분은 열쇠를 가지고 아이들이 없는 낮 시간에 동네 산보도 하고 걸어서 왕복 두 시간은 족히 걸리는 지역까지 다녀오기도 했다.

기차 타는 법을 터득한 아버지는 처음에는 무서워서 싫다고 하는 어머니와 함께 시내에 있는 차이나타운과 하이마켓에 가서 점심 식사도 했다. 망고, 포도, 자두 등의 과일 쇼핑도 해왔다. 우리 내외가 장사를 마치고 집으로 돌아가 "오늘은 어떠셨어요?" 하고 여쭐라치면 아버지는 "거 중국 음식 정말 맛있고 싸두만……. 거저 5달러 50센트에 너희 오마니하구 나하구 아주 배부르게 먹었시요" 했고 어머니는 "싸긴 뭐가 싸요? 5달러 50센트믄 한국 돈 오천 원인데"라고 어머니 나름대로의 계산법으로 말했다. 그럼 다시 아버지가 "아, 그럼 싼 거지. 볶음밥에 닭 날개 두 개, 탕수육, 거기다 밀가루 말아서 안에 배추 잎사귀 넣은 거……" 했고, 내가 "아!

스프링롤이요?" 하고 맞장구쳤다. 아버지는 "맞아! 거 스펑로린지 뭔지, 거기다 그거 닭 국물 아주 맛있두만……" 했고, 나는 다시 "네. 치킨 수프요" 했다. 그렇게 부모님과 우리 가족은 먹는 이야기로 그날의 대화를 마치고 잠자리에 들곤 했다.

즐거운 시간은 빨리 가는 법. 두 달 예정으로 온 부모님이 한국으로 돌아가는 날이 찾아왔다. 두 분은 우리 가족이 사는 모습을 보고 안타까워하면서도 만족스러워했다. 두 분이 걸어 나왔던 공항에서 우리는 다시 눈물을 흘리며 작별 인사를 했다.

♪ 콥스하버(Coffs Harbour) 바나나 농장 앞에서 부모님과 우리 네 식구

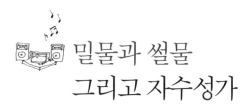

밀물과 썰물
그리고 자수성가

때로는 부업처럼 때로는 주업처럼 했던 중고차 판매는 한국인들을 상대하면서 사소한 오해가 발생하는 일이 잦아졌고, 나는 회의감이 들었다. 결국 판매 일을 접고 포장마차와 신문사 일에 전념하게 되었다.

서울올림픽이 개최됐던 1988년은 호주가 건국 200주년을 맞는 해이기도 했다. 시드니 곳곳에서 크고 작은 축제가 한 달에 서너 번 꼴로 열렸다. 그 무렵 조용하던 부동산 시장이 꿈틀거리면서 집값이 치솟기 시작했다. 지역에 따라 약간의 편차가 있었으나 10만 달러 하던 방 두 개짜리 유닛은 15만 달러로, 20만 달러 하던 집은 30만 달러로, 노스(North) 지역에 50만 달러를 호가하던 집들은 70만 달러, 80만 달러로 뛰어올랐다. 당연히 집세도 같이 뛰어 우리가 사는 방 두 개짜리 아파트의 렌트비도 주 130달러에서 180달러로 뛰었다. 그때까지 집 문제에 대해 신경을 쓰지도 않았으며 내 집을 산다는 꿈은 꿀 수도 없었던 나는 슬슬 내 집의 중요성을 깨

닫기 시작했다.

한편 연말이 다 되어도 사면령이 떨어지지 않자 영주권 취득을 기대하고 있던 많은 임시 체류자들이 하나둘 한국으로 돌아가기 시작했다. 포장마차의 손님들도 눈에 띄게 줄어들고 있었다. 호주 공장 근로자의 평균 임금이 세금을 제하고 여자는 주 280달러, 남자는 340달러 정도 하던 시절, 안될 때는 주 2,000달러 잘되면 주 3,000달러를 손에 쥘 수 있었던 매상이 주 1,500달러 정도로 뚝 떨어졌다.

귀국을 결심한 성종이 포장마차를 인수하고 싶다는 자신의 친구 조민호를 소개했다. 아내와 의논 끝에 약간의 권리금을 붙여 포장마차를 그에게 양도했다. 나에게 1,000달러의 수고비를 받은 성종은 마지막으로 공항에서 케이스도 없는 기타로 PPM의 「Leaving On a Jet Plane」을 장렬하게 한 곡 뽑고 나서 한국으로 떠났다.

송주옥은 계속 남아 택시 운전면허를 취득했다. 택시를 몰다가 그의 아내가 한국에서 날아오자 택시 일을 그만두고 노스 지역 부자 동네의 가정집 청소 일을 했다. 그러던 중 호주에서도 아주 유명한 건축가의 집을 청소하게 되었는데, 얼마 되지 않아 그 건축가의 눈에 들어 그의 보증으로 영주권을 취득했다. 그 후 그는 계속 그 건축가가 소유한 대형 빌딩의 청소용역을 무상으로 따내는 등 승승장구하며 시드니에 성공적으로 정착했다.

시드니 대학교 농과대를 마친 장인호도 유학 생활을 접고 한국으로 돌아갔다. 포장마차를 하며 알게 된 수많은 젊은이들도 하나둘 시드니 바닥에서 보이지 않기 시작했다. 아무도 없는 곳에 홀로 남겨진 것마냥 허전한 마음이 들었다. 영남 형을 필두로 지난 2년간 한 명 두 명 서울에서 날아와

서로 웃고 떠들며 술잔을 나누었던 사람들이 썰물처럼 빠져나가 버렸다. 시드니의 차가운 밤공기가 시리게 가슴을 파고들었다.

성종을 보내고 마음이 허전해 곧장 포장마차로 향하지 못했다. 떠난 이들의 흔적을 찾으려는 듯 비미시 스트리트(Beamish Street)의 이곳저곳을 걸었다. 새로 생긴 한국 인쇄소를 지나 시드니 최초로 음식 배달을 시작한 서울 중국집 앞으로도 걸어가 보고 봄, 여름, 가을이면 교포 어르신들이 나와 장기나 바둑을 두는 시계탑 옆 정자도 잠시 동안 물끄러미 바라보았다.

문득 가던 걸음을 멈추고 불과 9개월 전 성종, 인호 등과 함께 무대에 올라 기타를 치며 노래했던 오리온센터 앞에 멈춰 섰다. 유리창을 통해 안이 훤히 들여다보이는 극장 안은 썰렁했다. 그 자리에 서서 담배 두 대를 피운 후 몸을 돌려 비미시 스트리트를 다시 거슬러 올라가 포장마차로 걸어 들어갔다. 모든 것이 전과 같지 않았다. 이런 기분을 계속 지속할 수는 없었다. '그래 그들은 일시적 방문객이었을 뿐이고 나는 이민자 아닌가?' '그까짓 음악이 뭐라고……. 야, 정신 차려라, 병집아!'

문득 크든 작든 일단 집부터 하나 있어야겠다는 생각을 했다. 지난 2년간 모은 6만 달러와 계를 들어 탄 3만 달러를 합친 후 은행에서 7만 달러 융자를 얻었다. 그리고 시드니 서부 지역의 기라윈(Girraween)이라는 동네에 방 네 개짜리 아담한 갈색 벽돌집을 샀다. 우리 가족은 애시필드 유닛을 떠나 그곳으로 이사했다. 아내는 물론 두 딸아이도 무척 좋아했다. 가슴이 너무 뿌듯해 터질 것만 같았다. 한국에서는 허구한 날 문제아였고 하는 일마다 실패해 적지 않은 돈을 까먹었던 내가 난생처음 내 힘으로 집을 사고 가족들과 함께 내 소유의 집으로 이사를 마쳤기 때문이었다.

부모님께 전화를 걸어 자랑했다. 아이들은 기라윈 초등학교로 전학을 시켰다. 나는 1970년대 중반 일찍이 시드니에 와 전기 기술자, 무역 회사, 용접업체를 운영하며 성공적으로 정착한 육촌 문집, 정집, 승집 형님들의 가족을 집으로 초대했다. 큰누나 가족들도 함께 초대해 파티 겸 조촐한 집들이를 했다. 아내는 음식 솜씨를 뽐내 맛있는 음식들을 내놓았다. 행복한 순간이었다.

☆ 16년 차이

집은 장만했으나 자동차 파는 일도 그만두고 포장마차도 남에게 넘긴 나와 아내는 생계 걱정을 해야 했다. 그때까지도 나는 파트타임으로 매형의 신문사 일을 돕고 있었다. 그러나 250달러 주급으로는 생활이 되지 않았다. 아내는 집에서 차로 10분 거리에 있는 외국인 햄버거 가게에 취직했다. 그러나 나는 몇 번이나 직업안내센터에 가 면담했지만 연락이 오지 않았다.

그 무렵 큰아들이 제힘으로 장만했다는 집이 보고 싶었는지 부모님이 다시 호주에 방문했다. 아버지는 차에서 내리자마자 집 주위를 둘러보며 외관을 살폈다. 그리고 또 한참 동안 이 방 저 방 다니며 내부를 둘러보았다.

"거 아주 시원하구만. 잘 샀다."

아버지는 다른 집에 비해 유난히 큰 거실을 마음에 들어하는 듯했다.

그날 저녁 식사 후 아버지는 가지고 온 짐을 풀면서 우리 내외를 불렀다. 어머니가 핸드백에서 흰 봉투 하나를 꺼냈다. 봉투를 건네받은 아버지는 "내일 당장 은행에 가서 융자 얻은 거 다 갚으라우" 하며 우리 내외 앞으로 그것을 내밀었다. 한동안 우리는 말을 잇지 못하고 "아버님……" 소리만 내며 고개를 숙이고 있었다. 1989년 2월의 일이었다.

오랜만에 부모님을 모시고 여섯 식구가 모두 한 차에 올라타 타리(Taree)와 콥스하버를 거쳐 골드코스트(Gold Coast), 브리스베인(Brisbane)까지 즐거운 3박 4일간의 가족 여행을 다녀왔다.

돌아오니 한국의 한 레코드 회사로부터 연락이 왔다. 세상이 좋아져 나의 LP을 만들고 싶다는 것이었다. 나는 아내에게 녹음이 끝나면 곧 돌아올 테니 부모님과 아이들을 잘 부탁한다는 말을 남기고 간단하게 짐을 꾸려 한국행 비행기에 올라탔다.

김포공항에 다시 돌아오니 감개무량했다. 역촌동 예음사 김성봉 부장 일행의 환대를 받고 음반사 사장과 짧은 인사를 나눈 후 김 부장과 본론에 들어갔다. 얼마간의 돈-그것이 1,000만 원이었는지 2,000만 원이었는지 기억이 가물가물하다-을 받기로 하고 4집과 5집 앨범을 함께 만들었다. 그러나 재기의 발판이 될 것이라 믿고 나름대로 애정을 쏟아가며 직접 작사·작곡한 4집 〈긴 세월이 지나고〉는 별 반응이 없었다. 오히려 장인호와 기타 단 두 대로 녹음한 5집 〈부르고 싶었던 노래들〉이 그런대로 좀 팔려나갔다.

그해 여름 성종의 후배 윤식의 자취방에 머무르고 있던 나에게 성원이 친구 한 명을 데리고 놀러 왔다. 서로 반갑게 악수를 나눈 뒤 성원은 "형, 내 친구 용덕이야" 하며 그를 소개했다. 내가 시드니에서 겪은 얘기들을 한참 재미있게 듣고 있던 성원이가 "형, 얘 노래 한번 들어볼래?" 하면서 용덕에게 노래를 부르게 했다. 잠시 겸연쩍어하던 그는 방 한구석에 놓아두었던 내 기타를 잡고 노래를 시작했다.

"어릴 때 배웠던 어른들 얘기 남보다 잘하거라. 친구와 놀 때도 공부할 때도 언제나 경쟁했지. 경쟁은 서로의 사랑을 빼앗고 길들여진 내 마음과 몸 자유를 몰랐었지……."

멜로디도 달콤했고 가사도 귀에 쏙쏙 들어왔다. 한 곡 끝나고 성원 형제와 윤식, 그리고 나는 진심 어린 박수갈채를 보냈다. 그가 다시 한 곡을 더 불렀다. 노래는 물론이고 기타 치는 솜씨가 예사롭지 않았다.

악수를 청했다.

"어이, 용덕 씨, 나랑 판 한번 내볼래요?"

"저야 좋죠."

그가 고개를 꾸벅 숙였다.

옆에 있던 성원이 "형, 하지 마, 얘 거 해봐야 망해" 하면서 반대를 했다. 그러자 용덕이 "제 동생 놈도 기타를 잘 치는데 같이 듀엣으로 하면 안 될까요? 조만간 한번 저희 집에 놀러오세요"라고 말해 그날은 그 정도로 이야기가 마무리되었다.

용덕의 연락을 받고 흑석동에 있는 그의 집으로 찾아갔다. 두 형제의 노래와 연주를 들은 뒤 며칠 뒤 500만 원의 금액으로 계약했다. 그리고 일정을 잡아 안양에 있는 태광녹음실에서 녹음을 완료했다.

수록곡 중 일곱 곡의 편곡은 조동익이 담당했고 세 곡은 임인권이 했다. 용덕과 듀엣 이름을 놓고 고민하던 중 그가 '자기와 막내인 용수의 나이 차이가 열여섯 살이나 되니 팀 이름을 '16년 차이'로 하면 어떻겠냐'는 아이디어를 내 군말 없이 따랐다. 그리고 한 달 뒤 서라벌레코드사에서 드디어 '16년 차이' 1집이 출반되었다. 최성원이 음악 감독을 하고 내가 제작한 이들의 첫 앨범이다.

16년 차이, 확실히 지금은 어디서나 쉽게 찾을 수 있는 앨범은 아닐 것이다. 포크와 재즈를 적절히 버무린 맛깔스러운 음악은 겨울에 참 잘 어울리는 듯했다. 그들의 노래 가운데 앨범 타이틀이기도 한 「사랑과 자유에도」의 가사는 이렇다.

어릴 때 배웠던 어른들 얘기 남보다 잘하거라
친구와 놀 때도 공부할 때도 언제나 경쟁했지
경쟁은 서로의 사랑을 빼앗고 길들여진 내 마음과 몸
자유를 몰랐었지 기쁨은 일등만 갖는 건 아닐 걸
사랑과 자유에도

크면서 보았던 세상 얘기 남보다 많아야지
친구들 모여서 술을 마셔도 내가 더 잘 마시지
세상은 아름답고 사는 건 축복인데 끝없이 서로 경쟁하여
이겨도 좋겠지만 기쁨은 일등만 갖는 건 아닐 걸
사랑과 자유에도

요즘 돌아가는 우리나라를 보면 참 꿈만 같은 가사지만, 그래도 나누어

서 행복하고 자유로운 날들이 얼마 지나 다시 돌아올 것이라 믿으며 지금도 가끔 이 노래를 듣곤 한다.

16년 차이의 앨범은 홍보 앨범을 라디오 방송국마다 돌린 지 얼마 되지 않아 반응이 일기 시작했다. 특히 KBS 라디오 제작2부의 경우는 폭발적이었다. 교회 선배이던 김정태 차장 및 김연근 PD 등이 진행하던 음악 프로그램에서 거의 연일 전파를 탔다. 그러자 라디오 출연 섭외는 물론 텔레비전에서도 출연 요청이 들어왔다. 서라벌 레코드사 홍현표 사장도 크게 고무되어 3,000만 원의 홍보비를 지원해주었다. 모든 게 이대로라면 당장이라도 내 인생이 바뀔 것만 같았다.

호사다마라 했던가. 어느 날 용덕의 집에서 홍보 방법을 의논하던 중 용덕의 작은 말실수(사실은 실수가 아닌, 성종의 오해였음) 하나로 용덕과 성종 사이에 감정싸움이 발생했다. 16년 차이의 매니저 일을 보고 있던 성종은 "이 일을 그만두겠다"고 일방적으로 선언하고 떠났다. 할 수 없이 내가 대신 맡아 진행했지만 지속적인 방송국 홍보 대신 콘서트를 선택하는 바람에 16년 차이의 앨범 판매는 카세트를 포함해 7만 장 선에서 그치고 말았다. 지금 다시 생각해봐도 참으로 애석한 일이다.

그 사이 부모님은 내가 없는 기라원에서 1년 정도 머물다가 내가 좀처럼 돌아오지 않자 다시 짐을 꾸려 한국으로 돌아왔다. 한편 나는 서울에서의 미완성 쿠데타에 만족 아닌 만족을 하며 서울을 다시 찾은 지 3년 만인 1991년 여름 시드니로 돌아갔다.

청소를 해보니

기라원에 돌아와 보니 그새 아이들은 부쩍 키가 커 있었고, 아내는 제약회사에서 포장 일을 하고 있었다. 남편의 금의환향을 꿈꾸었을 아내는 말없이 나를 맞아주었다. 두 딸도 여전히 밝은 웃음으로 아빠를 맞이해주었다. 그러나 호주 돈 몇 천 달러만 손에 쥐고 돌아간 내 마음은 그리 즐겁지 않았다. 그래도 가족은 가족, 오랜만의 상봉에 집안 가득 웃음꽃이 피었다.

마땅한 일자리를 찾지 못하고 있던 나는 아내나 아이들이 돌아올 때까지 집에서 무료하게 시간을 보내는 경우가 많았다. 그러던 어느 날 무엇이라도 해야겠다는 절박함으로 생활정보지를 뒤적였다. 개인 광고란에 '청소 매매, 주 900달러 매매가 7,000달러'라고 적힌 광고를 보았다.

공장 일을 마치고 돌아온 아내에게 "당신 공장 때려치우고 우리 이거 같이 하자. 공장은 기껏해야 320달러 받아오는데 그걸로는 우리 생활이 안

되잖아" 하며 설득 반 강요 반으로 얘기했다. 아내도 잠시 생각하더니 "그럼 그렇게 하겠다"고 동의했다.

청소 일이 시작되었다. 아내와 나는 우리에게 청소 일을 넘긴 박형철 부부의 뒤를 며칠 동안 따라다니며 노스 지역에 있는 집들을 대상으로 신병 교육 받듯이 일을 배웠다. 태어나서 처음으로 생맥주통 비슷하게 생긴 진공청소기를 등에 지고 양탄자를 청소하거나 거미줄 걷어주는 일을 했다. 아내 역시 생전 처음 남의 집 싱크대를 닦고 샤워실의 기름때를 지우고 변기와 세면대 닦는 일을 했다. 라이드(Ride), 레인코브(Lane Cove), 세인트 아이비스(Saint Ives), 뉴트럴 베이(Neutral Bay), 모스만(Mosman), 프렌치 포레스트(French Forest), 어떤 요일에는 발골라(Balgowlah)까지. 이렇게 우리는 집에서 아침 8시에 출발해 노스 지역의 부자 동네를 돌며 남의 집을 깨끗이 해주는 직업에 종사하게 된 것이다.

젊은 부부가 사는 25달러 작은 아파트에서 70달러가 넘는 대형 주택까지, 상냥하고 친절한 여주인도 있었고 무척 깐깐한 주인도 있었다. 원래 고도 근시로 태어난 나는 콘텍트렌즈를 끼고 일을 했는데, 그래도 교정시력이 0.7 정도밖에 안 되었다. 그런 눈으로 진공청소기로 청소를 하다보니 고양이 털이나 개털처럼 뭉쳐 있는 먼지들을 못 보기 일쑤였다. 또 오래된 주택의 높은 천장에 걸려 있는 거미줄도 잘 보이지 않아 지나치기 일쑤였다. 처음 얼마 동안은 웃어넘기기도 하고 참아주던 집주인들이 슬슬 내게 불만을 표시해왔다. 차분한 성격에 시력도 좋은 아내는 문제가 없었지만 애초 그 일을 하자고 제안한 내가 문제였던 것이다. 더욱이 난생처음 육체 노동을 하게 된 나로서는 시간이 갈수록 점점 더 무거워지는 청소통이 힘

겨웠다. 한두 곳씩 떨어져 나가는 집들 때문에 수입이 줄어들자 청소업에 대한 회의와 자괴감이 들기 시작했다.

　어느 비 오던 날, 청소를 마치고 집으로 돌아가는 길에 바퀴가 미끄러지며 차가 두 바퀴 돌아 보도블록에 부딪히는 대형사고가 발생했다. 다행히 몸에 큰 상처는 없었으나, 차는 폐차 처리되고 우리 부부는 목에 가벼운 골절상을 입었다. 불현듯 돈 몇 푼 벌려다 낯선 남의 나라 땅에서 애들 놔두고 저세상으로 가겠다는 생각이 들었다. 얼마 후 생활정보지에 광고를 내고 다른 사람에게 청소업을 팔았다. 건축가의 집을 청소한 이래 호주에 성공적으로 정착한 송주옥에게는 청소가 행운의 열쇠였는지 몰라도 내게는 악몽의 티켓이었다.

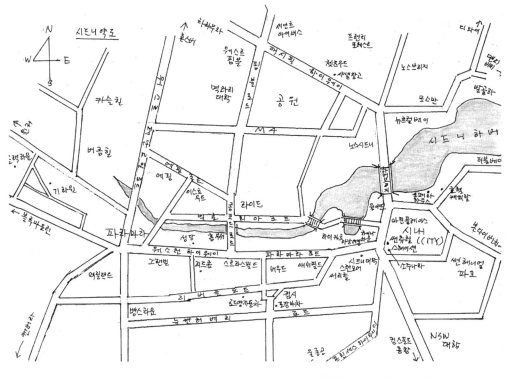

청소를 해보니_시드니 지도 ©양병집

〈양병집 1993〉

송충이는 솔잎을 먹어야 된다고 했던가. 청소를 하며 육체노동의 고달 픔을 경험한 나는 〈16년 차이〉 앨범으로 한국에서 만져봤던 말랑말랑한 돈뭉치를 다시 그리워하게 되었다. 또다시 아내의 동의와 협조가 필요하 다는 생각이 들었다. 내가 어떤 일을 하겠다고 우기면 처음에는 강력하게 반대하다가도 결국은 내 말을 따라주는 아내에게 조르기 시작했다.

"집을 팔자. 난 이제 더 이상 호주에서 노동을 하며 살고 싶지 않다. 당 신도 알지 않느냐. 내가 노동에 어울리는 사람이냐? 정말 이번엔 자신 있 다. 곡도 좋은 게 몇 개 있으니 여기서 녹음해 다시 한 번 도전해보고 싶 다."

내 말을 들은 아내는 "그래요. 돈을 떠나서 당신이 그 판으로 한국에서 자리를 잡을 수만 있다면 나는 더 이상 바라는 게 없어요"라고 말하며 승 낙했다. 결국 아내는 집 판 돈에서 2만 달러를 내 손에 쥐어주었다.

호주 음악인들이 즐겨 보는 무료 신문을 뒤졌다. 그리고 녹음 비용이 비싸지 않으면서도 그럴싸한 문구가 적혀 있는 아트레이지 스튜디오(Artrage Studio)의 광고를 스크랩해 찾아갔다. 그곳은 아난데일(Annandale) 뒷골목에 자리 잡고 있었다. 지은 지 50년은 족히 넘어 보이는, 곡물 창고 아니면 식육 창고로 쓰였던 것 같은 검붉은 벽돌의 2층 건물이었다.

황갈색 긴 머리를 하나로 묶은, 왠지 좀 꺼림칙해 보이는 한 사내가 문을 열었다.

"Good day, mate! what can I help ya?"

다소 무례하게 물어왔다. 나도 영어로 '신문에 난 너희 광고를 보고 여기서 녹음 좀 해볼까 싶어 왔다'고 했다. 그제야 그는 부드럽고 친절한 태도로 바뀌어 문을 활짝 열고 안으로 들어오라고 했다. 뭔가 좀 꺼림칙했지만 일단 갔던 걸음이라 안으로 들어섰다. 실내엔 퀴퀴한 냄새가 진동했다. 옛날에 음악 감상실 내쉬빌에서 맡았던 것 같은 냄새였는데, 인도 사람들이 잘 피우는 향 냄새였다. 순간 '얘들도 대마초를 피우는구나' 하는 생각이 들었다. 그러나 아무렇지 않은 듯 그의 안내에 따라 녹음실로 들어섰다.

한국의 녹음실들처럼 세련되지는 않았지만 비교적 시설이 잘 갖추어져 있었다. 암팩스(Ampex) 24트랙 녹음기에 타스캄 콘솔(TASCAM console), 그리고 야마하와 JBL 스피커가 보였다. 아웃보드 기어(outboard gear)는 별로 없었으나 자신의 이름을 이언 체임버(Ian Chamber)라고 밝힌, 나와 상담한 녹음 기사의 말과 태도에 왠지 믿음이 갔다. 리틀 리버 밴드(Little River Band)에서 잠시 키보드 연주자로 활동했던 샘 맥넬리(Sam Mcnally)가 2,000달러에 편곡을 맡아주었고, 왕년에 시드니에서 날리던 1, 2급 연주자들이 세션맨으로 참가했다.

녹음이 끝나고 마스터 CD를 곧바로 서울의 서라벌 레코드사로 발송했다. 그리고 홍 사장과 통화했다. CD가 나올 때쯤 나에게 전화를 해달라, 그러면 그때 들어가겠다고 했다.

앨범 재킷에 들어갈 사진이 필요했다. 기왕이면 내 모습과 함께 호주의 자연을 잘 표현해주는 것이었으면 했다. 롤라이(Rollei) 카메라와 기타를 차에 싣고 아내와 함께 캔버라 쪽으로 향했다. 1년 전 아이들을 데리고 떠났던 캔버라 여행길의 드넓은 평원과 목장이 생각났기 때문이었다. 두 시간쯤 달려 그곳에 도착한 나는 허름하게 세워진 울타리에 걸터앉아 기타를 치는 척하며 그 장면을 카메라에 담으라고 아내에게 부탁했다. 그것으로 〈양병집 1993〉 앨범의 준비는 완료되었다.

2년 만에 서울로 돌아와 보니 서라벌 레코드사의 사세가 많이 기울어 있었다. 패기발랄하고 언제나 자신감에 차 있던 홍 사장의 모습은 어디에도 없었다. 그는 초췌한 얼굴로 나를 맞이했다. 그래도 CD는 나왔다. 〈양병집 1993〉. 그에게나 나에게나 마지막 배팅이었다. 나는 체면 불고하고 직접 발로 뛰며 이 방송국 저 방송국에 CD를 뿌렸다. 그러나 반응은 냉담했다. 단지 최명길이 진행했던 MBC 텔레비전의 〈음악이 흐르는 곳에〉서만 출연 섭외가 들어왔을 뿐이다. 나는 그 프로에 출연해 이정선이 리드하는 언플러그드(unplugged) 밴드의 반주에 맞춰 「오늘 같은 날」과 「에고와 로고스」를 불렀다. 그날 노래를 잘 불렀음에도 불구하고 몇몇 라디오 프로그램을 제외한 다른 어느 방송국에서도 출연 섭외 요청이 없었다. 홍 사장은 나를 불러 그동안 내가 그에게 돈을 빌려 기획한 음반들에 대한 포기 각서에 서명할 것을 요구했다. 나는 나의 〈양병집 1993〉 앨범 및 〈16년 차이〉, 〈테트라 샘플러(Tetra Sampler)〉, 임인건 1집 〈비단 구두〉의 출판권을 포기했다. 그래도 여전히 호주로 돌아가고 싶지 않았다.

내 아버지 양제을 ☆

아버지가 돌아가셨다. 1916년 평안남도 미림에서 4형제 중 막내로 태어나 일찍 부모님을 잃고 의붓어머니 밑에서 자란 분. 학업을 중학교까지만 마치고 일찍이 장사에 뛰어들어 자수성가한 분. 스물두 살에 열아홉 살이던 어머니와 결혼해 7남매를 키운 분. 자식 모두 대학을 졸업할 때까지 등록금을 대주고 그들이 시집, 장가 간 후에도 여러 가지로 생활 뒷바라지를 해준 분.

같은 자식들 중에서도 나에 대한 아버지의 사랑은 남달랐다. 내가 초등학교에 들어가기 전부터 아버지는 나를 데리고 다니는 것을 좋아했다. 신촌의 큰할아버지 작은할아버지들, 마포의 큰아버지, 홍석사 큰아버지, 심지어는 당신의 친구분들을 만날 때도 나를 데리고 갔다. 내가 초등학교에 입학하고 아버지의 사업이 바빠진 때를 같이하여 그 일은 어머니 차지가 되었지만.

내가 4학년 때 기차를 잘못 타 평택의 서정리까지 가서 파출소 안에서 울고 있을 때도 서울에서 택시를 전세 내어 나를 찾으러 와주었고, 경복중학교에 떨어지고 중앙중학교에 입학했을 당시 나를 데리고 중앙고보의 설립자 김성수 씨 동상 앞에서 중앙중고등학교의 우수성을 말해주며 나를 위로했다. 그뿐이랴. 내가 대학을 중퇴하자 내게 사업을 가르쳐주겠다며 때로는 친구처럼, 때로는 인생 선배처럼 나를 데리고 다녔다. 아버지는 어머니처럼 사람을 웃기는 재주가 별로 없었지만 천성적으로 순진해서 때때로 엉뚱한 언행을 통해 상대방을 웃기곤 했다.

내가 초등학교 3학년생 때인 어느 여름날, 아버지는 나를 데리고 그 당시 합승택시를 전세 내 광나루에 간 적이 있다. 그곳에는 아버지의 친구 세 분이 강가에 배를 대고, 이미 한강에서 잡아 올린 잉어인지 붕어인지 모를 물고기와 매운탕 재료들을 도마 위에 올려놓고 다듬고 있었다. 아버지와 내가 택시에서 내려 그분들이 있는 쪽으로 가자 손을 흔들며 "어이, 제을이 어서 와"하며 우리 부자를 반겨주었다. 우리가 더 가까이 가자 한 분이 "마침 잘 왔어. 지금 막 저녁을 시작하려던 참이야"하며 아버지의 손을 잡고 배 위에 올라가 앉을 것을 권했다. 그곳에서 한 15분간 앉아 있던 아버지는 "그럼 난 이제 가보갔어. 잘들 놀구 오라우"하며 일어섰다.

친구들이 깜짝 놀라며 "와서 앉자마자 도루 가갔다니? 저녁이라두 먹구 가라우"하며 아버지의 양복 소맷자락을 잡고 만류했다. 그러자 아버지는 그 소맷자락을 뿌리치며 "택시두 기다리구 빨리 집에 가야 돼"하며 배 밖으로 뛰어나왔다. 그런데 그만 풍로 위에 올려놓은 밥솥을 걷어찼다. 아직 익지 않은 쌀알이 밥물과 함께 자갈밭 위로 와르르 쏟아져 흘렀다.

낮에 먹을 쌀과 저녁거리 쌀 두 끼 분만을 준비했던 그분들에게 그것은 마지막 쌀이었다. 나중에 아버지를 통해 들은 얘기로 그분들은 그날 밥 없이 물고기 살 몇 점과 매운탕 국물로 저녁을 대신했다고 한다.

채권 매입 계산하는 법, 어음 할인 계산법과 진위 여부 가리는 법, 은행 사람들 만났을 때 그들을 대하는 법, '나까마'(채권중간상)들에게 휘둘리지 않고 대납 가격을 흥정하는 법, 복식부기 적는 법 등 정말 많은 것을 하나하나 자상하게 가르쳐주었다. 그러다 내가 음악을 하겠다고 하자 가슴을 치며 "아! 그건 가난뱅이 되는 지름길인데……" 하면서도, 내 첫 리사이틀에 윤 사장과 함께 와주었던 분. 그분이 돌아가셨다.

장례식장인 청담동 성당에 화환들이 도착하기 시작했다. 그 속엔 범양건영 사장이 보낸 것도 있고 동방통상 이 회장이 보낸 것, 동양화학 사장이 보낸 것 등 아버지의 생전 친구분들이 보낸 것도 있었고, 이양화학 사장을 지낸 둘째 매부의 지인들이 보낸 것도 있었다. 특히 건설 회사를 경영하는 매제의 지인들이 보낸 것이 많았다. 내 남동생 경집이 근무하는 기아경제연구소에서 보낸 것도 있었다. 그런데 내가 아는 사람이 보낸 것은 화분에 담긴 작은 꽃다발 하나조차 없었다. 맏상제인 나로서는 조문객과 형제들에게 참으로 체면이 서지 않는 면구스러운 상황이었다.

그나마 다행이었던 것은 이중희, 윤희태, 신영균을 비롯한 몇몇 T.S.S. 친구 및 후배 들과 가수 조동진 선배와 개그맨 전유성 선배가 나의 조문객으로 문상을 와주었다는 것이다. 가수 최성원도 왔는데, 영정에 절을 드리러 올라올 때 보니 그는 가벼운 티셔츠와 짧은 면바지, 맨발에 샌들 차림이었다. 그래서 내가 속으로 생각했다. '야! 천재는 뭐가 달라도 다르구나.'

그의 그러한 행동을 탓하는 사람은 그 자리에 아무도 없었다. 도리어 내 옆에 앉아 있던 여동생이 "어머, 최성원도 왔네. 귀엽다" 하며 나의 귀에 대고 작게 속삭였다. 소리 없는 웃음과 함께.

♪ 어린 시절 아버지와 함께

1995년 피터 시한과
투탕카만

아버지 장례가 끝나고 호주로 다시 돌아갈 때가 되자 아내와 아이들이 내 눈치를 살폈다. 나 역시 망설이고 있었다. '서울에 있자니 별 볼 일 없고 호주로 돌아가자니 고생이 기다리고 있고…….' 그때 내 마음을 알아차린 남동생 경집이 작은 소리로 내게 말했다. "형, 아버지가 남긴 유산이 좀 있는데 정리하는 대로 내가 부쳐줄 테니 아무 걱정하지 말고 형수랑 애들 데리고 호주로 돌아가세요."

내가 어렸을 때, 방과 후 동네 아이들과 했던 놀이가 있다. '왔다리 갔다리'라고. 내 인생이 그 놀이처럼 되고 말았다. 나는 가족들과 함께 시드니로 돌아갔다. 아무것도 하고 싶지 않았다. 일도 하기 싫고 음악도 싫어졌다. 죽고 싶다는 생각도 들었다.

왔다리 갔다리 ⓒ양병집

사채업도 가수도 증권 매매도 음반 기획자도 신문사 기자도 자동차 파는 일도, 모두 머리를 써서 하는 일 아닌가. 심지어 식당을 운영할 때도 나는 주로 아이디어를 내고 실내 장치를 완성한 후 손님 접대나 하며 나중에 카운터에서 그날의 매상을 챙기는 일만 했다. 자료 구입 및 주방과 관계된 힘든 일들은 모두 아내 담당이었다.

'어디 힘들이지 않고 돈 벌 수 있는 일 좀 없을까?'

이 궁리 저 궁리를 했지만 좀처럼 아이디어가 떠오르지 않았다. 그러자 대마초를 한 대 피우면 좋은 아이디어가 떠오를지도 모르겠다는 생각이 머리를 스치고 지나갔다.

나는 재작년 〈양병집 1993〉을 녹음할 때 아트레이지 스튜디오를 드나들며 보아두었던 문신 가게를 생각해냈다. 그곳에서는 사람들에게 문신을 해주면서 단골에게만 비밀리에 대마초를 팔았다. 녹음실 보조를 통해 그곳에서 두 번 정도 대마초를 구입한 적이 있었다. 다짜고짜 그곳에 가서 그 녹음실 보조의 이름을 대고 50달러짜리 한 봉지를 구했다. 그리고 지나는 길에 아트레이지 스튜디오에 들렀다. 마침 어떤 이의 믹싱 작업을 하고 있던 이언이 나를 반갑게 맞아주었다. 스피커에서 나오는 음악 소리가 꽤 듣기 좋았다.

"이거 누구의 무슨 곡이야?"

이언은 자신의 뒤쪽에 서 있던, 징이 박힌 가죽 잠바를 입고 있는 사람을 가리키며 그에게 나를 소개했다.

"Hi, nice to meet you. My name is George Yang."

그에게 인사하자 그가 악수를 청하며 "Good to see you. I'm Peter, Peter Sheehan"이라며 자기를 소개했다. 내가 지금 나오는 곡들이 무엇이냐고 묻자 그는 자신이 쓴 뮤지컬 〈투탕카만(Tutankhamun)〉에 사용될 곡이라고 대답했다. 나는 계속 "투탕카만이 무엇이냐?"라고 물었다. "아니, 투탕카만을 모르느냐?" 그 후 10분에 걸쳐 그는 내게 이집트의 파라오 투탕카만에 대해 설명했다[투탕카만은 영국식 표기법이고 미국 사람들은 투탕카멘(Tutankhamen)이라 표기하고 발음한다. 영국의 문화를 선호하는 호주 사회에서는 투탕카만이 그들의 귀에 더 친숙한 단어이기 때문에 아일랜드계 유대인인 피터 시한은 투탕카만이라 부르는 걸 선호했다]. 그러면서 작곡 배경에 대한 설명도 해주었다.

뮤지컬의 내용은 잘 못 알아들었지만, 어떤 곡은 장엄하고 어떤 곡은 슬프면서도 감미로웠다. 한국에서 들었던 뮤지컬 〈캣츠(CATS)〉의 주제곡들보다 더 나은 것처럼 들렸는데, 전체적으로 록 오페라 〈지저스 크라이스트 수퍼스타(Jesus Christ Superstar)〉에 더 가까웠다. 그런 나의 느낌을 말하자 칭찬에 고무된 그는 지금까지 녹음을 진행해온 과정과 뮤지컬이 처한 상황 및 자신의 처지 등에 대해 한참 동안 이야기를 했다. 전부 알아듣진 못했으나 요지는 대충 이랬다. 어떠어떠한 가수가 남녀 주인공 역할의 노래를 불렀고, 이러저러한 연주자들이 녹음에 참여했는데, 무슨무슨 출판사(외국에서는 기획사보다 출판사의 영향력이 훨씬 큰 경우가 왕왕 있다)와 거래를 시도하는 중이나, 자신이 제시한 금액의 10분의 1밖에 주지 않는다고 해서 고민이라는 얘기.

나는 한참 외국의 뮤지컬을 한국에 들여와 대중들에게 알리는 작업을 하고 있던 삼성 계열사 제일기획이 떠올랐다. 그래서 피터에게 "혹시 이 걸 내가 한국 회사에 소개해보겠다고 한다면 나에게도 기회를 줄 수 있느냐?"고 물었다. 그는 "물론이다. 세계 어디라도 내 뮤지컬을 무대에 올릴 수만 있다면 나는 대만족이다"라고 화답했다.

피터는 나를 믿고 앨버트출판사(Albert publishing Co.)가 제시한 2만 달러를 거절했다. 그리고 그동안 그가 쓴 뮤지컬 대본과 음악이 들어 있는 데모테이프 5개, 간단히 요약한 설명 자료를 내게 넘겨주었다. 이 일이 잘돼서 수익이 생기면 그 수익은 7대 3으로 나누고, 훗날 인세가 들어오기 시작하면 나에게 10퍼센트를 주겠다는 약속도 했다.

서울의 몇몇 후배에게 연락해 제일기획의 전화번호를 알아낸 후 직접 전화를 걸었다. "시드니에 사는 양병집이란 사람입니다. 호주 작곡자가 쓴 〈투탕카만〉 뮤지컬의 공동개발자를 찾는 중인데 제일기획에 자료를 보낼 테니 검토를 부탁합니다." 담당자라는 사람은 내 말을 듣고 시큰둥한 반응을 보였다. 일단 보내보라고 회사 주소를 알려주었다. 피터에게서 받은 자료 중 대본과 설명자료 그리고 테이프 2개를 국제우편 서류봉투에 넣어 제일기획으로 발송했다.

그러나 두 달이 다 되도록 그들로부터 아무런 소식이 없었다. 그 사이 자신의 친구 집에 임시로 기거하며 나와 함께 한국으로부터 좋은 소식이 오길 기대하고 있던 피터가 '친구가 방을 비워달라고 하는데 나는 그냥 시드니에 있고 싶다. 가진 돈이 다 떨어졌으니 울런공(Wollongong) 부모님 집으로 들어가야 할지 어떻게 해야 할지 모르겠다'며 자신의 고민을 이야기해왔다. 그 말을 들은 나 역시 깊은 고민에 빠졌다. '어찌해야 하나. 이자에게 방을 하나 구해줘야 하나. 잘하면 뭔가 될 듯한 프로젝트인데. 이놈의 제일기획에서는 왜 아직도 연락이 없는 거야?'

나는 다시 한 번 아내를 어르고 달래 2만 달러를 타냈다. 그리고 피터와 함께 한국행 비행기에 올라탔다. 한국에 가서 제일기획 담당자들에게 직접 피터를 소개하고 뮤지컬 〈투탕카만〉의 우수성을 설명해볼 작정이었다. 막연히 전화를 기다릴 수만은 없었던 나는 그렇게 해서라도 빨리 해답을 얻고 싶었다.

서울에 도착해서 장안평에 있는 중급 호텔에 방을 잡고 곧바로 제일기획에 전화를 걸었다. 미팅 날 피터와 함께 제일기획으로 가자 그쪽에선 차장급 직원 한 명과 담당자 서 모 씨가 나왔다. 그들의 명함을 건네받은 후 피터와 내가 30분 넘게 〈투탕카만〉에 대해 침이 마르도록 설명했다. 그러나 그들은 그 프로젝트의 의미를 전혀 이해하지 못했다. 아니, 자세히 들으려고도 하지 않았다. 그러면서 '자신들은 외국에서 이미 검증된 뮤지컬들만 무대에 올리기 때문에 〈투탕카만〉도 외국에서 먼저 공연을 해보는 게 올바른 순서가 아니겠느냐'는 취지의 답변을 했다.

아무런 보장도 없이 다짜고짜 한국으로 날아와 프레젠테이션을 했던 나와 피터에게도 문제는 있었다. 그러나 '쥐라기 공원과 현대차의 비교경제론'을 이야기하며 문화 상품의 개발을 천명했던 삼성이 막상 원저작물(original work)을 들고 와 공동개발을 제안하니 손사래를 치며 뒤로 물러나앉는 태도를 보이다니. 나는 삼성 캐치프레이즈의 허구성을 발견하고 너무나 안타깝고 씁쓸했다. '내가 미쳤지, 이런 놈들을 믿고 이 비용을 써가며 여기까지 왔단 말인가?'

그 후로 같은 삼성 계열사인 나이세스(Nices)에도 접근을 시도했지만 어떤 담당자도 만나보지 못했다. 스필버그와 파트너십을 체결했다는 제일제당의 이미경 상무라도 만나보고 싶었지만 도무지 연줄이 닿지 않았다. 결국 나는 피터와 함께 호주로 돌아갔다. '열린 기업', '창조와 도전 정신'을 내세우는 기업들은 많지만 그러기 위해서는 그곳에서 일하는 직원들부터 기업 정신을 가지고 있어야 한다. 정말로 창조와 도전을 추구하는 기업이었다면 직원들의 태도부터 달랐을 것이다. 충분히 검토하고 가능성을 타진하는 존중과 의기, 꼭 대기업이 아니더라도 직원들이 이러한 기업 철학을 가지고 일한다면 훗날 그곳은 더 좋은 결실을 맺을 수 있을 것이다.

한참 뒤 T.S.S. 후배이면서 삼성 고위직에 있는 박주원에게 도움을 요청해보았지만 그의 전문 분야가 아닌 관계로 이 프로젝트의 개념을 잘 이해하지 못하는 것 같았다. 오히려 나만 이상한 선배가 되어버린 느낌이었다. 그 후 피터와 나는 호주에서 그 뮤지컬 프로젝트를 가지고 2년 정도 더 씨름했으나 결국 뜻을 이루지 못했다. 우리는 커다란 아쉬움을 가슴에 담은 채 헤어져야 했다.

피터 시한을 만나러 스튜디오 가는 길ⓒ양병집

시드니 사람들

시드니의 교포 대부분은 따뜻한 마음을 가지고 있다. 그도 그럴 것이 구 교포들은 1970년대 초중반에 이민을 갔기 때문에 당시 한국의 미풍양속이나 정서를 그대로 간직한 채 살아가고 있었다. 1980년대 후반부터 들어간 신 교포들조차도 기껏해야 인구 5만 명인 교포 사회에 살다 보면 자연적으로 소도시 거주자적인 습성이 생기게 되어 있다.

구 교포 중 한 명인 조진호 씨는 내 큰딸 윤정의 하버 필드(Harbour field) 초등학교 동창인 혜리의 아버지인데, 이민 초기 내가 식당을 하려고 실내 공사를 하다 돈이 떨어졌을 때 아무 조건 없이 5,000달러를 빌려 주었다. 그런가 하면 자신이 몸담고 있는 교회로 우리 가족을 인도하려 했으나 우리가 박광윤, 심영희 부부를 따라 다른 교회로 갔을 때도 싫은 내색 한 번 하지 않고 자신의 집에 우리 가족을 초대하는 등 변함없는 태도로 우리를 대해주었다.

시드니에 첫발을 내딛고 오갈 데 없이 어려움을 겪고 있을 때 우연히 만나 우리 가족을 도와준 심영희 부부, 나를 통해 새 차를 산 후 서로 마음이 맞아 영원한 중앙대학교 후배가 되어준 김중섭 부부, 유영이네, 태양이네, 또 나의 소중한 T.S.S. 후배 이치형, 안시인 부부(안타깝게도 이치형은 쉰 살이 되던 해 심장마비로 하늘나라로 갔다), 아내의 친구이자 언니인 목 아줌마, 채스우드(Chatswood) 아줌마 부부, 거기에다 나의 육촌 형님까지 모두 나와 내 가족이 어려움을 겪을 때 도와주고 격려해주던 분들이다.

북쪽 하늘로 해가 지나가고 사계절이 한국과 정반대인 남반구에서 사는 호주 교포들이지만, 고향을 그리는 귀소본능만큼은 다른 나라 사람들과 비교가 안 될 정도로 강한 것이 우리 민족의 특성인 것 같다. 호주에서는 추석을 봄에 맞는데도, 한복을 곱게 차려 입고 스트라스필드(Strath-field)나 캠시 또는 이스트우드 한인 상가 지역으로 쇼핑이나 외식을 하러 나오는 교민들이 심심치 않게 있다. 그런 그들을 볼 때 나도 모르게 슬며시 웃음이 나오기도 한다. 또 시드니의 경우 일 년에 한 번씩 '한인의 밤'이 열리고 공원 같은 곳에서 축제가 열리기도 하는데, 나도 두어 번 특별 출연 가수로 초청되어 노래를 부른 적이 있다. 그리고 미스코리아 호주 대표 선발 콘테스트 때는 심사위원을 한 적도 있다.

내가 시도한 모든 일들이 물거품이 되고 스트라스필드 아파트 거실에 앉아 우울한 나날을 보내고 있을 때, 작은딸 윤경의 친구인 영선의 아버지가 해병대 선배 박춘수 씨를 통해 나를 샤넬(CHANEL)에 취직시켜 주었다. 후에 영선의 아버지는 나와 친구 사이가 되었다. 한국에서 미군부대 군무원으로 근무한 적이 있다는 박춘수 씨는 작은 키에 말수가 적은, 그러나 매사를 꼼꼼하게 처리하는 분이었다. 그분과 나는 같은 물품 창고에서 근무했다. 그분은 주로 매니저를 도와 서류를 정리하는 일을 했고, 나는 호주 전국 샤넬스토어에서 들어오는 주문의 각 제품들을 다른 창고 직원들과 포장해서 내보내는 일을 했다. 새로운 경험이었다. 시드니에 도착한 뒤 처음으로 호주인들 속에 끼어 일하게 된 것이다. 비록 사무직은 아니었으나 노동의 강도도 그리 심하지 않았고, 근무 시간도 오전 8시 45분부터 오후 4시 30분까지로 출퇴근 역시 견딜 만했다. 주급도 450달러 정도로 그 당시 캐피탈(Capital) 호텔 한식 주방장이었던 아내의 주급 900달러의 반밖에 안 되었지만 그와 같은 직종치고는 만족할 만한 수준이었다.

한때 미국에서 유명했던 사회자 필 도나휴(Phil Donahue)처럼 생긴 마이클(Michael), 낮에는 샤넬에서 일하고 저녁에는 헤비메탈 그룹과 연습을 하며 희망찬 미래를 꿈꾸던 크레이그(Craig), 노스 지역의 부잣집에서 태어나 좋은 고등학교를 나왔으면서도 운동을 하는 바람에 인생의 향로가 바뀌었다는 존 브림슨(John Brimson), 영국에서 건너와 혼자 살고 있다는 테리(Terry), 나보다 늦게 샤넬에 들어왔고 아버지가 유산으로 손목시계 하나 남겨줬다는 크리스(Chris) 등 갖가지 인생 사연을 가진 친구들. 그리고 그들과 점심을 먹고 남은 시간에 했던 크리켓, 크리스마스 며칠 전 직원들의 사기 진작을 위해 시내의 한 고급 식당에서 사무직과 창고 직원 모두가 참여했던 파티. 내가 시드니에서 보낸 세월 중 가장 의미 있는 2년이었다. 그러나 그곳에서 30년을 근속한 모리스(Morris)의 송별식에서 회사는 은도금으로 된 머그잔 하나를 주었고, 그것을 본 나는 그곳에서 계속 근무해야 하는지 회의가 들었다. 더구나 대학에 들어간 큰딸 윤정이 남자친구와 데이트를 하다가 나와 우연히 마주쳤을 때, 그 애의 아버지가 그곳에 투자 이민 온 부잣집 아들이란 얘기를 들었고, 상대적으로 초라한 나의 모습에 고민하던 나는 결국 사표를 내고 말았다.

거리의 악사 ✩

샤넬을 그만두면서 가게 수입에 적신호가 켜지기 시작했다. 생각 없이 실행한 데 대한 당연한 결과였다. 나는 기타를 메고 거리로 나섰다.

시드니에서는 사람들의 왕래가 잦은 곳이면 어디서나 거리의 악사들을 만날 기회가 많다. 특히 조지 스트리트(George St.)와 서리힐(Surryhills) 사이에 있는 센트럴 역 지하 터널, 마틴 플레이스 아케이드(Martin Place Arcade) 옆 공터, 본다이정선 역 계단 위쪽의 출구, 킹스크로스(Kings Cross)의 웨스트팩(Westpac) 은행 앞 코너 등이 그들의 주 무대이다. 시에서 어느 정도 합법적으로 길거리 공연을 인정하다보니 심한 경우엔 대형 피아노를 갖고 나와 연주하는 이도 있었다. 나도 생계형 거리의 악사 대열에 합류했다. 매일매일 자리를 옮겨가며 노래를 불렀다. 아내는 이런 노래 구걸에 아주 질색했다. 행여 아이 친구들이 지나가다 보기라도 하면 어쩌냐는 것이었다. 그러나 가장 잘할 수 있는 것이 음악뿐인 나로서는 어쩔 수 없었다.

행인들이 노래를 듣고 던져주는 돈은 10센트, 20센트로 시작해 대부분이 1달러, 2달러짜리 동전들이었다. 가끔 10달러짜리 지폐를 내려놓고 가는 사람도 있었다. 또 흔한 경우는 아니지만 엄지를 치켜세우며 20달러짜리 지폐를 주고 가는 사람도 있었다. 저녁이 되면 그렇게 모인 돈이 적을 때는 50달러 정도, 많을 때는 100달러에 육박할 때도 있었다. 일주일에 평균 400달러 정도를 벌었다. 대부분을 용돈으로 쓰고 가끔 아이들 교통비로 주기도 했다.

어느 하루는 집에서 늦게 출발했다. 그런데 내가 노래하던 자리에 중국인 할아버지가 앉아 양금을 켜고 있었다. 하는 수 없이 발걸음을 돌려 다시 지하철을 타고 본다이정선으로 갔다. 그곳에서 젊은 호주 아이가 닐 영(Neil Young)의 노래들을 부르고 있었다. 나는 또다시 그곳을 떠나 혹시나 하는 마음으로 오페라하우스 가는 길목에 위치한 서큘러 키(Circular Quay) 역에서 내려 연안 부두 쪽으로 걸어 나갔다. 어디선가 전기기타 소리가 들렸다. 소리가 나는 쪽으로 고개를 돌리니 20명가량 되어 보이는 적지 않은 사람들이 뺑 둘러 서 있는 것이 보였다. 운집한 사람들 틈에 끼어 어깨너머로 누가 있는지 들여다보았다. 백인 한 명은 하얀색 전기기타로, 그리고 흑인으로 보이는 또 다른 한 명은 갈색과 노란색이 섞여 있는, 이른바 선버스트 베이스(Sunburst Base) 기타로 산타나(Santana)의 음악을 연주하고 있었다.

그런데 백인의 얼굴이 낯이 익었다. 한참을 생각해보니 회색 곱슬머리에 움푹 들어간 눈, 매부리코까지……. 그냥 비슷하게 생긴 게 아니라 머

거리의 악사 ©양병집

리 색깔만 같으면 영락없는 밥 딜런이었다. 별 볼 일 없는 자리에서 열린 작은 연주회였지만 충분히 감동적이었다. 연주가 끝나고 그들 앞에 놓인 돈 통에 20달러짜리 지폐를 넣었다. 거리의 악사를 해서 번 돈이었다. 진심으로 행복한 시간을 선사해준 그들에게 감사했다.

거리의 악사로서 내가 그들에게 감동을 받았듯이 나 또한 여러 차례 감동적인 순간이 있었다. 시드니 대학교 음대에서 피아노를 전공하고 있던 유대계 마이클의 경우, 내 노래를 몇 곡 듣더니 가던 걸음을 멈추고 휴대용 전자오르간을 꺼내 내 옆에서 합주를 시작했다. 그리고 잠시 뒤 레바논계 청년인 샤(Sha)도 자신의 퍼커션(percussion)을 들고 우리 옆에서 리듬을 치기 시작했다. 그러자 근처에 있던 사람들이 모여들었다. 우리의 합주에 열광하며 여기저기서 돈이 쏟아져 들어왔다. 40분 정도에 걸친 우리 셋의 연주가 끝나자 기타 케이스에는 200달러가 넘는 돈이 쌓여 있었다. 그날 공연 이후 샤는 다시 만나지 못했지만, 마이클은 센트럴 역 터널에서 두세 번 정도 더 만났다. 나이를 떠나 우리는 한동안 친구처럼 친하게 지냈다.

본다이정션 역에서 노래했을 때의 일이다. 일흔이 넘어 보이는 할아버지가 한 손에 검정색 가방을 들고 다른 한 손으로 지팡이를 짚은 채 계단을 올라왔다. 그리고 내 노래를 듣더니 가방을 바닥에 내려놓고는 주섬주섬 조그만 지갑을 꺼내 2달러짜리 동전 5개를 집어 살며시 내 앞에 쌓아놓은 후 다시 가방을 들고 아무 말 없이 간 일이 있었다. 단순히 돈 문제가 아니라 그들의 그러한 태도는 길거리에서 노래하고 있던 나에게 상당한 용기와 감동을 주었다.

소주나라 집 딸들

집세를 내러 가자 복덕방 직원이 나에게 집을 비워달라고 했다. 주인이 들어와 살게 됐다는 것이다. 나는 아내에게 블랙타운(Blacktown)의 우리 집으로 들어가자고 했다. 몇 년만 참고 기다리면 큰돈이 될 것이라고 설득도 하고 종용도 했다. 그러나 아내는 시내에 있는 아이들 학교 다니기에 너무 멀다는 점, 치안이 불안하다는 점 등의 이유로 고집을 꺾지 않았다. 결국 극심한 반대에 부딪혀 나는 블랙타운 집을 팔고 그랜빌(Granville)에 있는 집을 샀다. 집에 대한 의견 차이로 부부 싸움이 잦아지면서 아내와 나 사이는 자연스레 멀어져갔다. 그랜빌 집을 사면서 소유자를 아내로 하는 대신 나는 현금 6만 5,000달러를 가지고 재산을 둘이 양분했다.

그 돈으로 나는 뉴사우스웨일스 대학교와 시드니 대학교, 그리고 어학연수 온 유학생들이 쉽게 올 수 있는 센트럴 역 앞에 라이브 카페 네오(Neo)를 열었다. 가게 이름은 내부 장식을 맡았던 실내 장식가가 지어주었다. 다시 한 번 재기의 꿈을 꿨다. 실내 장치 공사 기간에 주류 판매 면허 (liquor license)를 취득하기 위해 근처 학원에 다녔다. 그리고 무사히 면허를 취득했다. 나름대로 사업계획을 꼼꼼하게 세운 뒤 한국음식 요리에 능한 연변 출신 아주머니를 주방장으로 고용했다. 상냥한 유학생 두 명을 웨이트리스로 뽑아 개업을 했다.

기대 반 우려 반으로 카페를 열었지만 경과는 좋지 않았다. 당시 IMF 사태의 여파는 시드니까지 미쳤는데, 기대했던 유학생들의 발길이 뚝 끊기면서 하루에 다섯 테이블 정도 손님을 받는 것이 전부였다.

언젠가 하루는 호주 남자 세 명이 들어와 식사와 맥주 세 병을 주문했다. 너무나 반가운 마음에 온갖 아양을 떨어가며 서빙을 했다. 식사를 마친 뒤 그들이 음식 값을 지불하기 위해 카운터로 왔다. 그런데 둘 중 하나가 경찰 신분증을 내보였다. 그리고 내게 '주류 판매 허가증'을 보여달라고 했다. 나는 자신 있게 서류 가방에 들어 있던 면허증을 보여주었다. 그러나 이것 말고 '판매 허가증'을 내놓으라고 했다. 그제야 무슨 말인지 알아들은 나는 "그건 다음 주에 나온다"고 했다. 그들은 나를 '주류 무허가 판매'로 체포한다며 경찰서까지 같이 가자고 했다. 그들은 주방 옆 창고에 있던 술을 모두 압류해 차에 싣고 나를 서리힐 경찰서로 데리고 갔다.

졸지에 유치장까지 들어간 나는 그곳에서 정면과 좌우 측면 사진을 찍고 열 손가락 지문을 찍었다. 그날 밤에 풀려나기는 했지만 '주류 무단 판매'로 고발되었다. 매우 황당하고 억울했다. 주류 판매 면허 취득을 도와준 변호사는 분명히 아무런 문제가 없다고 했었는데 말이다.

갈수록 IMF 영향이 심해지면서 한국 관광객을 상대로 장사하던 기념품 가게는 물론이고 유학생을 대상으로 하던 여행사 사무실도 하나둘 문을 닫기 시작했다. 상황은 더욱 악화 일로로 치달았다. 모든 것이 절망적이었다. 아내와 재산을 양분하면서도 당당했던 내 자존심은 산산이 부서지고 눈앞이 캄캄했다. 캐피탈 호텔 사우나로 자리를 옮겨 매니저로 일하고 있던 아내의 얼굴을 쳐다볼 수가 없었다. 가게 영업은 시간이 지날수록 나아지기는커녕 더욱 부진했다. 불현듯 모든 것을 놓아야겠다는 생각이 들었다.

넥타이 두 개를 앞뒤로 묶어 매듭을 만든 뒤 천장에 걸고 목을 매달았다. 그러나 하느님은 자살조차 내게 허락하지 않으셨다. '찌지직' 소리가 나면서 넥타이가 둘로 나뉘어 나는 바닥으로 떨어지고 엉덩방아만 찧었다. 중대한 결심은 해프닝으로 끝나고 말았다. 술이 약한 나는 그날 밤 밖에서 소주 한 병을 마시고 돌아왔다.

가쁜 숨을 내쉬면서 다시 머리를 굴렸다. '하늘이 무너져도 솟아날 구멍이 있다는데……' 그러다가 갑자기 아까 마신 소주가 생각났다. '아! 그래, 그거다. 그렇게 해보자.'

다음 날 아침 교포 간판업자를 찾아 '소주나라'라고 적힌 새 간판을 주문했다. 그리고 교민신문과 생활정보지로 달려가 광고 요청을 하고 광고 디자인도 직접 했다. 광고의 메인 컷은 삶에 지쳐 술에 취한 양복 차림의 남자가 넥타이를 풀어헤치고 고속도로 위를 걸어가는 장면이었다. 마치 옛 서부영화 〈스톤〉의 포스터를 연상케 했다. 드디어 새로 나온 간판을 내걸었다.

상황은 대반전이었다. 11년 전 고려정 포장마차를 열었을 때 같았다.

사람들이 밀려들었다. 들어오는 손님들도 교포 사회 젊은이들이 주를 이루면서 더욱 기대를 부풀게 했다. 장사가 잘되었으나 아내는 계속 불만이었다.

"이제 딸들도 다 커서 얼마 안 있으면 시집을 가야 돼요. 그렇지 않아도 손바닥처럼 좁은 교민사회인데."

아버지라는 사람이 술집을 하고 있으면 '소주나라 집 딸'이라는 꼬리표가 붙어서 딸들이 좋은 자리에 시집가기 힘들다는 것이었다. 아내는 내가 술집을 운영하는 것에 대해 탐탁지 않게 생각했다. 설상가상으로 뉴사우스웨일스 대학교 상대 경영과에 입학해 같은 과 친구들과 신나게 놀러 왔던 큰딸이, 나중에는 "친구들이 '소주나라 딸'이라며 은근히 무시한다"고 하면서 우울해했다. 참으로 난감했다. 모처럼 대박이 나고 있었는데……. 아내와 딸이 야속하기는 했지만 한편으로 이해할 수 있는 일이기도 했다.

'그러면 나더러 어쩌란 말인가. 내가 아는 것이라곤 술장사와 기타 치고 노래하는 게 전부인데……. 그래? 그렇다면 내가 떠나주지. 어차피 이 나라도 나하고 잘 안 맞는 나라인데. 그럴 바에는 차라리 한국이…….'

결국 가게를 정리하고 아내와 두 딸에게 이별을 고한 뒤 서울행 비행기에 몸을 실었다. 15년 전 호주로 떠나오면서 가졌던 부푼 꿈과 희망은 이제 지울 수 없는 상처로 남게 되었다. 비행기 창 너머로 하버브리지와 오페라하우스가 눈에 들어왔다.

'잘 있거라, 시드니여. 결코 돌아오지 않으리라.'

♪ 양병집

♪ 양병집

3부

식스티 이어즈 온

ⓒ양병집

춘추닷컴 시대

　사람들은 누구나 제 잘난 맛에 산다. 그 사람이 객관적으로 잘났든 못났든, 돈이 많은 사람이든 적은 사람이든 인간이라면 누구나 똑같다고 생각한다. 그러나 개중에는 죽지 못해 사는 사람도 있다. 내가 그랬다. 큰 성공은 아니더라도 열에 한 번 정도는 만족할 만한 성과를 낼 법도 한데, 한국과 호주를 오가며 번번이 실패를 거듭한 것이 몇 번인지 모른다.

　1999년 9월 30일 낡아빠진 여행 가방과 기타 하나를 달랑 메고 대책 없이 다시 서울을 찾았다. 예상대로 누구 하나 기다리는 이 없었다. 쓸쓸하고 초라한 귀국이었다. 조금 서운한 마음을 뒤로하고 곧바로 신촌을 경유하는 리무진 버스에 올라탔다. 합정동 사거리에서 내려 전부터 안면이 있었던 박호준이 경영하는 회사 IMPRO로 향했다. 사람 좋은 그는 나를 반갑게 맞아주었고, 그의 양해를 얻은 뒤 그곳에 짐을 놓아둔 채 다시 밖으로 나왔다. 동네 골목들을 뒤지며 머무를 만한 곳을 찾았다. 그러던 중 큰길가 2층에 '샛별고시원'이라는 간판이 걸린 흰색 건물이 보였다. 숙소는 정해졌으나 앞으로 벌어먹고 살 일을 생각하니 머리가 어지러웠다.

주역(周易)에 '궁즉통(窮則通)'이라는 말이 있다. 때마침 T.S.S. 서클 활동 때 알게 된 윤희태와 연락이 닿았다. 그와 오랜만에 술자리를 같이하면서 우리는 그 무렵 한참 일고 있던 벤처 붐에 대해 이야기를 주고받았다. 무심코 인터넷 음악 교육 사업 얘기를 꺼냈더니 의외로 그가 좋은 반응을 보였다. 절박함이 통했던 것일까. 그 자리에서 그는 컴퓨터 관련 사업을 잘할 수 있는 선배를 한번 소개해보겠다고 했다. 뜻하지 않은 자리에서 일이 풀렸다.

그 후 희태로부터 서울대학교를 졸업하고 동부그룹에서 근무했었다는 김기휘 사장을 소개받았다. 그리고 각각 1,000만 원씩 출자한 자본금을 가지고 세 사람의 동업이 시작되었다. 나는 기타와 베이스기타 그리고 하모니카의 교재를 만들었다. 그리고 그것들을 연주해 동영상에 담았다. 김 사장은 동영상을 인터넷 홈페이지에 올리고 그에 대한 홍보를 맡았다. 희태는 콘텐츠를 기반으로 한 수익 구조 구성, 외부 투자 유치 등의 임무를 맡았다.

1990년대 말 전 세계적으로 인터넷 강풍이 몰아치면서 우후죽순처럼 닷컴회사들이 생겨났다. 바야흐로 춘추닷컴의 시대였다. 우리도 그런 시류에 편승해 면밀한 준비 없이 초미니 자본으로 인터넷 음악 교육 닷컴회사인 뮤즈콜(musecall)을 출범시켰다. '뮤즈콜'이라는 타이틀은 음악과 문학의 여신 뮤즈(Muse)가 당신을 부른다는 뜻이 담긴 합성어지만, 사실은 뮤직스쿨(music school)과 뮤즈에꼴(musecole)이 모두 상표 등록이 되어 있어 차선으로 선택한 이름이었다.

그러나 제대로 된 준비 없이 시작한 사업의 결과는 참담했다. 참으로 무모한 도전이었다. IT 관련 전문가라고 하기에는 갖고 있는 능력들이 역부족이었고, 정작 콘텐츠를 생산해내야 하는 나는 하모니카 강의 외에 기타와 베이스는 남의 도움을 받아 동영상을 만들어야 할 만큼 수준 미달이었다. 시장의 외면은 당연한 결과였는지 모른다. 막연한 욕심과 기대만으로 시작했기 때문에 좋은 아이디어를 내는 것도 어려웠고 탁월한 경영 능력을 발휘할 수도 없었다. 잠시 희망에 부푼 뮤즈콜 사업은 6개월 만에 막을 내렸다. 모든 것이 내 잘못이었다. 살기 급급한 마음에 애꿎은 사람들을 엉뚱한 비즈니스에 끌어들였다는 자책감을 떨쳐버릴 수 없었다. 월 60만 원씩 받은 월급으로 6개월을 연명해나갔을 뿐이다.

오! 전유성 ☆

아버지 생전의 별명은 오뚝이였다. 사업에 실패하고 또 실패해도 그때마다 다시 일어났고, 그 성공률은 80퍼센트를 넘었다. 그런 아버지를 닮아서인지 나는 새로운 것을 찾아 도전하고 시도하기를 좋아했다. 하지만 성공률은 늘 20퍼센트에도 미치지 못했다. 그런데도 아침에 눈을 뜨면 무엇인가를 해야 했다. 곳간에서 곶감 빼먹듯 해 어느새 주머니의 바닥이 보일 무렵 거처를 장안동에 있는 고시원으로 옮겼다. 무언가 하지 않으면 또 다시 사단이 날 판이었다.

문득 다른 사람들은 무엇을 해 먹고사나 궁금해졌다. 지하철을 타고 무작정 인사동으로 갔다. 개량 한복을 파는 집 앞을 지날 때 '이런 집은 자본이 얼마나 드나?' 하는 생각을 했다. 기념품 파는 상점 앞에 서서 '야, 재고가 엄청 많구나', 꿀타래 같은 먹거리를 파는 가게를 보면 '저건 하루에 얼마나 팔까?' 하는 생각을 하며 슬슬 걸어갔다. 그때 앞쪽에서 "어머, 양병집!" 하는 여자의 목소리가 들렸다.

가수 이연실이었다. 뜻하지 않은 만남에 서로 무척 반가워했다. 변함없이 그녀는 명랑했다. 1971년 「새색시 시집 가네」로 가요계에 데뷔한 그녀는 히트곡 「목로주점」의 가사처럼 '멋들어진 오랜 친구'였다. 짧게 자른 생머리에 빨간 립스틱, 토끼털 반코트로 보이는 짧은 상의에 검정색 판탈롱 긴 바지, 높은 구두를 신은 그녀의 모습을 보니 데뷔 때의 이연실을 다시 만난 듯했다. 서로 가벼운 포옹을 나눈 뒤 전유성 형이 하는 인사동 카페 '학교종이 땡땡땡'으로 갔다.

문을 열고 들어서니 1950~1970년대 초등학교 교실을 그대로 옮겨놓은 듯한 공간이 펼쳐졌다. 어렸을 적 쓰던 책상, 걸상, 칠판 등이 우리를 정감 있게 맞이했다. 자리를 비우고 있던 유성 형은 종업원으로부터 우리가 왔다는 소리를 들었는지 어딘가에서 곧장 달려왔다. 유성 형은 지금도 청도에서 '니가쏘다쩨'라는 카페를 운영하면서 여전히 나이를 잊은 채 문화 활동과 후배 양성, 강의 등으로 바쁜 나날을 보내고 있다. 유성 형은 나와 특별한 추억을 공유하고 있는 의리 있는 선배이기도 하다. 형은 우리 둘을 보며 환한 미소를 지었다.

형은 자리에 앉자마자 대뜸 "병집아, 너 요즘도 산 낙지 못 먹어?"라고 물었다. 순간 웃음이 나왔다. 연실도 금세 눈치채고 큰 웃음을 쏟아냈다. 실제로 지금도 나는 살아 있는 음식을 잘 먹지 못한다. 편식이 심해 생선회나 굴, 새우 같은 것은 입에 대지도 못하는 편이다. 1970년대 초 우리 셋은 목포의 한 건달이 기획한 공연에 초대되어 갔다가 출연료도 못 받고 하룻밤을 한 모텔 방에서 지내고 돌아온 적이 있다. 아침에 출연료 대신 산 낙지 식사를 대접받는데 나는 산 낙지 한 점도 입에 대지 못했다. 형은 "하여간 얘는 참 희한한 놈이야, 옛날부터"라고 말해 옆에 있던 연실이 깔깔대며 웃었다.

우연히 연실과 유성 형을 만나고 난 후 장안평 고시원으로 돌아온 나는 텔레비전을 켜놓은 채 막막하게 좁은 방을 지키고 있었다. '이거 참 큰일인데. 내일은 연대나 홍대 앞으로 가봐? 그래, 그럼 거기 가면 뭐할 건데. 리어카 하나 사서 군고구마 장사라도 해야 하나?' 그러다가 문득 '유성이 형한테 부탁해볼까?' 하는 생각이 스쳐 지나갔다. 한동안 덮어두었던 기타 케이스 뚜껑을 열었다. 최대한 조용한 소리로 노래를 몇 곡 불러보았다.

다음 날 유성 형을 다시 만나 주저 없이 "형, 나 어디 노래 부를 데 하나 없을까?" 하고 말했다. 형은 "나가자, 병집아" 하고 말했다. 많은 횟수는 아니지만 유성 형과 몇 번 어울려본 경험이 있는 나는 형의 행동이 어떤 의미인지 대충 알고 있었다. 어둠 속에서 한 가닥 빛줄기를 찾은 것 같아 가벼운 발걸음으로 형을 따라갔다.

형의 소개로 지금은 사라지고 없는 삼청동 '재즈스토리'라는 곳에서 노래하게 됐다. 고철, 깡통, 유리병, 철근 조각 등 황토에 각종 잡동사니가 붙어 있는 재즈스토리의 외관은 허름한 대장간을 연상시켰다. 내부 천장에는 자전거를 거꾸로 매달아 놓았고 오래된 텔레비전 등을 장식으로 사용해 마치 포스트모더니즘(postmodernism)의 설치 미술을 보는 듯했다. 미국 서부영화에서나 본 듯한 선술집 같은 그곳 무대에서는 실력이 만만찮은 무명 가수들이 공연하고 있었다. 내 앞의 시간대에 노래하는 젊은 친구의 경우 평범한 목소리였으나 레퍼토리가 다양했다. 하정욱이라는 베이시

스트가 이끄는 고정 밴드 팀은 리드 가수의 목소리도 일품이었고 업소 분위기를 깨지 않는 볼륨과 레퍼토리로 고정 고객을 확보하는 록밴드였다. 내 뒤의 시간대에 초대 가수로 출연한 박광수 씨는 비록 목소리에 맞는 가요곡이 없어 대중적으로 인기를 얻지 못했지만 팝송을 부르는 실력만큼은 단연 최고였다. 그럭저럭 한 달을 채우고 업소 사장 부인으로부터 현금 100만 원을 받았다. 실로 오랜만에 내 돈을 들이지 않고 노래해서 번 돈이었다. 그날 기분만큼은 낚시터에서 대어를 낚은 듯 기뻤다.

그러나 이번에도 문제는 생겼다. 두 번째 달의 어느 날 밤, 스테이지 바로 앞자리에 앉은 대여섯 명가량의 단체 손님 중 한 여자가 "김현식의 「비처럼 음악처럼」을 불러달라"고 했다. 나는 "그 곡은 못한다"고 했다. 그랬더니 여자 손님이 "그러면 거기 왜 앉아 있느냐?" 쏘아붙이듯 되물었다. 순간적으로 화가 났다. 비록 내가 지금 남의 노래를 부르고 있어도 한때는 꽤나 알아주는 통기타 가수였는데……. 자존심에 상처를 입은 나는 그 순간을 참지 못하고 마이크를 통해 내뱉고 말았다.

"참 더러워서 못해먹겠네."

카운터에서 나를 지켜보던 사장 부인의 얼굴은 사색이 되었고, 그날 나는 바로 일을 그만두었다. 애써 일자리를 마련해준 유성 형에게 미안했다.

1970년대 초반 임용환 덕분에 알게 된 한대수 선배로부터 저녁 식사 초대를 받아 가던 중 서대문 로터리에서 유성 형을 만난 일이 있다. 형은 당시 근처에서 '피에로'라는 카페를 운영하고 있었다. 나는 아무 생각 없이 "한 선배네 집에 가는데 같이 가겠느냐"고 했다. 형이 별로 바쁜 일이 없었던지 "그러지, 뭐" 하고 동의해 함께 한대수 선배 집으로 가게 되었다.

한옥 문을 열고 내가 들어서자 한 선배가 "어서 오이소, 양병집 씨"하며 반겨주었다. 그런데 뒤따라 들어서는 유성 형을 보더니 "당신은 누구요?"하면서 경계심을 표했다. 순간 당혹스러운 상황이 벌어졌다. "아, 이분은 나랑 같이 온 분입니다. 전유성 씨라고……." 그러자 한 선배는 "나가요, 당신은 내가 초대한 사람이 아니니"라고 말하는 게 아닌가. 중간에서 입장이 난처해진 나는 어쩌지 못하고 있었다. 그 사이 유성 형은 뒤따라 나오는 나를 문 안으로 밀어넣고 "뭐 저런 자식이 다 있어?" 한마디를 내뱉고 돌아갔다. 훗날 유성 형은 한 선배 이야기가 나오면 그때 일을 잊지 않고 "쓰팔, 그땐 정말 황당했어. 그치? 병집아"하며 웃었다.

내 어머니 김경패

어머니는 내가 자립사에서 아버지 일을 돕다가 어느 날 갑자기 음악을 하겠다며 회사를 그만두자 완강히 반대했다. 그러나 내가 기타를 사서 연습을 시작하자 혹시나 하는 마음으로 한동안 지켜봐 주었던 분이다. 명숙, 병제와 셋이 화음을 넣어 PPM의 음악을 연습할 때까지만 해도 잠자코 있던 어머니는 팀이 깨지고 내가 밥 딜런과 캣 스티븐스(Cat Stevens) 등의 곡들로 연습하자 어머니 나름대로 충고해준 적이 있다.

"거 정히 듣기 싫구나. 기왕에 할래믄 나훈아나 이미자처럼 듣기 좋은 노랠 하라우!"

각설하고, 어머니는 3·1운동이 일어났던 1919년 6월 7일에 평양의 대지주 김몽건 씨의 맏딸로 태어났다. 열아홉 살에 시집와서 그 누구보다 넓은 가슴과 따뜻한 마음으로 우리 일곱 남매를 낳고 키워준 어머니가 돌아가셨다. 말년에 폐암으로 아산중앙병원에 입원해서 고통스러운 투병 생활을 한 어머니는 옆에서 간병하던 자식들이 잠깐 자리를 비운 사이 아무 말씀도 없이 저세상으로 떠나셨다.

아버지처럼 여린 심성을 가졌으면서도 매사에 맺고 끊는 것이 확실하고 주도면밀했던 분. 어머니는 내게 한없는 사랑을 베풀었으나 나는 그런 어머니에게 스스로 다시 일어나는 모습을 보여드리지 못했다. 언제부터인가 내가 하는 말이면 '콩으로 메주를 쑨다'고 해도 믿지 않았다. 자식들이 당신 앞에서 실없는 농담을 주고받으면 "야! 질다(산뜻하지 않고 무언가 질퍽하다는 뜻), 입 닫아라" 하며 뼈 있는 충고를 하던 분. 그러면서도 본인 역시 우스갯소리를 즐겨 하고 눈치가 밝았던 분. 그 무엇보다도 어린 나에게 「타복네」라는 구전 자장가를 불러주며 효심을 가르치려 노력했던 분. 처음에 2절 가사가 없던, 정태춘이 준 「양단 몇 마름」이라는 곡에 2절 가사를 붙여준 분. 아버지가 돌아가셨을 때와는 또 다른 슬픔이 밀려왔다.

어려서 철이 없었을 때는 나를 향한 어머니의 결정이 참 야속한 적도 많았다. 회현동에서 청운동으로 이사한 후 처음 찾아온 겨울, 동네 앞으로 흐르던 개천에 얼음이 얼어 동네 아이들이 모두 썰매를 탔다. 나도 어머니에게 썰매를 사달라고 졸랐다. 어머니는 "썰매 꼬챙이에 눈이 찔릴지도 모른다"며 한사코 사주지 않았다. 좀 더 커서 5학년이 되었을 때는 두발자전거를 사달라고 졸랐다. 그때도 어머니는 "차에 치일 위험이 많다"며 거절했다. 중 3때는 친구 의헌, 수영이 모두 스케이트를 갖고 있기에 나도 사달라고 했더니, 이번엔 "얼음이 깨져 죽을 수도 있다"고 하며 사주지 않았다. 심지어 친구들과 수영을 가겠다고 하면 물에 빠져 죽는다고 말렸으니, 어린 나이의 나로서는 참으로 갑갑할 수밖에 없었다. 어머니는 당신의 귀한 장남인 내가 오직 공부 잘하고 아무 탈 없이 온전하게 자라주기만을 바라는, 어머니 나름대로의 간절한 소망이 있었던 것이다.

저마다 어머니의 죽음을 슬퍼하는 형제들 앞에서 내가 훨씬 더 슬프다고 우길 수 없었지만, 나는 아무도 오지 않는 장례식장 한구석으로 가 어머니와 공유했던 추억들을 떠올리며 한 시간가량 눈물을 흘렸다. 어릴 때 어머니 단골 가게에서 어머니 이름을 대고 외상으로 미제 초콜릿을 샀다. 그리고 동네 아이들에게 인심 쓰고 나면 곧 어머니에게 들켰다. "이놈의 새끼, 너 또다시 외상짓거리 할란?" 겨울에 학교에서 돌아오면 안방 아랫목에 나를 앉히고 따뜻한 물에 분유를 풀어서 주었던 일. 당신을 닮아 눈이 나쁜 나를 위해 매년 담임선생님들을 찾아다니며 "애는 눈이 나쁘니 맨 앞 가운데 자리에 앉혀달라"며 부탁했던 일. 내가 하라는 공부는 안 하고 기타를 사달라고 조르자 마지못해 종로에 나가서 내 첫 기타를 사다 주었던 일. 부산에서 영은을 짝사랑하다 거절당해 수면제 스무 알을 먹고 행방불명된 나를 부산시립병원 시체실에서 발견하고는 성분도병원으로 옮겨 소생시켜 주었던 일. 신촌에서 내가 실내 장치를 두 번씩이나 고치며 악전고투하는 모습을 보고는 울며 돌아갔던 일. 시드니에 와서 내가 반짝 성공한 모습을 보고 대견해했던 일.

T.S.S.의 한국어 명칭은 사암회(思岩會)였다. 어머니는 음악 하는 친구들과 달리 내가 사암회 친구들과 어울려 다니는 것에 대해 싫어하지 않았다. 클럽 모임이 끝나고 무교동, 서린동 등지에서 밤늦게까지 술을 마시다 돈은 떨어지고 통행금지 시간이 가까워져 갈 곳이 없어지면 나는 곧잘 그들을 데리고 누상동 우리 집으로 왔다. 비교적 넓었던 내 방에서 적을 때

는 3~4명, 많을 때는 8~9명에 달하는 친구, 후배 들이 한데 엉켜 잤다. 일어나면 신기하게도 매번 푸짐한 반찬을 곁들인 아침상이 차려져 있었다.

내가 명숙, 병제와 연습할 때도 어머니는 과일도 깎아다 주고 더운 날에는 가정부를 시켜 아이스커피도 타서 보내주곤 했다. 그러나 성원이나 용환이 내 방에 와서 기타 소리를 내면 듣기 싫다 하며 안방 문을 잠그고 외출하기 일쑤였다. 하루는 용환이 내 방에서 기타 치고 놀다가 차 시간을 놓쳐 자고 가려고 할 때 아래층에서 '쿵쾅쿵쾅' 하며 누가 올라오는 소리가 들렸다. 아니나 다를까. 방문을 세차게 연 어머니가 이불을 깔고 누워 있는 용환을 보며 "야! 일어나라. 옛말에 밥은 열 곳에서 먹어도 잠은 한 곳에서 자라고 그랬어. 빨리 일어나 네 집에 가서 자라"고 강한 평안도 어조로 말했다. 이제 막 잠들려고 하던 용환은 깜짝 놀라서 주섬주섬 옷을 껴입고 내게 택시비를 받아 집으로 돌아갔다.

매사에 좋고 싫음이 명확했던 어머니가 내 몫으로 7,500만 원의 유산을 남겨주었다. 서울에서의 생활비가 필요했던 나는 그중 3,500만 원을 내 호주머니에 챙겨 넣었고, 호주에서 날아온 아내는 나머지 4,000만 원을 받아들고 시드니로 돌아갔다.

내게 외할아버지가 일제시대 독립운동을 하던 조만식 선생에게 독립자금을 대준 이야기도 해주고 「타복네」를 비롯해 「엄마 엄마 아! 엄마」, 「부활가」 등을 가르쳐주며 가수로서의 성공을 항상 염원했던 그분이 끝내 자식의 성공을 보지 못한 채 눈을 감았다. 이제 막 벚꽃의 봉오리가 피어나려고 하는 2001년 4월 초순 어느 날 오후.

♪ 어린 시절 어머니와 함께 미도파 백화점 앞에서

내가 저항가수라니?

어머니가 남겨준 유산 덕분에 장안평 고시원 생활을 접고 논현동에 있는 원룸으로 이사할 수 있었다. 생전에 어머니가 쓰던 가재도구로 방을 꾸몄다. 여동생 혜경은 자신이 쓰던 컴퓨터와 휴대전화를 내게 주었다. 그리고 얼마 지나지 않아 한 통의 전화를 받았다. 정확한 기억은 나지 않지만 어느 기타 동호회에서 인사를 나눈 적 있는 박진건이라는 사람이었다. 약속 장소로 나가보니 그 말고도 두 사람이 더 나를 기다리고 있었다. 그들은 자리에서 모두 벌떡 일어나며 환대했다.

"어이구, 왜들 이러십니까? 앉으십시다."

생각지도 않았던 환대에 당황스러워하며 나는 명함에 적힌 글자들을 읽었다. '굿인터내셔널'이라는 회사명과 이근삼이라는 글자가 눈에 들어왔다. 그때까지도 얼떨떨한 기분으로 앉아 있던 나는 만나자는 이유가 무엇인지 궁금했다. 그제야 그가 본론을 꺼내기 시작했다.

"실은 다름이 아니라 제 형님께서 수입 음반 사업을 하시는데 이번에 제3세계 부채탕감 운동의 일환으로 제작되는 〈Drop the Debt〉의 한국판에 한대수 선생님과 양병집 선생님의 노래를 넣고 싶어 이렇게 찾아뵈었습니다."

사전에 아무 정보도 없었고 마음의 준비도 되어 있지 않았던 나는 "나보다는 김민기 씨 같은 분이 훨씬 더 좋을 텐데요"라고 말하면서 사양했다. 그때 작가라고 했던 정호영이라는 뚱뚱한 사내가 이근삼의 말을 거들고 나섰다.

"김민기 씨는 이제 음악을 안 하신다 아입니꺼."

"그럼 신중현 씨 같은 분이 하시는 것도 좋을 텐데."

나는 계속 사양했다. 이번에는 박진건이 말했다.

"그래도 양 선생님은 한국 3대 저항가수가 아니십니까? 이근삼 씨를 좀 도와주세요."

솔직히 자신이 없었다. 중간 중간에 한두 번 한국에 와서 앨범을 내고 교포 사회의 행사에 나가 노래를 부른 적은 있었지만 다른 가수들처럼 꾸준히 음악 활동을 해온 것도 아니었고, 특히 이 경우 자작곡이 필요하겠다는 생각이 들었는데 곡을 몇 번 써보긴 했지만 이렇다 할 히트곡 한 번 내지 못한 내 입장에서는 그들의 요청을 선뜻 받아들일 수 없었다. 그럼에도 그들의 계속되는 부탁에 결국 나는 김용덕의 솔로 앨범을 녹음할 때 함께 작업했던 편곡자 겸 프로듀서 김현보를 떠올리며 마지못해 수락했다.

〈Drop the Debt〉 앨범 발매와 함께 굿인터내셔널이 준비한 홍보 기자회견장에서 한 선배와 나는 각각 자신의 수록곡을 밴드 음악에 맞춰 노래했다. 그 장면은 텔레비전 뉴스를 통해 전국으로 방송되었다. 그리고 얼마 뒤 서울시민방송에서 출연 요청이 들어왔다. 광주 MBC의 〈5.18 기념음악회〉에도 초청을 받았다. 《경향신문》과 《중앙일보》 등에서도 큰 지면을 할애해 나에 대한 기사를 실어주었다. 호주에서 우여곡절을 겪으며 이민생활을 하고 있는 사이 나는 몇몇 음악평론가들의 말과 글을 통해 '포크의 거장', '포크의 대부', '1970년대의 3대 저항가수' 또는 서유석 선배가 포함된 '4대 저항가수'로 어느새 과대 포장되어 있었다.

〈양병집 1993〉을 만들고 무슨 일이 있어도 고국에서 자리를 잡아야 한다는 절박함이 있었다. 앨범 홍보를 위해 닥치는 대로 직접 방송국을 찾아다녔다. 문득 당시 최고의 인기 프로로 자리 잡고 있던 〈주병진 쇼〉의 담당 PD 이영돈 씨 생각이 났다. 그와는 일전에 시드니 캠시의 오리온센터 앞에서 잠시 인사를 나누었던 사이였다. CD 두 장을 들고 SBS로 들어가 그를 찾았다. 그는 의아한 표정으로 나를 바라보았다. 나는 방문 목적을 설명했다. 즉 '나는 포크 가수 양병집인데, 〈주병진 쇼〉를 통해 내 존재를 단번에 국민들에게 알리고 싶은 심정'을 차마 단도직입적으로 말하지는 못하고 두루뭉술하게 말한 것이다. "잠깐 기다려보세요." 내 말을 듣고 그는 안으로 들어갔다. 잠시 후 정 모 PD라는 사람이 나타나 나를 약간 어려운 사람 대하듯 조심스러운 말투로 물었다. "그러면 저, 고복수 씨, 남인수 씨랑 같이 활동하셨나요?"

나를 원로가수로 착각하고 있는 듯했다. 계속 있다 보면 더 큰 창피를 당할까 싶어 "아, 예, 됐습니다" 하고 도망치듯 황급히 그 자리를 빠져나온 적이 있다. 그런 경험을 쓰라리게 간직하고 있는 내가 이제는 저항가수라고? 내가 무슨 저항을 했다고? 이건 순전히 개인적인 소견이다. 대한민국에는 이렇다 할 저항가수가 없다. 굳이 꼽아야 한다면 김민기 한 사람이다. 내가 알기로 그는 김지하 씨나 고은 씨 또는 장준하 씨처럼 몸을 던지는 직접적인 저항 대열은 아니라도, 미국의 밥 딜런처럼 당시 사회 상황이나 문제를 선율에 담아 표현한 점에서 저항가수라고 할 수 있다. 그러나 솔직히 나는 그와 한 선배 사이의 후발 주자로 그들 흉내나 냈던 아류에 불과하다. 그리고 한 선배는 저항가수라기보다는 어쿠스틱(acoustic) 기타와 하모니카를 이용해 자신의 철학을 표현하는 정통적인 미국 모던포크 스타일의 음악을 한국인 최초로 만들어내고 연주했던 선구자, 진정한 모던포크 가수의 전형이라고 생각한다.

내숭이냐고? 겸손 떠냐고? 아니면 자학하느냐고? 이건 자학이 아니다. 솔직한 고백일 뿐이다. 만약에 내가 좀 더 깊이 사고했고 당시 유신정권에 맞서 더 치열하게 저항했더라면 내 목숨은 이미 오래전에 사라졌을 것이다. 그럼 양병집은 무엇이냐고? 꼭 내 이름 앞에 타이틀을 붙여야 한다면 60년간 이리저리 헤매고 다닌 반항가수라고나 해두자. 부모에게 반항하고 학교 선생님에게 반항한 적은 있으니까.

물론 나를 그렇게 불러주고 대접해주는 건 고마운 일이고 나 역시 조용히 있으면 무탈할 것이다. 그러나 그렇게 함으로써 한국 가요계에 있지도 않았던 저항의 역사가 만들어지고 왜곡된 진실이 후세로 전해진다면 그 또한 양심에 부끄러운 일 아닐까. 1975년도에 있었던 금지곡 파동은 가수들이 저항해서 만들어진 것이 아니라 제 발 저린 위정자들과 그에 아첨하는 일부 문화계 종사자들에 의해 벌어진 일일 뿐이다.

내가 저항가수라고? ⓒ 양병집

☆ 소녀 가수 손지연

　지금까지 오랫동안 대중음악과 관련된 활동을 하면서 직접 기획·제작한 가수 또는 앨범은 그룹사운드 '동서남북', 형제 듀오 '16년 차이', 〈테트라 샘플러〉란 옴니버스 판에 참여한 이승은, 장인호, 조영수 그리고 손지연의 1집 〈실화〉뿐이다. 나는 가수협회에 등록된 정식 가수도 아니며 음반 제작자협회에 가입한 정식 기획 또는 제작자도 아니다. 그러나 내 마음에 들어 어떤 가수의 음반을 제작할 때 나는 내 나름대로의 엄격한 선발 기준을 적용한다.

　첫째, 나 자신은 번안 가요와 구전 민요를 많이 부른 가수였지만 내 오디션의 대상자들은 가능한 한 작사·작곡자일 것을 요구한다. 또 그 곡들은 기존에 있었던 대중가요에서 찾을 수 없는, 차별화된 새로움을 가지고 있어야 한다. 그리고 멜로디는 자연스러워야 한다. 둘째, 가사는 천박하지 않아야 하며 대중적 문학성 내지 지성적인 느낌이 나는 것으로 멜로디에

♪ 손지연과 양병집

잘 부합해야 한다. 셋째, 가창력은 뛰어나면 좋으나 설령 그렇지 않다고 해도 자신이 부르는 멜로디를 충분히 잘 소화해내면 그것으로 충분하다. 쥐어짜는 호소력보다는 차라리 좀 평이하더라도 세계 표준적인 목소리를 선호한다. 그리고 마지막으로 인물이나 연주 실력은 자신들이 발표하는 음악과 어울릴 수 있는 수준이면 충분하다. 나이는 상관없다.

손지연이 찾아왔다. 내가 나의 음악적 욕심을 채워줄 사람을 더 이상 찾지 못해 목말라하고 있을 때 그녀가 내 앞에 나타났다. 그녀가 불러준 두 개의 노래는 내가 누군가로부터 그렇게 듣고 싶어 했던 정통 포크였다. 거창한 가사로 사회 개혁을 노래하는 저항 포크도 아니었고, 아무 의식 없이 미사여구만을 나열하는 사이비 포크도 아니었다. 나는 그녀를 내게 보내준 하느님께 감사했다.

제작비를 아끼기 위해 김현보에게 부탁했지만 그는 거절했고, 다시 김

유식과 김용수의 세션으로 데모(demo)는 만들었으나 앨범의 완성은 보지 못했다. 결국 장인호가 연출을 맡았는데, 「세월」을 제외한 다른 곡들은 손지연이 가지고 있던 편곡 아이디어에 의존했고 「친구」는 임인권이 그의 앙상블 멤버를 데리고 와 수고해주었다.

우여곡절을 겪고 1년 6개월 만에 녹음이 끝났다. 앨범 겉표지에 쓸 사진 촬영도 두 번씩 했고 디자인과 관련된 아이디어도 두 번이나 바뀌었다. 수록된 곡 중 기대했던 「마음」은 처음의 예상보다 사운드가 어둡게 나왔고 「기다림」도 기타 하나로 편하게 불렀을 때보다 못한 것 같아 아쉬웠다. 그 후 신나라 뮤직과 계약을 맺고 드디어 그녀의 앨범을 세상에 내놓았다. '실화(My life's story)'라는 타이틀을 붙인 그녀의 CD는 시중에서 빠른 속도로 팔려나갔다.

《조선일보》, 《중앙일보》, 《국민일보》, 《한겨레》 등 일간지에서도 "포크계의 샛별" 등의 기사를 실어주었다. 기독교방송, 교통방송, 원음방송 등에서 그녀를 초대 손님으로 불러주었다. 하지만 텔레비전 출연은 쉽지 않았다. 음악 관련 프로그램에 출연하려면 예전과 달리 어느 정도의 홍보 비용이 필요했는데 이미 자금은 바닥나 있었다. 갖고 있던 현금 3,500만 원을 모두 세션비를 포함해 녹음비와 진행비 그리고 인쇄비에 쏟아붓는 바람에 남은 돈이 없었다. 자가용조차 없어 손지연과 대전교통방송에 출연할 때는 기차를 타고 가서 출연한 후 그녀가 아는 사람의 집에서 1박을 하고 다시 올라와야 했다. 이런 사정을 눈치챈 손지연이 '서로 편하게 가자'며 매니지먼트 관련 사항에 한해 계약을 풀어달라고 했다. 취입료조차 깨끗하게 정리해주지 못했던 나는 그녀의 말에 동의하고 말았다.

그녀는 그 후 스스로 음악 활동을 계속해 2집 〈The Egoist〉와 3집 〈메아리 우체부 삼아 내게 편지 한 통을〉을 발표했고, 김창완이 진행하는 MBC 텔레비전의 〈음악 여행 라라라〉에도 출연했다. 또 내가 〈EBS 스페이스 공감〉에서 단독 공연을 했을 때 게스트로 출연했다가 그곳 PD들의 눈에 띄면서 두 번씩 단독 공연도 가졌다. 그리고 홍대 앞 클럽 등에서도 여러 번 콘서트를 열었다. 포털 사이트 '다음'에 올라 있는 그녀의 팬클럽에서는 지금도 마니아층으로부터 열렬한 사랑을 받고 있다.

한국의 조니 미첼(Joni Mitchell)이라 불리는 신세대 포크 싱어송라이터 손지연. 그녀는 마치 한 편의 그림 혹은 영화를 보는 듯한 착각을 불러일으키는, 아주 독특한 작가주의적 감성의 소유자다. 그녀는 음악을 통해 한 편의 시, 한 편의 영화, 한 폭의 그림을 그리듯 자신의 삶을 솔직하고 명료하면서도 유려하게 표현해내는 재능이 있다. 내가 발굴해서 그런 것이 아니라 그녀는 지금까지 총 석 장의 음반을 발매한 포크가수로 음악평론가들 사이에서 이미 천재로 통하고 있을 정도의 실력파 뮤지션이다. 그녀만 놓고 봤을 때, 가끔 나 말고 다른 사람을 만났다면 하는 생각을 한다. 대중적 인기는 본인의 실력 이외에도 걸맞는 사람과의 인연 역시 필요한 법이다.

금지 앨범 〈넋두리〉 재발매와 어문저작권

상도동에 있던 비제이(BJ) 기획 사무실을 정리하고 홀가분한 마음으로 간간이 들어오는 출연 요청에만 응하고 있을 무렵 손병문이라는 젊은 친구에게서 만나자는 연락을 받았다. 상도 전철역 근처 커피숍에서 그는 내게 뜻밖의 제안을 해왔다. 〈넋두리〉 앨범을 다시 제작·발매해보고 싶다는 것이었다. 순간 귀를 의심했다. 창백한 얼굴에 낮은 목소리로 차분하게 말하는 그를 다시 쳐다보며 이렇게 말했다.

"뜻은 고마운데, 그거 다시 만들어봤자 사는 사람이 별로 없을 텐데요. 하지 마세요."

'비행선'이란 상호가 찍힌 명함을 나에게 건네며 여대생 포크 듀엣 현경과 영애의 앨범 등도 자신이 다시 만들어 재발매했다던 그는 나의 완곡한 반대에도 불구하고 자신의 고집을 접지 않았다.

"그렇다면 그건 그쪽에서 알아서 하시는데, 앨범의 판권이 현재 누구에게 있는지 잘 모르겠네요. 아마 아직도 나현구 사장님이 갖고 계시지 않을까요? 그분한테 연락해보세요."

그날 미팅은 그렇게 끝났다. 두 달 정도 지났을 때 다시 그를 만났다. 판권 문제는 해결이 되었다며 재발매 앨범에 들어갈 마땅한 사진을 부탁해 왔다. 어린 시절 어머니와 함께 미도파 백화점 앞을 걸어가다 찍은 사진을 포함해 몇 장의 옛날 사진들을 그에게 전달했다. 그로부터 다시 몇 달이 지난 어느 초겨울 낮 그의 전화를 받고 사당역 근처로 나갔다. 한식 전문 식당에 들어가 갈비탕 두 그릇을 시킨 후 그는 미리 준비해 온 봉투 속에서 다섯 장의 CD와 석 장의 LP판을 꺼내며 말했다.

"CD는 여기서 제작했고 LP는 이제 한국에서 찍어주는 데가 없어 미국에서 찍어 왔습니다."

다시 한 번 내 눈과 귀가 의심스러웠다. 그가 탁자 위에 꺼내놓은 앨범 겉표지를 만지작거렸다.

"한번 열어보시지요. 맘에 드실는지."

그가 수줍은 듯 권했다. 때마침 우리가 주문한 갈비탕이 나왔지만 나는 그릇을 옆으로 옮겨놓고 CD의 포장을 뜯었다. 속지 구경을 했다. 감격스러운 순간이었다. 1973년 당시 급하게 작곡했던 「아가에게」와 구전민요 「타복네」를 제외한 모든 수록곡들이 번안곡이었고, 편곡에도 문제가 많았으며 더욱이 출반되자마자 판매 금지 처분을 당했던, 잊고 있던 내 첫 앨범이다. 시대 조류에 밀려 일어난 일이기는 했지만 내 개인적으로는 실패한 앨범으로 치부하면서 잊어버리고 살았다. 그런데 속지조차 제대로 갖추지 못했던 그 앨범이 그때보다 훨씬 좋은 디자인에 상세한 가사지까지 갖추어 이렇게 다시 빛을 보게 된 것이다. 갈비탕을 먹기 시작했다.

"손병문 씨 고맙습니다. 지금 내 기분을 뭐라 표현해야 할지 모르겠지만 정말 수고를 많이 하셨네요. 하지만 나 때문에 손병문 씨가 손해를 볼까봐 걱정도 되네요."

그가 건넨 음반들을 들고 집으로 돌아오는 내내 나의 마음은 좋으면서도 왠지 편하지만은 않았다.

그 일이 있고 난 후 4~5개월가량이 지났을 무렵 재발매 음반의 속지에 나에 대한 평론을 기고해주었던 음악평론가 겸 저널리스트인 박성서 씨로부터 전화를 받았다. 어떤 분이 나를 만나고 싶어 한다고 했다. 약속 장소인 우리 동네 호프집으로 가니 젊은 시절 내가 즐겨 입었던, 검정색으로 물들인 군대 야전 상의를 입은 중년 남자가 박성서 씨 옆에 앉아 있었다. 그들의 맞은편에 앉았다. 박성서 씨와는 구면이었으나 초면인 그 남자와 공손하게 인사를 나누었다.

그는 상도음악출판사라는 조그만 회사를 운영하고 있는 김학도라고 하면서 명함을 건넸다. 나는 조심스럽게 그에게 물었다. "그래서 저를 보자고 하신 용건은 무엇인지요?" 그는 딱 부러지게 대답하지 않고 "아, 오늘은 그냥 양 선생님을 뵙고 이런저런 이야기도 나눌 겸해서 찾아뵌 것이고요. 중요한 이야기는 제가 나중에 다시 한 번 전화드리고 그때 말씀드리겠습니다"라는 식으로 에둘러 말했다.

"그래도 저를 보자고 하신 데에는 무슨 까닭이 있어서가 아니신가요?"

그제야 그는 내 1집 앨범에 실린 「타복네」와 「소낙비」 그리고 「두 바퀴로 가는 자동차」에 대한 저작권이 어떻게 되는지 물어왔다. 나는 스스로 이렇다 할 히트곡이 없다고 생각되어 그때까지 저작권 협회의 가입을 미뤘고, 따라서 내 번안곡에 대해서도 별다른 의미를 부여하지 않고 있었다.

"글쎄요, 「타복네」는 어머니께서 내게 불러주신 것을 내가 악보화해서 발표했던 구전민요랄까, 뭐 그런 것이고 「소낙비」와 「두 바퀴로 가는 자동차」는 원래 밥 딜런의 곡을 하나는 원래 가사에 가깝게 번역하고 또 하나는 완전히 개사한 곡인데 제가 무슨 저작권 같은 게 있겠어요?"

다소 시큰둥하게 대답했다.

그 뒤로 김학도 사장의 연락을 받아 그를 두 번 더 만났다. 세 번째 만나던 날 상도동의 커피숍에서 나는 「두 바퀴로 가는 자동차」와 「소낙비」의 어문저작권을 그에게 넘기는 대가로 한 곡당 100만 원을 받고 계약서에 서명을 했다.

그로부터 두 달쯤 지나자 손지연 앨범을 유통시키고 있는 신나라를 필두로 여기저기서 내게 항의 전화가 걸려왔다. 알고 보니 김 사장이라는 사람이 나로부터 넘겨받은 계약서를 근거로 김광석의 「두 바퀴로 가는 자동차」가 수록된 앨범의 제작자와 유통사를 상대로 소송을 건 것이었다.

'아차차차차!'

악보 출판이나 앞으로 그 노래를 부르려는 가수들을 위해 나로부터 가사의 권리를 넘겨받으려는 것 정도로 알고 도장을 찍었던 것인데, 그는 그것을 나의 계산과는 전혀 다른 목적으로 사용했던 것이다. 그제야 나는 다시 한 번 크게 깨달았다. 역시 나는 바보다. 지금까지 세상을 살아오는 동안 그렇게 여러 번 당했으면서도 아직도 이 모양 이 꼴이다.

그들 중 몇은 김 사장과 합의를 본 듯했으나 다른 몇은 법정 다툼을 했던 모양이다. 김 사장이 다른 서류 한 장을 다시 들고 와 추가로 100만 원을 주겠다고 하며 도장을 찍어달라고 했다. 나는 돈을 돌려줄 테니 계약서를 무효화하자고 했다. 그는 "양 선생님이 사용하는 것에 대해서는 권리를 주장하지 않을 테니, 제발 이번 한 번만 더 도와달라"고 했다. 할 수 없이 한 번 더 도장을 찍었다.

얼마 전의 일이다. 한 2년 동안 아무런 연락이 없던 그에게서 만나자는 연락이 와 약속 장소로 나갔다. 그가 이번에는 300만 원을 제시하면서 「타복네」의 저작권을 넘겨받고 싶다고 했다. 나는 "그 곡은 내 어머니로부터 물려받은 유산과 같은 곡이기에 그럴 수 없다"고 말했다.

식스티 이어즈 온
(Sixty Years On)

내심 커다란 기대감을 가지고 거의 모든 것을 쏟아부어 제작했던 손지연의 앨범 역시 반타작으로 끝나버렸다. 상도동에서 다시 궁핍한 생활을 하고 있던 어느 날 오후 막내 여동생 혜경으로부터 전화가 왔다.

"지금 넷째 언니가 강남 성모병원에 입원해 있는데 큰오빠가 한번 가봤으면 좋겠어."

목소리는 차분했지만 뭔가 다급한 사연이 있는 듯했다. 대충 씻고 누나가 입원해 있다는 병실로 갔다.

노랗게 변한 얼굴색을 보고 상태가 심상치 않음을 느꼈다. "어, 윤정 아빠, 어서 와." 반갑다는 누나의 목소리에 힘이 없었다. 간병을 하고 있던 둘째 누나도 나를 반겼다. 무슨 영문인지 몰라 "왜? 어디가 아파요?" 하고 물으니 둘째 누나가 나를 병실 밖으로 데리고 나갔다.

복도에 놓인 휴게실용 의자에 앉으면서 누나가 조심스럽게 말문을 열었다. "사실 지금 혜숙이가 간암 말기라서 간을 이식하지 않으면 살 수가 없대. 그런데 우리 형제들 중에 O형은 너하고 혜숙이 밖에 없고 나나 경집이, 혜경이는 모두 B형이야. 그래서……."

누나는 더 이상 말을 잇지 못하고 나를 바라보았다. 누나의 말뜻을 쉽게 알아차릴 수 있었던 나는 아무 주저 없이 즉답을 했다.

"알겠어요. 어차피 부모님이 주신 몸인데."

누나의 표정에 화색이 돌았다.

"고마워, 윤정 아빠. 정말 힘든 결정인데 그렇게……."

"누나가 고마울 게 뭐 있어요? 그리고 어차피 O형은 나 하나뿐이라는데……."

나는 간 이식 절차 진행을 위한 서류에 사인을 하고 신체검사와 조직 반응 검사를 마친 후 넷째 누나와 같은 층에 입원했다. 그로부터 사흘 뒤 수술대에 누워 마취주사를 맞은 후 깊은 잠에 빠져들었다.

중환자실에서 비몽사몽인 상태로 누워 있을 때 조카 현리, 유리와 혜리가 찾아와 "큰삼촌, 정말 큰 고생하셨어요", "삼촌, 진짜 자랑스러워요" 하고 나를 격려해주었다. 그 후 다시 깊은 잠에 빠져들었다가 깨어보니 여섯 명이 함께 쓰는 병실이었다.

"아, 이제 깨어나셨어요?"

웬 목소리에 옆을 보니 나를 위해 고용된 간병인 아주머니가 있었다. 그 아주머니의 말로는 이식 수술이 잘되었다고 했다. 그러나 넷째 누나는 간 제공자가 아니라 제공 받은 환자이기 때문에 아직도 중환자실에 있다고 했다.

신경이 예민한 탓에 내가 6인실에서 잠을 잘 못 이루고 괴로워하자, 그 소식을 전해 들은 누나는 나를 특실로 옮겨주었다. 특실에 있을 때 T.S.S. 후배 영균이 병문안을 왔다. 그로부터 5일쯤 뒤 집도를 담당했던 전문의의 허락이 떨어져 나는 퇴원했으며 넷째 누나는 한 달가량 더 지나서 퇴원했다. 내가 특실에 누워 있을 때 둘째 누나가 찾아와서 "혜숙이가 너무 고맙다며 얼마 안 되지만 자신의 성의를 표하고 싶대"라고 넷째 누나의 뜻을 전하며 내 통장 번호를 물었다.

"형제들끼리 간 하나 주고받는데 돈은 무슨……."

내가 겸연쩍어하자 둘째 누나는 "그래도 공은 공이고 사는 사지" 하며 통장 번호를 다시 물었다. 마지못해 번호를 알려주었다. 둘째 누나는 내가 궁금해할 것 같다고 생각했는지 "우선 3,000만 원 입금하고 나중에 퇴원하면 그때 1,000만 원 더 주려나 봐" 하고 액수를 말해주었다.

둘째 누나가 내 방을 떠나고 난 후 아무도 없는 병실 침대에 누워 있던 나는 환자복 상의를 들추고 아직도 오른쪽 배에 꽂혀 있는 가늘고 투명한 호스를 내려다보았다.

"인간의 장기가 비싸긴 비싸구나. 만약 소의 간이라면 돈 1만 원도 안 될 텐데. 반 근? 반 근이나 되려나?"

혼자 중얼거렸다.

나는 점쟁이들의 말을 전혀 믿지 않는다. 사춘기 시절 한 편의 영화에 미쳐 학교 성적이 뚝뚝 떨어지자 내 앞날이 걱정된 어머니는 둘째 누나를 대동하고 당시 소문난 점쟁이 집에 가서 내 사주에 대해 물어보았다. 그랬더니 한 2년만 지나면 철이 들어 말을 잘 들을 것이라고 했다. 그런데 2년이 지나도 나는 크게 달라지지 않았다. 어머니는 다른 점쟁이 집을 찾아갔다. 그곳에서도 3년만 지나면 괜찮아질 테니 아무 걱정 말라고 했다고 한다. 어머니는 내가 음악을 한다고 했을 때에도, 경양식집을 한다고 했을 때에도 여러 번 점집을 찾아다니며 이제나저제나 했다. 그러나 나의 미래는 그 점쟁이들의 예언과 전혀 딴판으로 돌아갔다. 그런 내가 딱 한 번, 지금은 연락이 끊긴 친구 김승식을 따라 종로 3가 피카디리 극장 뒤쪽에 있는 점집을 방문한 적이 있다. 그곳에서 생년월일을 이야기하자 점쟁이는 태어난 시간을 물었고, 나는 잘 모르겠다고 했다. 그러자 그는 사주를 포기하고 내 관상을 유심히 보았다.

"안재수가 있어요."

그 말의 뜻을 몰라 안재수가 뭐냐고 되물으니 그는 '항상 재물이 머무르는 관상'이라고 대답해주었다. 속으로 웃었다. '불과 얼마 전에 식당 하나 말아먹은 놈인데 안재수는 무슨?' 그런데 돌이켜 생각해보니 희한한 듯도 했다. 이것 하다 망하고 저것 하다 망해도 묘하게 그때마다 생각지도 않은 곳으로부터 작든 크든 돈이 들어와 나를 구해준 것이 아닌가.

이번 일도 그런 것 같았다. 몸조리를 위해 청담동에 있는 누나네 아파트에서 한 달을 보내고 상도동 내 방으로 돌아온 나는 은행에 들러 잔고를 확인했다. 그랬더니 정말로 3,000만 원이 들어와 있었다. 나도 모르게 얼굴에 회심의 미소가 돌았다. '야, 이제 살았구나.'

며칠 뒤 수술도 무사히 마치고 건강도 많이 회복되어 내 방으로 돌아왔다는 소식을 전하기 위해 호주 시드니 집으로 전화를 했다. 아내의 목소리가 어두웠다. 경제적으로 꽤나 쪼들리고 있는 듯했다. 당시 두 딸 모두 두 번째 대학에 다니고 있었다. 착잡한 마음으로 전화를 끊은 나는 내가 쓸 돈 1,300만 원을 남기고 1,700만 원을 아내에게 부쳐주었다.

그로부터 일 년 뒤 나는 넷째 누나로부터 1,000만 원을 더 송금 받았고, 비록 어쩌다 한 번씩 들어오는 출연 섭외지만 간간히 발생하는 수입 덕분에 그럭저럭 몇 년을 버틸 수 있었다. 그리고 수술일로부터 5년이 지난 2009년 겨울 간염 A, B형뿐만 아니라 C형까지 가지고 있었던 누나는 암세포가 온몸으로 전이되는 바람에 더 이상 버티지 못하고 65세의 나이로 고인이 되었다.

잘나가는 유명 가수는 아니었지만 잊을 만하면 한 번씩 들어오던 출연 섭외도 국민의 정부, 참여 정부에서 이명박 정부로 바뀌자 칼에 잘린 동아줄처럼 뚝 끊어졌다. 큰일이었다. 옛말에 수염이 석 자라도 먹어야 양반이라고 했는데 또 살길이 막막했다. 이번엔 남동생 경집이 나를 도와주었다. 둘째 누나와 막내 혜경도 나서서 각자 나를 챙기고 보살펴주었다.

영국의 유명한 가수 엘튼 존(Elton John)의 노래 중에 「Sixty Years On」이라는 노래가 있다. 정확한 내용은 모르지만 귀에 들어왔던 몇몇 가사로 추측하건대 60년을 살아온 인생에 대한 예찬곡이 아닐까 생각한다. 지난해 나는 두 번의 환갑상을 받았다. 한 번은 나의 형제들로부터 그리고 다른 한 번은 T.S.S. 친구들과 후배들로부터였다. 그러나 음악과 관련된 친구나 후배는 내 부덕의 소치로 거의 다 지금은 내 곁에 없다. 이렇든 저렇든 온갖 우여곡절을 겪기도 하고 좌충우돌하며 버틴 끝에 나 역시 육십 고개를 넘게 되었다. 젊은 날엔 삼십 고개, 사십 고개, 오십 고개 뒤에 숨어 아득히 먼 곳에 있다고 여겼던 고개인데……

☆ 작은딸의 결혼식

　2010년 8월 초, 작은딸의 결혼 소식을 듣고 11년 만에 시드니를 다시 찾았다. 출발하던 날 아침 커다란 여행 가방을 꺼내놓았다. 깨끗하게 세탁한 양복 한 벌과 흰 와이셔츠, 빨간 바탕에 파란 줄무늬가 있는 넥타이 한 개와 코발트블루 색 넥타이 한 개 그리고 평소 아껴 입던 캐시미어 겨울 코트와 그것에 어울리는 고급 목도리를 하나씩 하나씩 정성껏 챙겨 넣었다.

　시드니 공항엔 이미 작은딸과 신랑감 호종이 마중 나와 있었다. 반가운 마음에 둘의 손을 힘껏 잡았다.

　"우리 딸, 이제 어른이 다 됐구나. 윤경아, 축하한다. 그리고 고마워."

　그동안 아비로서 할 일을 다하지 못했다는 생각에 연신 고맙다는 말만 되풀이했다. 막내 사위 호종은 1년 전에 만난 적이 있어 어색하지 않았다. 윤경이 서울대학교와 연세대학교 치대에 교환실습 차 일주일간 한국에 와 있을 때, 마침 사업상 서울에 있던 그를 강남의 한 백화점 일식당에서 소개발은 적이 있었다.

그랜빌 집을 팔고 이사 간 리드콤(Lidcombe) 역 앞 새 아파트는 지은 지 얼마 안 되어 모든 것이 깨끗했고 교통도 편리해 보였다.

결혼식 당일 나는 내복에서부터 양복과 외투까지 모든 것을 새것으로 갈아입었다. 머리는 한국의 이발소에서 미리 단정하게 깎았다. 작은딸은 예약된 신부 치장 전문 숍으로 아침 일찍 떠났고 아내와 큰딸은 스트라스필드의 미용실에서 화장과 머리 손질을 마쳤다. 아내와 큰딸은 무척 추운 날씨라며 미용실에서 나오자마자 차에 올라타 히터를 틀며 몸을 부르르 떨었다. 큰딸 윤정이 운전하는 차가 결혼식장인 성당 주차장에 도착했다. 성당 입구로 가자 나와 첫 대면인 사돈 내외가 일찍 온 하객들을 맞이하고 있었다.

1980년대 후반 투자 이민으로 호주에 왔다는 사돈은 내외 모두 인품이 훌륭해 보였다. 작은딸과 사위는 성당에서 만나 연애하다가 결혼하게 되었고, 그 사이 나는 한국에만 쭉 머물고 있었던 탓에 딸의 시집 어른들과 상견례를 하지 못한 상태였다. 결혼식장 앞에서 첫 대면을 하게 되었지만 서로 간의 인사를 마치고 화장실에 들렀던 나는 실로 오래간만에 다시 한 번 하느님께 감사드렸다.

결혼식은 신부님의 주례로 조촐하게 열렸다. 그리고 피로연은 그곳으로부터 자동차로 약 10분 거리에 있는 노보텔(Novotel) 피로연장에서 150명 정도의 하객들과 함께 치러졌다. 딸의 결혼식 하루 전날 밤, 나는 영화 〈신부의 아버지〉에 나왔던 장면들 중 몇 개를 떠올렸다. 그리고 그것들에 딸의 어린 시절 모습을 오버랩시키며 혼자서 웃다가 울다가 가슴 아파하다가 빙그레 웃기도 하며(생판 모르는 남이 보면 정신병자로 보일 정도로) 두세 시간에 걸쳐 지난 30년간의 시간여행을 다녀왔다.

　모노 시절, 작은딸은 돌도 안 지난 상태에서 외숙모에게 맡겨져 있었다. 일주일에 한 번 모노에 오면 카운터에 앉아 있는 엄마 품에 먼저 달려가 안기기보다 무대로 아장아장 걸어가 마이크에 대고 "어~ 어~" 소리를 냈다. 그렇게 마이크를 통해 나오는 자신의 목소리 듣는 것을 좋아했다. 큰딸은 돌 전에 말문을 열었는데, 돌이 한참 지나 말을 하기 시작한 작은딸은 '찌르릉 찌르릉 비켜나세요'의 '찌르릉' 발음이 안 되어 "찌응 찌응 버크서요"했던 일. 다섯 살 되는 해 시드니에 와서 맞벌이하는 엄마 아빠 때문에 거의 매일을 언니에게 의지한 채 보내야 했던 어린 시절. 중학교 시절 자신의 용돈은 자신이 벌어서 해결하겠다며 주말마다 주스 가게에 나가 일하고 시간당 5달러씩 받는 돈을 가지고 웃으며 집으로 돌아오던 아이. 음감이 좋아 다른 아이들보다 피아노 습득도 빠르고 노래도 잘했지만 음악을 한다는 아버지가 고생하는 모습을 보고 치과 공부를 선택한 아이. 주마등처럼 지나간다는 말이 실감나는 세 시간이었다.

　결혼식에는 정집 형, 형수와 작은아들 훈석, 승집 형 내외, 큰누나 부부와 큰아들 소근, 문집 형은 몸이 편찮아서 못 오고 대신 형수가 참석했다. 내 친구로는 이제는 목사가 된 시드니 친구 조진호 씨, 그리고 변함없는 나의 중앙대학교 후배 김중섭 부부, 또 우리 가족의 시드니 은인 심영희, 박광윤 부부가 참석해주었다. 유영 엄마 등 아내의 친구도 여러 명 있었다.

　결혼식을 무사히 마친 그날 저녁 아내와 큰딸에게 자동차 드라이브를 부탁했다. 그 다음다음 날 아침 서울로 돌아오는 비행기를 예약해놨던 나는 시드니를 떠나기 전 30대 중반부터 40대 말까지, 내 인생 중 15년간의 추억이 담겨 있는 거리와 장소 들을 다시 한 번 돌아보고 싶었다. 부모님이 두 번째 방문했을 때 머물던 기라원 집은 시간상 생략했고, 샤넬에 다닐 때 살았던, 나와 아내가 큰 소리로 부부 싸움을 하는 바람에 경찰이 찾아왔던 스트라스필드의 아파트와 거리, 상호는 바뀌었지만 그때까지도 리버풀 로드(Liverpool Road)에 자리 잡고 있는 로드 영 자동차 앞을 지나 포장마차가 있던 곳에 가보니 너무나 많이 변해 있었다. 상당수의 한국인 가게들이 사라지고 대신 그 자리에 중동인 가게들과 중국인들의 점포가 자리하고 있었다. 아내의 말로는 이스트우드와 스트라스필드가 새로운 한인촌으로 자리 잡았고 시내 쪽에도 한인 업소가 꽤 많이 생겼다고 했다.

허전한 가슴을 안고 다시 차에 올라타 시드니에 맨 처음 정착해 2년을 보냈던 애시필드 집 쪽으로 갔다. 시내의 차이나타운에 있는 푸드 코트에서 나도 좋아하고 우리 부모님도 좋아하던 저가의 뷔페(현재는 8달러 50센트)로 저녁식사를 마친 후 오페라하우스와 하버브리지가 한눈에 들어오는 락스(Rocks)를 자동차로 돌았다.

다음 날 점심시간에 아직 신혼여행을 떠나지 않고 있던 작은딸과 사위를 한 번 더 만나 차를 마셨다. 그리고 3년 전 갑작스러운 심장마비로 세상을 떠난 작은처남의 묘지에 함께 가기 위해 처남 가족과 점심식사를 했다. 저녁에는 중대 동문들의 모임이 있다는 김중섭의 연락을 받고 노스 지역의 타이 식당에 가서 그와 한 번 더 술 한 잔을 나눌 수 있는 기쁨을 맛보고 돌아왔다.

또다시 시드니를 떠나야 하는 시간이 찾아왔다. 킹스포드스미스 공항에서 나는 아내와 큰딸에게 가벼운 포옹으로 작별인사를 했다. 아쉬움을 달래며 출국장으로 들어서기 전 고개를 돌려 보니 아내의 모습은 보이지 않았고 대신 큰딸이 나를 향해 한 번 더 손을 흔들어주었다.

비행기 안에서 엊그제 일들을 다시 한 번 눈앞에 그려보았다. 하얀 드레스를 입고 나타난 딸의 손을 잡고 천천히 한 걸음 한 걸음 발을 옮기며 신부의 아버지로서 감회에 젖어 있던 나. 신랑신부 퇴장 시 다소곳이 걸어 나올 것이라 생각했던 것과 달리 활짝 웃으며 힘차게 발걸음을 내딛던 딸의 모습. 딸의 결혼식을 위해 시드니에 있는 한복집에서 특별히 맞춰 입었다는 화사한 한복 차림의 아내. 로스쿨을 갓 졸업한 햇병아리 변호사라 회사에서 막 부려먹는다고 불평을 하면서도 타고난 천성이 밝아 웃음을 잃지 않던 큰딸 윤정이…….

명품을 구입할 처지가 못 되어 사위에게 선물한, 국내 K 제화가 기술 제휴로 만든 발렌시아가 지갑. 안에 1만 달러를 넣어주고 싶었지만 100달러짜리 지폐 한 장밖에 못 넣어준 그것을 받고도 "감사합니다, 아버님" 하며 딸을 통해 내 손에 500달러를 쥐어주게 하던 호종의 모습. 시드니에 도착하던 날 아침 시내에서 그들과 다시 먹어보았던 월남국수의 맛. 피로연장에 가기 위해 달렸던 웨스턴 하이웨이(Western Highway) 주변, 겨울임에도 따스한 햇살 아래 파릇파릇하게 펼쳐져 있던 잔디밭과 나무들…….

'나는 왜 지금 한국행 비행기에 올라타 있나? 그냥 시드니에 눌러앉겠다고 마누라한테 말해볼걸 그랬나?'

양병집 junyahng@naver.com

60년 인생을 좌충우돌하며 살아온 반항아. 대범한 것 같으면서도 의외로 소심한 몽상가. 1951년 경남 구포에서 태어나 중앙중·고교를 거쳐 서라벌예대를 중퇴한 후 포크가수. 음반기획자로 활동. 1집 앨범 〈넋두리〉(1974)가 박정희 정권 당시 금지곡 파동에 휘말려 발매된 지 3개월 만에 전량 회수. 이후 1986년 호주 시드니로 이민 갔다가 15년 후 다시 영구 귀국. 구전민요 「타박네」의 채보자이자 번안 가요 「소낙비」와 「두 바퀴로 가는 자동차」의 개사자로, 1970년대 3대 저항가수로 알려져 있다.

두 바퀴로 가는 자동차

ⓒ 양병집, 2012

지은이 | 양병집
펴낸이 | 김종수
펴낸곳 | 도서출판 한울
책임편집 | 이교혜
편집 | 신희진
표지·본문 디자인 | 나선유

초판 1쇄 인쇄 | 2012년 11월 16일
초판 1쇄 발행 | 2012년 11월 26일

주소 | 413-756 경기도 파주시 파주출판도시 광인사길 153(문발동 507-14) 한울시소빌딩 3층
전화 | 031-955-0655
팩스 | 031-955-0656
홈페이지 | www.hanulbooks.co.kr
등록번호 | 제406-2003-000051호

Printed in Korea.
ISBN 978-89-460-4645-0 03810

*책값은 겉표지에 표시되어 있습니다.